O STEA CĂZĂTOARE

*

GIANFIGLIAZZI

Corinne Wandenburg

Editura Infarom
Craiova
2017

INFAROM
office@infarom.ro
http://www.infarom.ro

ISBN 978-973-1991-86-3

Editura: **INFAROM**
Autor: **Corinne Wandenburg**
Editor-corector: Dr. Florina Dima

Descrierea CIP a Bibliotecii Naționale a României
WANDENBURG, CORINNE
    O stea căzătoare : Gianfigliazzi / Corinne Wandenburg.
- Craiova : Infarom, 2017
    ISBN 978-973-1991-86-3

821.135.1

O STEA CĂZĂTOARE

Roman

~ Un scris ca un vis ~

Corinne Wandenburg

CAPITOLUL 1

Se spunea în trecut despre oraşul Darmstadt că era un loc în care timpul nu se scurgea ca în alte oraşe ale germanilor. Aici totul avea o moleşeală care cu greu putea fi combătută. L-au locuit multă vreme conţii de Hesse-Darmstadt, care au devenit mai apoi duci, dar nici aceşti locuitori, străluciţi stăpâni, de altfel, nu au putut scoate oraşul de sub umbrela timpului nemişcat. Nu putem da vina pe ei, aceştia se retrăgeau mai mereu în reşedinţa de deasupra oraşului, de pe vârful dealului, în castelul din Langeberg, castel care îi speria pe supuşii familiei domnitoare. De ce? Nu ne interesează acest lucru, cum de altfel nu ne-ar interesa nici acest oraş dacă mama eroinei noastre nu s-ar fi născut aici.

Această femeie, care a dat germanilor un simbol ce continuă să existe şi în zilele noastre, nu era alta decât Frederika de Hesse-Darmstadt, născută în 1752 înainte de iureşul marilor revolte. S-a căsătorit la 16 ani, în oraşul în care s-a născut, cu Carol al II-lea, mare duce de Meckelenburg Schwerin, unde altundeva decât în biserica Sfântul Ioan din Darmstadt. Nu putem spune ce a simţit această frumoasă cu sânge albastru sub voalurile care îi înceţoşau vederea. Era o căsătorie aranjată cu un om care avea o vârstă aproape dublă decât a ei, dar acceptase aşa cum se accepta pe atunci fără să cunoşti şi să vezi prea multe. Ştia că trebuia să plece, să-şi urmeze soţul, la Hanovra. Fusese crescută şi educată pentru a-şi îndeplini datoriile de prinţesă. La acea biserică se adunaseră cu toţii, neamurile germane ale familiei, veniseră să vadă mireasa şi pe augustul ei mire.

Frederika îndură cu greu tot ce urmă, recepţia, felicitările, zâmbetele construite pe loc şi se simţi uşurată când se văzu în trăsură cu Carol. Acesta se dovedi destul de liniştit, ţinând-o doar de mână şi zâmbindu-i.

Dar nu pentru acest lucru se căsătorise cu ea al doilea fiu al ducelui Carol Louis Frederick de Meckelenburg. Aşa că Hanovra o scoase pe tânăra soţie din inerţia oraşului natal, cu viaţa mult mai zgomotoasă pe care o avea.

Cuplul a avut împreună zece copii, mulţi, astfel cum se obişnuia pe atunci, dar nu au supravieţuit toţi anilor copilăriei. Cinci dintre ei s-au dus în ceruri mult prea devreme, ultima, o fată, luându-şi mama cu ea, la doar 29 de ani.

Carol şi-a plâns soţia mai mult decât pe cei cinci copii, înmormântând-o la Mirow, în cripta regală din Biserica Sfântul Ioan. Fusese un an urât acel 1782, chiar dacă vara fusese minunată, iar ceilalţi copii erau sănătoşi, chiar aşa daţi peste cap de lipsa mamei şi prezenţa constantă a guvernantelor care încercau să le distragă atenţia. Erau patru fete şi un băiat, moştenitorul tatălui său: Georg, care avea 3 ani şi care era responsabil de ducerea mai departe a numelui său.

Fetele erau Charlotte, cea mai mare, care avea 13 ani şi pricepea totul aproape ca o femeie, Therese de 9 ani, Louise de 6 ani şi Frederika, cu doi ani mai mică decât sora ei mai mare.

Cu toţii pricepeau ce se întâmplă, dar filtrau întâmplarea prin minţile lor de copii mai mari sau mai mici.

Povestea noastră este despre una dintre aceste mici ducese, care nu şi-a revenit niciodată cu adevărat de pe urma morţii mamei sale şi care şi-a trăit întreaga viaţă ţinând seama de această tragedie.

Este vorba de Louise, mica ducesă, mica noastră lăcrămioară, (cum am numit-o şi cum o arată şi însăşi viaţa ei). O femeie uimitoare, iubită de supuşii ei până la extaz, o perlă albă pe coroana regală a Prusiei.

CAPITOLUL 2

Louise s-a născut la începutul primăverii lui 1776, la 10 martie, la Hanovra. O speranță a părinților săi care își văzuseră murind trei copii, înainte de acest eveniment fericit și de mai lungă durată.

- Sper să trăiești, scumpa mea fetiță, alături de surorile tale, să ne binecuvântați existența, spuse mama când o luă prima dată în brațe. Ești atât de frumoasă și delicată, ești parcă din alt aluat... Vei trăi.

- Cu siguranță va trăi, zise ducele aflat în încăpere, și va avea și frățiori.

Fața Frederikăi se umbri pentru o clipă la gândul că îi muriseră doi băieți până acum, iar soțul ei asta aștepta, un moștenitor. Această așteptare era legitimă, cu toate că nu era primul născut. Avea un frate mai mare, Adolf Friedrich.

Însă Carol obținuse în acest an funcția de guvernator al Hanovrei, în slujba cumnatului său, George al III- lea al Regatului Unit, soțul surorii sale, Charlotte. Era mulțumit de ce realizase, cu un minus la categoria băieți. Dar spera ca timpul să rezolve această problemă. Își iubea soția, o femeie dedicată, educată și foarte plăcută, plus încă tânără.

În ceea ce o privește pe soția lui, ea era mulțumită că locuiau afară din oraș, departe de zgomotele Curții, într-o casă drăguță, frumos înconjurată de verdeața unui parc bine îngrijit. Aici, fetele ei mai mari se puteau juca în liniște în prezența dădacelor, atente la fiecare pas. Acum mai venise pe lume o fată de care trebuia să se ocupe. Fetele mai mari, mirate întâi de sora lor, ajunseseră nedezlipite de lângă leagănul Louisei, uimindu-și și bucurându-și tatăl.

- Dumnezeu îmi dă fete, să le am mereu lângă mine. Băieții pleacă în războaie, sfâșie inima mamelor, îi spuse Frederika din toată inima soțului său. Dar o să ai și un băiat până la urmă. Cum au fost doi înainte, vor mai fi și alții, o cred din tot sufletul.

- Pe Dumnezeul meu, da, așa să fie, spuse guvernatorul Hanovrei, ridicându-se din scaun. Încă mai avem putere și dorință.

Carol ajunsese lângă soția sa, ridicându-i ușor cu mâna bărbia, privind-o în ochi. Aceasta zâmbi coborându-și privirea și apoi ridicând-o până întâlni ochii soțului său. Amândoi începuseră să râdă. Erau o pereche fericită în ciuda a câte trecuseră peste ei și câte mai aveau să treacă.

- Uiți că trebuie să o botezăm în curând, șopti Frederika, devenind puțin mai gânditoare. M-am gândit la mama mea și la verișoara ta, Augusta Sophia. Va veni din Londra pentru tine și fetița ta. Sunt sigură. O să-i punem al doilea nume Augusta. O să fie încântată. Nu este ceva stabilit în mod sigur, este doar o dorință.

- Păi atunci așa să rămână. Poți scrie scrisori, te pricepi la această îndeletnicire.

Apoi, soțul își sărută ușor consoarta și ieși din cameră pentru a merge în oraș. Avea multe treburi în fiecare zi de rezolvat. „O să vină și moștenitorul, în fond, înainte de nașterea mea, părinții mei au avut patru fete. E natural", își zise el, făcând semn vizitiului să tragă trăsura mai aproape.

În spatele lui, Frederika își găsi imediat trusa pentru scris și hotărî să le scrie rudelor despre planul cu privire la botez. Alesese și o dată, la sfârșitul lui aprilie 1776, era mai plăcut afară și Louisa mai mare. Sigur prietena ei, guvernanta fetelor, domnișoara Wolzogen, avea să fie întru totul de acord. Aceasta era în camera celor două fete mai mari, învățându-le bunele maniere, mai ales pe Charlotte; cealaltă fată, Therese, care era încă prea mică, era păsuită.

Când termină de scris epistolele, sună și un servitor le luă, ocupându-se mai departe de ele. Frederika ieși apoi pe terasă, era încă răcoare, soarele nu era generos, astfel că femeia se înfioră, strângându-și șalul mai tare pe lângă trup. Intră și închise ușile în spatele ei. Se hotărî să meargă la fetele sale. Își privi cu drag nou născută, care dormea liniștită sub supravegherea dădacei. Ieși încet și intră în camera fetițelor mai mari.

- Mamă, mamă, ce bine că ai venit, spuse Charlotte. Uite, am învățat să fac plecăciuni cu multă grație.

- Reverențe, Charlotte, o corectă guvernanta.

- Da, reverențe, repetă fata. Uite, mamă, le fac frumos?

Frederika începu să râdă și își luă fetițele în brațe. Erau atât de drăgălașe în seriozitatea cu care făceau fiecare mișcare obligatorie la orice curte regală.

- Mamă, mie îmi e foame, spuse Therese, căscând a somn.

- Ești încă prea mică, draga mea, spuse ducesa râzând. Te plictisești repede. E normal. Însă trebuie să o copiezi pe sora ta mai mare. Timpul trece și în curând veți fi adevărate domnișoare. O să mergeți la baluri, o să dansați și o să faceți reverențe. Peste o oră, ți se va aduce prânzul, așa că nu mai este mult, apoi o să dormiți ca să vă faceți fete frumoase.

- Mamă, eu nu vreau să fiu frumoasă, eu vreau să mănânc şi să dorm chiar acum. Nici la baluri nu vreau, e obositor. Să meargă Charlotte, ea face bine reverenţele. Chiar, mamă, un biscuit se poate?

Cele două doamne şi prietene bune începură să râdă din toată inima, iar copilele se luară după ele; îşi luară râzând nişte biscuiţi din farfuria de pe scrin. Aşa mai uitară pentru un timp de masă, iar guvernanta putu să-şi continue lecţia.

Când Frederika ieşi din cameră, se scursese aproape ora cerută răbdării fetiţei mijlocii. Curând avea să apară tatăl lor la prânz. Carol mânca întotdeauna cu familia. Nu lipsise de multe ori de când erau căsătoriţi şi doamna îl iubea şi pentru asta.

Totuşi, ducesa tresări când îl văzu pe duce intrând. Căzuse într-o dulce reverie după ce se întorsese din camerele fetelor. Acesta îi zâmbea şi venea spre ea cu braţele întinse.

- Frederika, ghici ce mi s-a întâmplat azi!? zise el repede.

- Ce s-a întâmplat? întrebă soţia zâmbind, cunoscându-şi soţul atât de bine, mai ales atunci când era nerăbdător să spună ceva.

- Am primit o scrisoare din Anglia, de la George al III-lea. O să ne mutăm în oraş, în palatul Leineschloss. E mai mare, iar râul este o minunăţie, trece exact prin spatele palatului. O să-ţi placă, o să alegi camere liniştite şi nu o să simţi diferenţa dintre locul acesta, pe care-l iubeşti atât şi Leineschloss.

- Când o să ne mutăm? Sper că după botez, zise Frederika precaută.

- Eu mi-aş fi dorit mai repede, însă tu câştigi pentru că trebuie puţin amenajat. Avem trei copii şi nu este atât de uşor.

- Mă bucur că eu câştig. O să fie mai frumos la botez aici decât acolo şi o să avem timp să ne pregătim mutarea. Sper să nu fie atât de multă agitaţie, domnule Guvernator-General.... Şi nici fantome. Ştiu că palatul este construit pe ruinele unei mănăstiri catolice arse de protestanţi.

- Frederika, nu fi copilă, sper să nu te audă fetele, să stea noaptea treze şi cu lumânarea arzând.

- Glumeam şi eu, e adevărat însă, nu-i aşa? zise ducesa amuzată.

- Da, e adevărat, îi răspunse soţul său. Să mergem la masă până nu îmi trece pofta de mâncare. Auzi, fantome de călugări catolici...

-Nu te supăra pe mine, spuse ea împăciuitor, nu fi neliniştit nici în privinţa poftei tale de mâncare, nimic şi nimeni nu o poate stingheri. Ştiu eu cu cine seamănă mijlocia...

- Cum să mă supăr, răspunse Carol prompt, te ador. Ai nişte idei pe care le rosteşti mai tot timpul în gura mare, care mă uimesc. Nu aş putea să mă plictisesc niciodată cu tine, mă uimeşti mereu, îmi ţii mintea trează.

Se lăsă tăcerea, toată lumea era la masă, iar în casă nu era nicio fantomă, cum bine știa fiecare. Nici măcar la Leineschloss nu erau, le speria gălăgia orașului.

Așa se scurse jumătate din luna aprilie, în aceeași monotonie caldă și plăcută pe care o dă unei case iubirea dintre cei ce trăiesc în ea. Louise era mai mare acum și vremea de afară mai îngăduitoare. Era un copil sănătos, o liniștise doctorul pe Frederika, fiind asigurată ca va trece de anii copilăriei.

Viitoarele nașe ale fetiție erau atât de bucuroase de statutul lor viitor, încât scriau că așteptau cu nerăbdare săptămâna sosirii. Se lăudau cu cadouri pentru toate fetițele, făcându-l pe tatăl lor să ofteze că fetele vor fi răsfățate prea tare, iar el va fi ignorat.

Pe de altă parte, casa familiei era plină de forfotă, în așteptarea botezului, dar și a mutării din luna mai. Fetițelor li se coseau rochii noi, la care aveau uneori voie să se uite, sub privirea ageră a domnișoarei Wolzogen. Erau nerăbdătoare să le poarte. Louise era indiferentă la gătelile lor, era prea mică și nu conta ce purta. Rochița de botez, care nu o interesa, era transmisă de la un copil la altul în familie, rămânând neprivită.

Prima dintre nașe care sosi fu mama Frederikăi, bunica fetițelor. Venise de la Darmstadt într-o trăsură încărcată cu cadouri, sub care își găsi cu greu loc și bunicul. Prințesa Augusta Sophia avea să sosească peste două zile. Singură, cu multe guvernante, doar ea însăși era o micuță domisoară în carne și oase. Venea cu bani drept dar și o mare dorință de joacă. Părinții săi, regii Regatului Unit, fuseseră încântați de aranjament. Astfel, Augusta avea să aibă o primă experiență oficială, chiar dacă doar în familie. Era o copilă frumoasă și plină de viață. Lângă Hanovra era așteptată cu nerăbdare. Charlotte, care avea cu un an mai puțin, se considera superioară surorii sale, în a fi aleasă în jocurile verișoarei lor, prințesă de sânge german. Marele Duce, fratele lui Carol, necăsătorit, iubea cu atât mai mult copiii și aștepta evenimentul. Așa că nu trecu mult și întreaga familie se strânse pentru a-i ura Louisei tot ce este mai bun în viață, asistând la botezul ei.

Acesta avu loc în capela domeniului, într-o zi plină de soare, în care cerul se arătă așadar generos cu cei care sărbătoreau acest eveniment. Louise nu plânse deloc, chiar dormi toată slujba, spre deliciul celor prezenți. Nici când fu atinsă pe frunte cu mir nu tresări, doar se mișcă puțin pentru a-și face loc în brațele bunicii sale.

Toată noaptea aveau să o facă albă. Aveau foarte mulți invitați, iar totul era pregătit pentru o petrecere fastuoasă. Fetele nu avură voie decât să salute invitații și apoi se retraseră în camerele lor cu guvernanta. De Louise nici nu mai amintim, ea dormea fericită în lumea ei, cu dădaca lângă ea, în liniștea camerei sale călduroase.

- Într-o săptămână ne mutăm, îi spuse Carol soţiei sale. Nu o să mai obosim atât caii.

- Parcă îi oboseai vreodată. Nu era drum lung până în centrul Hanovrei, îi răspunse Frederika. Dar ne vom duce. Totul este aproape gata. Sper să nu fie multă umezeală de la râu. Atâta dorinţă am şi eu. Fratele tău nu vrea să se căsătorească? schimbă ducesa subiectul. Oare de ce? Încă o poate face. E mai mare decât tine cu trei ani.

- Dacă nu vrea, nu vrea. Ştii cât de mult a insistat mama pe lângă el. Îi place să mă tachineze în glumă. Astăzi mi-a arătat pe degete cifra trei. Adică am trei fete. Nu ştiu de ce lasă totul pe seama noastră.

- Dar am avut şi băieţi, Carol. Mă doare să aud asta. De ce nu are el moştenitori băieţi. El e primul născut.

- Şi o să mai avem. Nu te lăsa supărată de el. E un inadaptat când e vorba de femei. Ar sta dacă se poate pe armăsarul său toată ziua. Nu este făcut pentru a fi căsătorit. De abia a dansat în seara aceasta. Detest presiunea pe care o pune pe noi, dar nu am ce să-i fac. Probabil eu o să-l moştenesc şi de aici dorinţa de a avea un moştenitor băiat.

- Dar a sărutat-o pe Louise, continuă Frederika. Pe celelalte două nu le-a atins prea mult de-a lungul anilor. I-a tresărit inima doar la naşterea băieţilor. Ce supărat a fost când s-au dus amândoi, unul după celălalt.

- Cred că fratele meu aşteaptă de la mine un moştenitor. Consideră că face destul pentru teritoriul al cărui şef îi este, dacă îl guvernează, zise Carol învârtindu-şi soţia cu eleganţă.

...Astfel a trecut şi petrecerea. A urmat mutarea, care o indispuse pe Frederika. Aceasta privea râul şi nu înţelegea de ce este atât de aproape de ferestrele ei. Fetele se adaptaseră mai uşor. Locul era mai mare şi puteau vedea toată priveliştea de la fereastră. Aveau cu ce să-şi hrănească imaginaţia: trăsuri, călăreţi, doamne, florărese, zgomote, iar în faţă minunatul parc. În reşedinţa cealaltă nu văzuseră atâtea, dar nici guvernanta nu le certase atât de mult ca acum. Erau atât de neatente, mereu atrase de lumea de după sticla ferestrelor. Cea mare tresărea imediat şi îşi întrerupea lecţiile. Guvernanta se stăpânea cu multă voinţă, tânjind după casa de la periferia Hanovrei. Dar se gândea în sinea ei, această domnişoară Wolzogen, că în curând sosea vara cu concediul ei bine plătit. Avea două luni, iulie şi august, în care era liberă. Atunci familia ducală se muta la reşedinţa ei de vară, în Herrenhausen, locul unde George al III – lea se născuse şi copilărise ca nepot al electorului de Brunswick-Luneburg, Ernest Augustus, care şi-a găsit de altfel sfârşitul aici.

Guvernanta nu fusese niciodată în acest loc, fiind mai mereu nerăbdătoare să schimbe aerul după zece luni în slujba prietenei sale. Astfel că domnişoarei Wolzogen i s-a părut lungă luna iunie, dar, într-un final, calendarul se îmbună şi arătă 30, când trăsura avea s-o ducă acolo unde dorea să stea în acest răstimp de două luni, aducând-o negreşit mereu înapoi.

După plecarea profesoarei, fetele ştiau că a venit vacanţa şi că Herrenhausen îi aşteaptă pe toţi acolo. Chiar şi pe micuţa Louise. Şi ea avea vacanţă de vară, afară din Hanovra.

CAPITOLUL 3

Acum Herrenhausen avea trei fetiţe de primit, locul ispitindu-le pe fetele cele mari, nu numai prin liniştea şi frumuseţea naturală, ci şi prin ceea ce omul crease, punând în valoare locul. Grădinile sale atât de perfect aranjate, aleile splendide, spuneau totul despre stilul decorării. Erau englezeşti, cu gazon impecabil şi grădinari iscusiţi. Fântâna din centrul acestui aranjament era mândria locului şi ciuda Europei, apa ţâşnind la zeci de metri în aer, cel mai sus de pe continent. Nu greşeai niciodată dacă aveai musafiri pe timpul verii. Însă, fiind o reşedinţă de odihnă în anotimpul cald, aceştia erau puţini, în special membri ai familiei. Nici Guvernatorul General nu avea multă treabă, cu toţii se bucurau de Herrenhausen vara, ca de un cadou mult aşteptat.

Fetiţele alergau peste tot, se ascundeau prin grădini, speriau servitorii ţâşnind de prin cine ştie ce loc ascuns şi întunecat. Louise era aşezată la soare, şi încă nu-i păsa de ce era în jur. Era mulţumită cu mâncarea şi somnul ei. Era un copil liniştit şi, aşa cum se rugase mama ei, sănătos. Doica era şi ea încântată de fetiţă. Celelalte ducese fuseseră mai agitate. Acum avea şi ea puţină tihnă. Louise plângea rar, dar se liniştea de îndată ce era luată în braţe.

Aşa crescu mezina, când în Hanovra, când în Herrenhausen şi ajunse să meargă pe picioruşele ei destul de bine când mama ei anunţă pe toată lumea că va fi din nou mamă în curând. Aceasta născu tot o fetiţă, în martie 1778, la Hanovra, la un an şi şapte zile diferenţă de Louise. Adică pe 3 martie.

- Să-i punem numele tău, Frederika, zise ducele râzând, urmează cu siguranţă un băiat. Aşa scrie în stele, să am soarta părinţilor mei. Mă bucur pentru toate fetele mele, nu te îngrijora. Deja fratele meu a avut plăcerea să îmi arate cifra patru pe degete, dar nu e răuvoitor, mă tachinează doar. Ce are de făcut mai bun decât să se uite peste gard la familia mea. Nu se va căsători. Aşteaptă un băiat de la mine.

Louise o primi din prima clipă cu simpatie pe surioara ei mai mică. Charlotte şi Therese erau deja prea mari să mai acorde atenţie unei noi fetiţe. Aveau ele joaca lor de domnişoare.

Mare uşurare anul următor când se născu, în mijlocul verii, moştenitorul familiei, bucuria şi uşurarea fiind imense. Li se luase o piatră de pe inimă. Acum se rugau cu toţii să fie sănătos şi să supravieţuiască.

Ţi-am spus eu, bătea din palme Carol, după patru fete vine şi băiatul meu pe care îl vom numi după unchiul său, regele Angliei. Nici unchiul Adolf nu se lăsă mai prejos în a-şi exprima bucuria:

- În sfârşit, un moştenitor pentru coroana mea ducală, spunea râzând acesta. Vezi şi tu că nu vreau să mă însor. Să fie sănătos şi să-l creşteţi bine pentru ce cred eu că îi va fi destinul.

- Lasă-ţi nepotul în pace, duce, spunea Frederika, e foarte mic şi nici nu mă gândesc la coroana ta ducală pentru el. Îmi doresc să zburde, să se bucure de copilărie şi să fie fericit.

Adolf Friedrich al IV-lea pufnea mereu puţin pe nas şi cam atât îi era răspunsul. Se întâmplase ce îşi dorise, replicile cumnatei sale nu prea mai contau.

Se ţinuseră petreceri grandioase cu prilejul acestei naşteri, cu mulţi invitaţi, cu artificii, mâncăruri minunate, alese cu grijă, cu vinuri de multe feluri, mult apreciate de toată lumea. Doamna casei, relaxata doamnă a casei, îşi revenise şi radia de frumuseţe şi împlinire. Avea cinci copii frumoşi şi zdraveni, după cum mereu îi spunea doctorul casei. Nu mai avea grija naşterii unui băiat acum. Putea să respire şi să se bucure de tot ce era în jur. Soţul său îi dăruise un set de bijuterii cu mult mai valoros decât cel de dinainte. Adora să le poarte. Ducele Adolf fusese şi el atent cu ea şi mai mereu aducea aminte de viitorul micului duce George. Se bucura cu adevărat de acest băiat care îl făcea să se gândească nestingherit la orice altceva decât vreun mariaj.

- Ştii că nu vreau să mă însor, dragă cumnată. Mi-ai luat o grijă de pe cap. Acesta va trăi. Mă îngrijorasem un pic, îţi mărturisesc, când ceilalţi doi băieţi nu au dorit să mai stea în această lume. Nu mi-au dorit niciunul tronul, din păcate. Dar am avut răbdare şi uite că Dumnezeu ne-a răsplătit. Adolf termină ce avu de spus şi plecă înclinându-se, spre bucuria proaspetei mămici, care se afla alături de mama ei.

- Draga mea fiică, mai că nu te-a făcut salvatoarea ducatului, îmi vine să râd, dar nu se cade, comentă Marie Louise. Bine că a plecat. Bărbaţii lipsiţi de neveste sunt ciudaţi. Şi când mă gândesc cât s-a chinuit mama lui să-l convingă de trebuinţa unui mariaj. O martiră, soacra ta dragă, cu adevărat nu greşesc cu nimic. Sărmana Elisabeth Albertine, e moartă de mult timp, odihnească-se în pace.

Mama îşi îmbrăţişă fiica cu drag şi îşi opri un căscat după evantai. Obosise şi îşi dorea să se retragă, însă nu putea să o lase pe Frederika singură gazdă feminină.

Când suita de petreceri se termină, gazdele răsuflară uşurate. Fusese atât de multă forfotă şi gălăgie, acum trebuiau să se obişnuiască din

14

nou cu liniştea. Se puteau plimba în voie, râul nu i se mai părea atât de urât ducesei, care se bucura de ultimele zile frumoase din acel an. Era deja toamnă, zilele erau călduţe, dar dimineţile şi serile se simţea din depărtare tăişul frigului iernii. Frederika nu suporta frigul, şi mai ales vântul care şuiera printre copacii goi, făcând crengile să se lovească atât de dureros. Era şi mai multă linişte în casa aceasta mare, iar Carol era mereu plecat cu îndatoririle sale. Totul picase într-o amorţeală pe care doar scrisorile rudelor o mai anihila.

Frederika era încă tânără şi frumoasă, de abia trecuse de 26 de ani. Putea încă să se bucure ca un copil de tot ce îi dăruise viaţa, dar mai ales de Carol. Avusese noroc, mariajul lor era fericit, iar copiii simţeau acest lucru, trăind astfel în siguranţa unui cuib. Aşteptau cu nerăbdare sărbătorile, când urmau să facă o vizită la Darmstadt, unde bunica le promisese cadouri peste cadouri, plus un căţel numai bun de joacă.

Fetele nu fuseseră prea des acasă la bunica lor maternă. Locuinţa ei era aşa de plină de amintiri şi atât de sobră. Nu existau atâtea decoraţiuni. Era strict confortabilă, cu multe camere şi servitori şi cu o grădină de plimbare acceptabilă.

Cam aşa văzu Louise, prin prisma celor aproape 4 ani ai săi, casa bunicii sale. Împărţea o cameră cu Frederica, surioara pe care o simţea cel mai aproape. Erau cele mai bune prietene şi erau mulţumite împreună. Formau o pereche, tot aşa cum şi surorile lor mai mari formau una. Louisei nu-i plăcea când invitaţii bunicii zărind-o, o strigau: „frumuseţe". Atunci alerga la o oglindă şi se privea. O auzise pe mama ei că moştenise splendida frumuseţe a nu ştiu cărei mătuşi şi că avea să valoreze mult când va creşte. Ultima parte nu o înţelegea şi nici nu se chinuia s-o facă, îşi adora păpuşile, pe care le împărţea cu drag cu surioara ei mai mică. Cum am mai spus, Charlotte şi Therese făceau o pereche distinctă, ele fiind „atât de mari" nu se mai jucau cu fetiţele mici.

Fusese un an obositor, 1779, cu atâtea aşteptări adeverite, cu rugăciuni multe adresate fecioarei din ceruri pentru sănătatea copiilor şi pacea germanilor. Dar se terminase, un nou deceniu avea să urmeze în curând.

La masa de Anul Nou, prinţul George Wilhelm de Hesse Darmstadt ţinu un discurs minunat. Apoi sărută mâna soţiei sale plin de afecţiune. Aşa îşi dorea şi Frederika, o bătrâneţe fericită alături de soţul său, cu vizite în momente speciale la copii, cu întoarcerea vizitelor la Hanovra mai apoi. Îşi adora părinţii, erau singurii bunici ai copiilor în viaţă. Carol şi-i pierduse de mult pe ai săi, dar primise la căsătorie nişte socri deschişi la minte şi plini de iubire. Aşa că, atunci când se întoarseră în Hanovra, erau încărcaţi cu afecţiune şi poftă de viaţă cât să le ajungă până la următoarea întâlnire. Zilele aveau să fie încărcate pentru toată lumea, vacanţa zburase şi lăsase un mic regret în inima fiecăruia.

În anul acela, Frederika rămase iarăşi însărcinată, dar parcă obosise, nu-şi mai dorea aceste naşteri repetate, aproape an de an. Băieţelul ei trecuse de ce era mai greu, considera ea, şi acum putea, de fapt asta şi-ar fi dorit, să se gândească la ea. Născu în 1781 un băieţel pe care îl numiră Friedrich Karl. Părea slăbuţ, dar avu zile, se lupta cu viaţa în fiecare zi şi până la urmă avu câştig de cauză. Trăia şi se împlinea, chiar dacă avea momente când părea atât de slăbit şi îi îngrozea pe cei din jurul său.

Când mama Frederikăi veni la Hanovra să-şi viziteze nepoţii, fiica ei, ducesa, frumoasa ei, îi spuse când rămaseră singure în salonaş:

- Mamă, aşa nu-mi mai doresc copii! Am obosit. Carol e mereu plecat, iar eu, parcă mă împiedic doar de doici, guvernante şi copii. Simt că nu-mi mai aparţin deloc.

- Când o femeie devine mamă, ea nu îşi mai aparţine. Aici ai dreptate. Asta ne este menirea, suntem lăsate pe pământ pentru a aduce pe lume prunci, în mari dureri, îi răspunse prinţesa. De ce spui aceste lucruri, Frederika?

- De oboseală, poate, după ultima naştere parcă s-a rupt ceva în mine. Aş vrea să nu mai rămân însărcinată. Însă cu soţul meu nu pot vorbi despre acest subiect.

- Soţul tău te iubeşte, poate ar înţelege dorinţa ta, însă ar căuta în altă parte ce nu ai putea tu să-i oferi. Fără doar şi poate că nu ar face ceva împotriva voinţei tale, însă comportamentul tău ar duce la consecinţe mai dureroase. Nu te mai gândi la acestă latură, mai rabdă puţin, va trece, îi zise prinţesa fiicei sale bătând-o uşurel pe mână. Cunosc apăsarea aceasta, doar toate am făcut destui copii.

- Da, ai dreptate, mamă, aş crea mari probleme dacă mi-aş schimba atitudinea. Însă când mă gândesc că am avut nouă copii până acum, nu-mi vine să cred. Iar trei dintre ei au murit atât de repede...

- După treizeci de ani o să se schimbe multe, nu o să mai ai atât de lesne copii, îi răspunse mama zâmbind... Gata cu subiectul acesta. Sper că te-ai liniştit puţin. Familia îţi este alături, vom trece împreună peste toate. O să fie totul bine. Dintre toţi copiii tăi, Louise este cea mai frumoasă; de altfel, toată lumea este de aceeaşi părere, are doar 5 ani, însă este o zână din poveste. O să creeze multă invidie când va debuta în societate. Însă mai este până atunci, mai ai timp să te bucuri de ea, şi de ceilalţi, desigur.

- Da, Louise e din alt aluat, sper să fie fericită când va veni vremea ei, îi răspunse Frederika mamei sale.

- Şi poate speri că nu va avea atât de mulţi copii? întrebă râzând prinţesa.

Cele două doamne îşi zâmbiră şi discuţia se încheie în această atmosferă.

După o perioadă care le păru tuturor lungă, se mutară la reşedinţa de vară. Fusese un anotimp cu puţine ploi, toată lumea bucurându-se de plimbări lungi în aer curat. Joaca afară era pe primul plan al copiilor.

Louise şi Frederica erau nedespărţite. Una de cinci şi alta de trei ani, explorau lumea în felul lor, încântate când ceva nou le atrăgea atenţia. Chiar în una din zile se cocoţară sus pe un gard şi cu mare atenţie priveau către un cuib în care puişorii erau destul de mari de acum. Fetele scăpaseră de sub supravegherea doicilor şi erau încântate de năzdrăvănia lor.

Prima care le observă fu mama lor, ducesa, care amuţi. Ştia că dacă le speria puteau să cadă. Nu erau deloc atente cele două fete. Aşa că se apropie uşurel şi le făcu atente cu glas şoptit şi plin de blândeţe.

- Vreau şi eu să văd puişorii! de ce ţineţi să-i vedeţi doar voi?

- Mamă, vino să-i vezi, îi răspunse Louise, uitând că trebuia să se aştepte la mici reproşuri, nu să o tragă pe mama ei de mână.

- Ce frumoşi sunt, doar că mama lor nu-i poate hrăni pentru că o speriaţi. Poate că plâng de foame, zise Frederika, dorind să coboare una câte una fetele de pe gard.

- Ai dreptate, mamă, nu ne-am gândit, îi răspunse fetiţa cea mare. Nouă ne plăceau puişorii şi am uitat de nevoile lor. Frederica, să ne dăm jos.

- Vă ajut eu, spuse mama, care tocmai asta aştepta, să-şi ia comorile cocoţate de pe gard. Gata, sunteţi jos acum. Mama lor va veni curând. Trebuie s-o lăsaţi să aibă grijă de copilaşii ei. Nu uitaţi că trebuie să înveţe să zboare.

- Da, mamă, o să-i lăsăm în pace, răspunse Louise, care-şi luă surioara de mână şi începură să alerge, curând făcându-se nevăzute.

Frederika răsuflă uşurată şi se îndreptă spre casă. Le certă cu toată dreptatea pe doicile care nu fuseseră atente şi care acordau mai multă grijă băieţilor, fără să sufle însă nicio vorbă soţului său care cu siguranţă s-ar fi descotorosit de cele două femei.

Nu se mai întâmplă niciodată ca una dintre fetiţe să stea într-un loc nesigur şi Frederika se arătă mulţumită, iar când se întoarseră în Hanovra, la începutul lui septembrie, avea un mare plan în cap. Soţul său împlinea 40 de ani pe 10 octombrie, o vârstă rotundă, care merita serbată cum se cuvine. Carol se lăsă convins de insistenţele soţiei sale şi aştepta să vadă ce va ieşi de ziua lui.

Totul reuşi, exact cum anticipase ducele în mintea lui. Familia i-a fost alături, muzica a cântat până în zori, o zi pe care nu putea s-o uite curând. Spusese câteva cuvinte, în care îi mulţumea soţiei sale pentru plăcerea pe care i-o crease, Frederika zâmbindu-i de lângă mama sa, aceasta din urmă aşezându-se lângă fiica ei şi cercetând-o cu atenţie, remarcând eforturile pe care le făcea să pară că totul este aşa cum pare. Nu se mai abţinu şi îşi întrebă fiica:

- Ce ai, Frederika?

- Imediat o să vorbim, mamă, nu mai durează mult petrecerea.

- Îţi pare rău că ai ţinut-o? o întrebă Maria Louise

17

- Nu, doar că am impresia că este ultima.

Când trăsurile începură să plece, ducesa se simți un pic mai bine. O aşteptă pe mama ei în cameră la ea destul de repede. Prinţesa apăru şi nu a fost surprinsă când îşi văzu fiica în pat.

- Ce este, scumpa mea?

- Ce poate fi ? aştept un copil pe care nu mi-l doresc. De abia am aflat în mod sigur. Doctorul mi-a confirmat şi mi-a spus ca va fi diferită această sarcină. Ceva nu este bine în pântecul meu. Cred că voi sta mai mult în pat, cu cât trece vremea. Nu i-am spus lui Carol, pentru că am o presimţire rea.

- Asta pentru că nu-ţi doreşti copilul, îi răspunse în şoaptă prinţesa.

- Nu, nu este asta. E vorba de mine. Mă visez ciudat. Nu este ca sarcinile dinainte. Am un presentiment. La anul voi avea şi eu o vârstă rotundă. Dar...

- Niciun dar, fata mea, ai mai născut şi o să fie bine. Visele sunt vise. O să avem grijă de tine. O să vorbesc cu ginerele meu să aducă un doctor, când sarcina se va aşeza cum trebuie. Te rog nu mai gândi aşa, îţi faci singură rău. Alungă-ţi aceste pete negre din suflet. Du-te lângă soţul tău. Curând va începe să te caute.

- Bine, mamă, o să-i spun în seara aceasta, acum sărută-mă.

Prinţesa îşi sărută fiica, simţind fiorul negru cu care se înconjurase aceasta. Însă nu spuse nimic.

- Iată-te în sfârşit apărând, zise Carol când îşi zări soţia. Eram cât pe ce să încep să te caut.

- Ştiu, zise Frederika, mama a spus acelaşi lucru. Sigur o să ieşi şi o să mă strigi. În timpul acesta doamna se aşeză într-un fotoliu, privindu-şi soţul.

- Simt că trebuie să-mi spui ceva, aşa este? întrebă ducele.

- Da, întotdeauna îmi citeşti inima. Aştept un copil, dar...

- Ce veste minunată, draga mea. Poţi să mai faci o fată pentru tine, zise Carol luându-şi soţia în braţe... Dar, parcă am auzit un dar... E ceva ce eu nu ştiu încă?

- E o sarcină cu complicaţii, doctorul a fost de două ori până acum. Curând o să stau în pat şi s-ar putea şi aşa să nu pot naşte un prunc viu. Ceva s-a întâmplat la ultima naştere. Îmi este frică.

- Nu te necăji, o să aducem aici încă un doctor. Dacă vrei, ne mutăm lângă Hanovra, în casa ta favorită. Acolo e linişte, aici e mai multă agitaţie.

- Nu, Carol, pot duce sau nu această sarcină oriunde. Peste tot sunt camere şi paturi în care pot să stau... Doar că acum îmi este teamă şi pentru mine, am un sentiment straniu.

- Când a spus doctorul că o să naşti? întrebă foarte serios ducele.

- Cred că în mai, dar ştii şi tu că nimic nu este sigur. O să stau atât de neliniştită până atunci. De aceea am dorit această serbare în cinstea ta.

- Dar mai sunt ani mulţi de acum înainte, răspunse prompt Carol.

- Am impresia că eu nu o să mai prind suma rotundă de anul viitor.

- Frederika, revino-ţi în fire, mă întristezi, chiar atât de tare te apasă ce a spus doctorul? Ai mai născut de câteva ori şi mama ta la fel. De altfel, toate femeile nasc, chiar şi cele sărmane şi fără doctor.

- Poate că am citit prea multe în ochii doctorului, dragul meu. De spus a spus ceva, dar ce am văzut în ochii lui m-a neliniştit.

- O să vorbesc şi eu cu el. Oricum, nu e o sarcină mare, cam două luni, dacă ne gândim la luna mai de anul următor. Cine mai ştie?

- Mamei i-am spus acum. Cu ea eram.

- Prinţesa trebuie să caute un doctor bun, am să o rog. Dar acum mi-a venit o idee şi plec, chiar dacă e noapte. Doctorul a fost şi el la petrecere, nu s-a culcat. Trebuie să-mi spună mie îmi faţă ce se întâmplă, nu cu ochii.

- Carol, nu te duce, e frig şi noapte.

- Ştii că nu pot altfel. Nu mă pot linişti. Vin îndată. Dacă nu răspunde, o să îi sparg geamurile.

Ducele ieşi fără a mai auzi protestele soţiei sale care începu să plângă ridicându-se şi începând să-şi dea bijuteriile jos. Îşi lăsă părul să-i cadă pe umeri şi se privi în oglindă fără să-şi dea seama că timpul trece. Exact aşa o găsi ducele când se întoarse.

- Nu i-am spart geamurile omului, poţi să stai liniştită. Era treaz, dar fără dorinţă de a vorbi cu mine. Dar l-am obligat. Ai avut probleme mari la ultima naştere, cred că nu trebuia să rămâi însărcinată. Dar m-a liniştit spunându-mi că, dacă îi urmezi sfaturile, totul va avea un final fericit. Mă simt un pic vinovat de situaţia asta, dar voi găsi o soluţie. Nici măcar nu te-ai băgat în pat, nici îmbrăcată nu eşti de noapte. Ce ai făcut? întrebă soţul apropiindu-se de oglindă. Aha, ai plâns. Nu o vei mai face, problema îmi aparţine. Voi chema doctori din Potsdam şi Berlin pentru tine, meriţi ce este mai bun. Iar cu petrecerile s-a terminat, te obosesc prea mult. Din ianuarie omul mi-a recomandat să te rog să stai în pat până în mai, doar mici plimbări prin cameră şi nu prea dese. O să vină copiii la tine să-i vezi. O să te ajut eu să te dezbraci, bănuiesc eu că ai trimis camerista la culcare. Ce noapte, fericire şi durere în acelaşi timp, termină Carol luându-şi soţia în braţe.

Ducele se dovedi foarte grijuliu cu soţia sa. Stătură cu toţii acasă de sărbători. Dacă cineva chiar dorea să-i vadă putea veni, uşa le era deschisă, dar ei nu aveau să plece.

Din ianuarie, Frederika începu să stea în pat. Obosea, iar doctorii, acum erau doi, veneau destul de des, uimind copiii. Louise, care era ataşată mult de mama ei, se întreba în gând, de ce aceasta stă în pat şi nu se mai joacă cu ei: „Dacă moare, cui o să ne lase?", dar acest gând trecea repede pentru că fetiţa avea reguli stricte, trebuia să se joace cu toate păpuşile.

Ducele şi întreaga familie se alarmară în martie, când ducesa se trezi într-o dimineaţă cu dureri mari şi murdară de sânge. Doctorul, chemat imediat, reuşi cu greu să oprească sângerarea. Copilul dădea din mâini şi din picioare cu forţă, chinuindu-şi mama.

- Poate că naşte acum, spuse Carol, e poate un semn.
- Nu, nu naşte acum doamna. Am oprit hemoragia, iar copilul s-a liniştit. Însă această ultimă parte a sarcinii va fi mai complicată. Trebuie însănătoşită mama, a pierdut mult sânge. Sper să poată mânca.
- Va mânca, îi voi da eu, nu mă refuză niciodată, zise nervos Carol.

Situaţia aceasta nefericită se repetă până în luna mai încă de trei ori, aducând familia la disperare. Ducesa îi adusese la cunoştinţă soţului, după ultimul episod, faptul că nu-şi mai simte copilul.

- Cum nu mai simţi copilul? întrebă ducele evident iritat. Poate doarme.
- Nu, nu doarme, ieri l-am simţit. Cred că e mort, spuse ducesa cu glas scăzut. Sufletul meu de mamă îmi spune asta. Nu mă înşel. Cheamă doctorii să-l scoată din mine. Nu mai rezist mult.
Carol îşi sărută soţia şi ieşi, lăsând-o pe aceasta cu mama ei.
- O să mor, mamă. Nici nu ştiu cum vor scoate copilul dacă e mort, fără dorinţa de a ieşi din mine.
- Taci, Frederika, spuse prinţesa palidă ca ceara. O să vină doctorii. O să fie bine.
- Să ai grijă de copiii mei, iar Carol să se însoare, sunt dorinţele mele pe care le vreau îndeplinite.

Doctorii venira şi îi dădură calmante ducesei. Carol fu scos din cameră. După trei ore în care copilul nu mişcă, aceştia au început să se sfătuie. Ducesa avea dreptate, copilul era mort. S-au dus amândoi să-l anunţe pe duce şi să-i ceară acceptul pentru tot ce doreau să facă pentru salvarea mamei. Acesta, nebun de furie, a fost de acord cu totul. Curând strigătele Frederikăi începură să se audă din ce în ce mai tare. Copiii au fost duşi în mare grabă la reşedinţa unchiului lor, care se văzu înconjurat de copii speriaţi dintr-o dată.

Nefericita mamă se chinui toată noaptea până când copilul, o fetiţă, ieşi din ea, însă aproape moartă. Fetiţa deschisese ochii şi rămăsese trează atât cât părinţii să o sărute şi s-o ia în braţe. Muri imediat în braţele ducelui. Carol era disperat cum nu mai fusese niciodată de când trăia. Copila moartă, mama într-o stare deplorabilă, totul părea că nu are sfârşit. Doctorii vedeau cum ducesa nu se mai reface şi cum toată viaţa se scurge din ea.

În 21 mai îngropară fetiţa dărâmaţi de durere, ştiind că Frederika nu aştepta decât să-şi urmeze copila. Forfota distrusese toată liniştea din palat. Copiii înţelegeau ce se întâmplă, mai bine decât puteau să-şi dea seama adulţii. Au fost aduşi în aceeaşi zi de la palatul ducal, să-şi vadă surioara în sicriu.

Louise plânse cel mai tare şi alergă pe scări spre camera mamei.

- Mamă, strigă ea, strecurându-se printre cei prezenţi. Te duci după surioara cea moartă? Îţi place mult de ea?

- Louise, ce cauţi aici, strigă bunica ei, prinţesa. Scoateţi-o din cameră. Trebuie să-şi amintească de mama ei aşa cum era, veselă.

Dar Louise înţelesese deja multe, iar inima ei plăpândă muri puţin alături de cea a mamei sale. Coborî scările zbătându-se în braţele servitorului care o ducea către fraţii săi.

- Oh, Frederica, ce nenorocire, mama moare şi nu avem voie la ea! Suntem orfani... curând...

Târziu, în acea seară, ducesa luă sfânta împărtăşanie apoi dori să vorbească cu mama ei şi cu Carol, cu fiecare în parte. Nu spuse prea multe, pe mama ei o rugă să-l facă pe Carol să se recăsătorească, dacă se poate chiar cu sora ei, Charlotte, care era veselă şi credea că va fi o mamă bună pentru copiii ei, iar lui Carol îi spuse încă odată cât de mult îl iubeşte. Îl consolă să nu fie trist prea multă vreme şi să nu o uite, fusese fericită, îi mai şopti ea.

De dimineaţă muri aşa cum îşi dorise, în braţele soţului. Toată primăvara se stinse în ochii tuturor, nu împlinise încă 30 de ani. Durerea îi dispăruse de pe faţa devenită albă din lipsa sângelui, acum era calmă. Copiii avură voie să o vadă după ce terminară cu pregătirile. Plânsete se auzeau din toate colţurile palatului, veniră apoi rude şi prieteni care nu credeau ce vedeau cu ochii. Cripta regală din Mirow avea să se mai deschidă o dată pentru stăpâna cea tânără. Fu înmormântată acolo unde Carol fusese născut şi botezat. Biserica Sfântului Ioan Botezătorul o primi cu braţele deschise lângă strămoşii soţului său, se dusese lângă cei patru copii ai ei care o aşteptau în ceruri, lăsându-i însă neconsolaţi pe ceilalţi şase, dar mai ales pe frumoasa noastră Louise, din ochii căreia lacrimile nu s-au uscat multă vreme şi care a simţit până în clipa morţii ei lipsa mamei.

CAPITOLUL 4

Familia încercă să-şi reia cursul firesc al vieţii, încet încet copiii împreună cu tatăl lor îşi risipiră durerea cu amintiri tandre despre Frederika. Mama acesteia, prinţesa Maria Louise, se mută împreună cu soţul ei Georg Wilhelm de Hesse la Hanovra pentru o perioadă. Era şi durerea la mijloc, le murise o fată, nu era drept ca părinţii să-şi conducă pruncii la groapă. Amândoi părinţii îl convinseseră pe ginere că nu avea nicio vină asupra celor întâmplate. De asemenea, o grămadă de scrisori de susţinere curgeau din toate părţile, dar, totuşi, cel mai bine îi făcu faptul că nu se oprise din a-şi efectua serviciul de mare guvernator al Hanovrei. Funcţia îi lăsa mintea să se gândească şi la altceva şi reuşiră cu toţii să se simtă mai bine sufleteşte câteva luni mai târziu. Poate doar Louise rămăsese puţin marcată şi uneori îi spunea guvernantei de alţi copii fără mamă, moartă de asemenea ca şi a ei şi se compara dându-şi seama că nu este unica lovită de această nefericire.

Ducele hotărî să-şi mute familia permanent în reşedinţa de vară de la Herrenhausen, copiii erau încântaţi de plimbările pe aleile acelea atât de frumos croite în manieră britanică, iar când priveau apa care ţâşnea atât de sus se gândeau că la capătul ei mama şi fraţii lor îi privesc făcându-le cu mâna. Bunicii plecară crezând că astfel totul se liniştise şi că durerea nu mai era atât de mare. Prinţesa dorea să vorbească cu fiica ei, Charlotte, despre dorinţele Frederikăi, şi anume ca aceasta să-i fie soţie lui Carol, bineînţeles mai târziu, când inima soţului văduv va fi mai deschisă, însă încă amâna. Ceva o tot oprea să vorbească cu aceasta şi nici măcar soţului ei nu-i spusese despre aceste dorinţe ale Frederikăi.

Sărbătorile de iarnă fuseseră diferite fără ducesă în anul acela şi mai ales într-o casă pe care o foloseau doar pe timpul verii. Fântâna era închisă, nimic nu mai era verde, totul era plin de zăpadă, măcar în casă era cald. Şemineele fuseseră curăţate temeinic. Veselia umplu salonul la deschiderea cadourilor, până şi micul Frederich avea unul şi venise să-l deschidă. Era la fel de slăbuţ şi de bolnăvicios ca întotdeauna, dar aşa era el. Primise un căluţ balansoar şi deja se urcase pe el sub privirile doicii sale. Se îmbujoră imediat de la efort, dar nu dori să coboare de pe jucărie.

Îl lăsară în pace, copilul chiar se bucura, era fericit, până căzu, desigur, şi se lovi, începând să plângă şi să-şi strige mama. Începuse să-i curgă sânge din nas, iar doica trebui să-l ia imediat în braţe şi să-l ducă în camera lui.

- Căluţul meu, strigă Friedrich din braţele femeii. Îl vreau în cameră, e al meu.

- Chiar eu ţi-l aduc, îi strigă din spate ducele. Te-ai lovit rău? Cred şi eu, răspunse tatăl când băieţelul îi arătă tatălui prin gesturi ce dureri avea încă. Ai avut viteză prea mare. O să-l călăreşti mereu, o să-l aşez lângă pat.

Copilul însă nu-l mai auzea. Leşinase, speriind pe toată lumea prezentă. Deschise ochii când doctorul îi fluturâ pe la nas nişte săruri înţepătoare. Îi trebuiră două săptămâni să se facă bine şi să primească acordul doctorului să se urce din nou pe calul lui, dar cu o viteză mai mică şi mult mai bine supravegheat.

Friedrich era mai palid ca oricând. Fraţii lui îl ocoleau mai mereu pentru ca îi speria cu accesele lui de copil plăpând şi bolnav. Într-o dimineaţă îl găsiră mort în pătuţul lui; avea lângă el, pe aşternut, calul primit cadou, ridicat cu propriile-i puteri. Nimeni nu a ştiut de unde a găsit putere. Singurul prieten pe care-l avusese. Păcat că murise fără cineva lângă el. Îl îngropară discret, aşa cum îi fusese viaţa în cei doi anişori ai lui. Un sicriu alb îl închisese pentru vecie.

Ducele a rămas astfel cu patru fete şi un băiat, din zece copii cât avusese cu soţia sa. Nu-i mai stătea gândul la niciun mariaj. Era sătul de atâtea decese în familia lui şi i-o spuse într-o zi friguroasă de toamnă şi soacrei sale.

- Doamnă, viaţa mea se împarte între datoria de a-mi servi patria şi aceea de a-mi creşte copiii şi a încerca să le ofer un viitor bun şi liniştit. O iubesc încă pe Frederika, ea este încă în sufletul meu.

- Ştiu aceasta, dar tu nu ştii ceva. Înainte de moarte, fiica mea m-a rugat să îţi sugerez să o faci totuşi, adică să le găseşti copiilor o mamă bună. Sunt încă destul de mici. Cu excepţia primelor două fete, ceilalţi doresc încă să aibă o mamă, o fiinţă care să le arate căldură. Nu ţi-am spus asta până acum pentru că nu s-a ivit o clipă de linişte, a fost o perioadă care cu greu a fost trecută de toată familia. De altfel, nu ştie nimeni. M-am tot gândit, Frederika a judecat bine pentru tine şi copiii, odihneasc-o cel de sus în bunătatea lui. Buna ta ducesă a dorit, în ultimele clipe, să te căsătoreşti cu sora ei, Charlotte, adică în familie. Le este mătuşă copiilor, se cunosc, şocul nu ar fi chiar atât de mare. Fiica mea nu ştie nimic, pentru că mi-a trebuit mult timp să-ţi spun ce ţi-am spus. Nu ştiu cum ar primi o asemenea idee. Gândeşte-te îndelung la acest subiect şi, când te hotărăşti, îmi dai răspunsul, indiferent care este el. Atunci voi simţi că Frederika, de acolo de sus, s-a liniştit. Dacă e da, o voi stârni pe Charlotte, dacă e nu, fiica mea nu va şti nimic.

- Mă surprindeţi, doamnă, dar mai ales Frederika. Nu m-am gândit la Charlotte niciodată aşa. Ce-mi sugerează soţia mea moartă? Promit că o să mă gândesc, dar pe termen lung. Nu vă voi da un răspuns în scurt timp.

- Carol, nimeni nu ţi-a cerut nimic. Doar am spus, cam târziu, ce mi-a zis Frederika înainte de a muri. Nici măcar prinţul nu a ştiut ceva din povestea asta şi, sincer, eu simt o greutate pentru că ţi-am destăinuit-o. E ciudat cum ducesa s-a gândit la sora sa. Cum a ales-o tocmai pe ea. Pe ce considerente? Nu vom şti niciodată şi e bine să lăsăm judecata morţilor în pace.

După o logodnă de câteva luni, în care Carol s-a gândit mult, acesta îndeplini dorinţa Frederikăi, însurându-se cu sora acesteia, pe care o cunoştea destul de bine şi pe care a avut prilejul s-o cunoască şi în relaţia cu viitorii ei copii. Micuţii au acceptat-o imediat, pentru că o ştiau de când se născuseră. Charlotte nu era o copilă neştiutoare, avea 29 de ani în 1784, când nunta a avut loc, la sfârşitul lui septembrie. Din nou exista o ducesă, aşa că toată familia reveni în Hanovra, instalându-se în oraş. Camera Frederikăi a rămas închisă. Nimeni nu a mai dorit să mai locuiască în ea.

Noua ducesă se purta foarte frumos cu copiii surorii sale, şi încerca să-i facă să se simtă bine în noua ipostază în care îi adusese soarta. Sfârşitul de an aducese destindere şi bucurie pe chipurile lor, speranţă şi resemnare. Nu fusese uitată mama şi nici fraţii, dar durerea se transformase în acceptare liniştită. Totul a fost hotărât de Dumnezeu cu un scop precis pe care nimeni nu-l înţelegea prea bine, dar care mai devreme sau mai târziu a fost înţeles.

Louise deveni foarte apropiată de soţia tatălui său. Avea aceeaşi ochi ca mama ei adevărată, însă învăţă să-şi iubească mama vitregă cu fiecare zi ce trecea, spre mulţumirea ducelui. Ea era singura care a trecut de toate barierele de care ceilalţi copii încă mai dădeau în calea afecţiunii sincere a Charlottei. Aşa că între cele două se formă, încet, o relaţie din ce în ce mai strânsă. Louise era mereu lângă Charlotte, iar sora ei, Frederica, le urma îndeaproape. Ajunsese şi ea la concluzia că nu era o mamă rea, ci una care se strãduie şi îşi merită afecţiunea tuturor copiilor. Bineînţeles că la această finalitate a ajuns şi datorită atitudinii Louisei, care niciodată nu putea greşi şi avea mereu dreptate.

Când se imprimăvără puţin, ducesa anunţă că aşteaptă un copil, primul al ei.

- Sunt aşa fericită, mamă. Credeam că nu va mai veni clipa aceasta şi pentru mine. Dar, uite, cerurile mă binecuvântează înainte de a împlini 30 de ani. Ducele este încântat şi speră să fie cu noroc. Louise m-a felicitat de dimineaţă, iar tu eşti aici. O să plecăm la vară la Herrenhausen şi o să ne odihnim acolo, iar plimbările vor fi minunate pentru mine. Întotdeauna mi-a plăcut acolo. Însă pot să-ţi spun un secret?

- Care este, fiica mea? întrebă prinţesa care se gândea la coincidenţa de vârstă între Frederika şi Charlotte. Amândouă aduceau vorba despre acest lucru ceea ce i se păru bizar.

- Nu-mi place guvernanta copiilor, absolut deloc. Nu ştiu cum a stat alături de sora mea atâţia ani. Mi se pare foarte severă cu copiii. Aş vrea să pot să-i spun să plece, după ce i-aş găsi loc într-o altă casă respectabilă.

- Trebuie să vorbeşti cu ducele mai întâi, Charlotte, îi răspunse prinţesa fără să aibă ceva împotriva ideii fiicei sale.

- Da, trebuie, poate la vară, când ea va fi în vacanţă. Sau înainte de vară, pentru ca din toamnă să plece în altă parte. Am văzut-o o dată strigând la micul duce. Şi el este atât de sensibil şi de dulce. Îi trebuie sigur un frăţior. Mă gândesc să i-l dăruiesc eu. Este între atâtea fete mai mari ca el, plus această guvernantă frustrată.

- Cred că trebuie să ţinem pentru noi această idee, fiica mea. Sunt unele lucruri care se schimbă greu, mai ales într-o casă ca a ducelui. Dar dacă îţi doreşti, şi te bazezi pe faptele rele ale domnişoarei, aşa va fi. Bucură-te de copilul tău şi nu te agita prea tare cu această femeie. A fost prietenă bună cu sora ta, iar ea era mulţumită de modul ei profesionist de a fi.

În vara aceea, copiii parcă crescuseră mai mult decât în alţi ani. Fusese o perioadă cu multă tihnă în care aceştia alergau una două pe aleile perfecte ale grădinii. Râsetele lor umpleau totul în jur. Fiica cea mare, Charlotte, nu participa la aceste prilejuri de bucurie. Era mare, avea 16 ani şi era logodită. Urma să se căsătorească în toamnă. Prefera să citească, să facă muzică şi să viseze la viaţa ei de soţie a lui Frederick, duce de Saxa-Hildburghausen. Îl văzuse de câteva ori şi i se păruse minunat. Mai mare decât ea cu şase ani, acaparase toată atenţia tinerei ducese. Rudele considerau căsătoria foarte potrivită. Aceasta avea să aibă loc în Hildburghausen la începutul lui septembrie.

Aşa că, din vacanţă, familia sări direct în trăsuri şi mersră într-un alai minunat pe proprietăţile familiei lui Frederick. Chiar şi ducesa însărcinată într-o lună avansată dori să meargă şi să asiste la cununia religioasă a nepoatei sale. Carol, soţul său, nu se împotrivi deloc, ducesa neavând vreo durere sau ceva care să o supere din pricina copilului pe care-l aştepta.

După festivităţi, familia îşi lăsă primul născut pe mâinile mai maturului său soţ şi plecă spre casă. Sperau să o vadă fericită şi aşteptau scrisori pline de veşti bune de la Charlotte-Georgine.

Însă veştile aveau să vină tot de la Hanovra şi nu bune, din contra, o făcură pe prinţesa Maria Louise să suspine în budoarul său. Deznădejdea pusese stăpânire pe ea, alături de neputinţă.

- O a doua fiică îmi este luată odată cu împlinirea vârstei de 30 de ani? Soţii ale aceluiaşi bărbat. Este o lovitură prea grea pentru mine. Dar oare Carol cum poate duce încă o tragedie? Însă timpul nu o lăsă să comenteze prea mult. Trăsura, pregătită la repezeală, o aştepta. Charlotte născuse un băiat perfect sănătos exact în ultima zi din noiembrie, iar de atunci medicii se chinuiau să o ţină în viaţă sub privirile aproape nebune ale ducelui care striga când numele primei sale soţii când numele celei de-a doua.

- Vezi, uite de aceea nu mă însor eu, îi spuse fratele Adolf Friedrich moştenitorului său, adică lui Carol, e tulburător pentru mine să văd atâta durere în jur, măcar copilul pare a fi sănătos. Trebuie botezat cât mai repede, înainte ca mama lui să-şi dea duhul. Nu mi-o lua în nume de rău, frate, dar asta gândesc eu.

- Te înţeleg, Adolf, de fapt, şi eu m-am gândit să facem repede botezul fără multă vâlvă. Se pare că doctorii nu-i dau prea multe şanse bietei mele soţii. Jur că mi-a ajuns! Nu mă voi mai recăsători a treia oară decât după ce te vei însura tu, frate.

- Asta niciodată, Carol, nu mă voi însura nici dacă s-ar crăpa pământul în faţa mea.

Pe copil îl botezară Carol, asemeni tatălui său, în prezenţa familiei restrânse. Prinţesa Maria Louise nu reuşi să-şi domolească lacrimile, îşi văzuse înainte de botez fiica şi înţelesese că nu mai avea şanse. Charlotte se mai chinui câteva zile, apoi muri lăsându-şi copilul vieţii în care îl aruncase. Carol era cu adevărat afectat şi încerca să găsească soluţii alături de prinţesa Maria Louise.

- Carol, cred că ar fi mai bine să vă mutaţi cu toţii la Darmstadt, locurile acestea sunt atât de nefericite pentru întreaga familie. Eu sunt singură, iar voi cu toţii aţi fi o alinare pentru mine, şi apoi vom creşte copiii împreună. O vom concedia pe guvernanta Wolzogen şi vom angaja o profesoară din Elveţia, mi se par cele mai competente acum, apoi ne trebuie o doică pentru copilul cel mai mic, dacă aceasta nu va dori să părăsească Hanovra, iar in rest vom lăsa totul în mâinile lui Dumnezeu. Spune-mi dacă ai alte planuri?

- Nu am alte planuri, am obosit cu o aşa soartă crudă. Te vom urma cu toţii şi nici vorbă de un alt mariaj, viaţa mea va urma o altă cale: cea dedicată doar copiilor mei. Sper din tot sufletul ca fiul Charlottei să trăiască.

- Va trăi, îţi pot spune eu asta, am simţit că nu degeaba l-a născut mama lui.

- Amândouă soţiile mele moarte înainte de 30 de ani! E prea mult din partea divinităţii. Ai văzut-o pe Louise? Nu se poate consola deloc, nu a avut parte nici de a doua mamă. Se apropiasără foarte tare în ultima vreme. Nefericiţii mei copii, orfani de mamă pentru a doua oară...

În câteva săptămâni familia se mută în palatul prințesei la Darmstadt, unde totul fu schimbat. Prințesa era cea care hotărî să le organizeze viața pentru că ducele nu mai dorea un alt mariaj. Nici Adolf, fratele său, conducătorul ducatului, nu mai avu vreo replică de dat și își lăsă fratele să-și orânduiască viața precum simțea, nici măcar glume despre moștenitori nu mai îndrăznea să facă.

Era primul Crăciun cu adevărat fără speranță pentru viitor pe care ducele îl trăia în casa în care se născuseră cele două surori, soțiile sale. Acolo totul amintea de ele, era firesc. Carol aștepta să se termine anul acela 1785 pentru a-și vedea de treabă ca guvernator al Hanovrei, era o ocupație sigură care îi putea ocupa tot timpul, care-l făcea să uite și să trăiască fiecare răsărit și apus de soare. Prințesa, pe de altă parte, nu mai era singură, avea și ea zilele bătrâneților pline de cinci copii care trebuiau îngrijiți cum se cuvine.

CAPITOLUL 5

Copilăria Louisei a fost una destul de austeră, dar mai ales foarte severă, bunica preferând să-şi crească nepoţii cât mai simplu cu putinţă, fără a ignora însă învăţătura. Domnişoara învăţă franceză pentru binele ei şi descoperi printre altele şi biserica lutherană. Prinţesa acorda o mare atenţie nevoilor celor săraci, aşa că îşi învăţă nepoţii să dea din cât aveau şi acestora, chiar dacă nici ei nu aveau prea multe. Astfel, Louise învăţă de mică arta de a se descurca, de a face bine şi doar ce este cu adevărat folositor. Avea o educaţie cu adevărat aleasă, anturajul ajutând-o mult în timpul copilăriei. De două ori pe an mergeau cu toţii la mormântul mamei lor, pe care nu o uitaseră defel. Micuţa ducesă încă le ducea dorul celor două mame. Educaţia o obliga să tacă, dar sufletul ei nu tăcea, nu uitase nimic. Nici acum nu suporta prea bine să vadă copii însoţiţi doar de guvernante sau de taţi, iar durerea pe care o simţea când vedea copii în braţele mamelor lor era cruntă. Se ascundea pentru a plânge şi pentru a reveni frumoasă, pentru că aşa şi era: se vedea încă de la 10 ani cât de minunată avea să fie. Era tot ce şi-ar fi putut dori un prinţ ca soţie. Pe cât de marcată era de durerile copilăriei, pe atât era de dornică să cunoască. La vârsta ei adora teatrul, literatura germană, mai ales pe Schiller şi Goethe, nedându-se la o parte nici din calea operelor greceşti.

Bunica era mândră de ea. O considera nestemata familiei, fără a le ignora pe celelalte nepoate, rănindu-le. Însă nu era singura care era vrăjită de fetiţă. Toţi oaspeţii erau fermecaţi.

Frumoasa noastră Louise stătu cu familia la Darmstadt până în anul în care împlini 17 ani. Adică până la debutul său în marea lume germană. Neobosita sa bunică îşi luă fetele, pe Louise şi pe Frederica, şi plecă la Frankfurt, acolo unde se afla nepotul său, regele Frederick William al II- lea cu întreaga sa curte. Era un prilej minunat de a-şi exprima respectul, dar mai ales de a găsi alianţe pentru cele două fete, dacă se putea şi puţină dragoste presărată peste acestea. Era timp destul pentru fete.

Dar, înainte de a pleca din Darrmstadt către Frankfurt, sosi la reşedinţa prinţesei unchiul copiilor, fratele lui Carol, ducele de Meckelenburg, care se bucură nespus de sănătatea tuturor. Dorea să petreacă câteva zile frumoase în casa soacrei fratelui său. Asta doar la suprafaţă, informând-o pe prinţesă cu nerăbdare despre mici afaceri minunate pe care le avea în minte.

- Ştiu că am venit când eraţi gata de plecare, dar tocmai de aceea am şi sosit aşa, să vă prind încă acasă.

- Nu mă superi cu nimic, duce. E o plăcere, iar pe fete le-am învăţat să aibă răbdare. Despre ce este vorba? întrebă prinţesa. M-ai făcut curioasă.

- Te duci la rudele dumitale acum şi m-am gândit ce alianţe fericite ar putea ieşi din două căsătorii aranjate. O alianţă cu Prusia nu strică niciodată.

- Şi eu m-am gândit la aceste oportunităţi, însă nu în mod serios. Louise are 17 ani, iar sora ei doar 15, anul acesta. Ştii situaţia lor nefericită. Cea mare este foarte marcată de copilărie. Încearcă să o ascundă, dar nu o poate face faţă de mine. Cred că au nevoie de iubire în căsnicie pentru a uita trecutul. Viaţa m-a învăţat să gândesc în acest mod pentru fete. Cu prima mea nepoată, cu Charlotte, nu am reuşit nimic şi e nefericită alături de soţul ei. Îşi duce soarta până când domnul o va lua la el. Mă simt vinovată de parcă am împins-o eu în acest mariaj. Uneori, îmi pare rău că providenţa m-a lăsat atât de mult pe pământ. Am îngropat atât de multă lume şi am obosit. E drept că m-am bucurat de multe nunţi şi botezuri, dar m-au marcat dureros evenimentele funebre. Iar viaţa este frumoasă la tinereţe, nu acum la vârsta mea când de abia mă mişc şi nu am voie să cedez şi să închid ochii.

- Iartă-mă, prinţesă, atunci, răspunse ducele. Poate era mai bine să fi stat la mine acasă.

- Să nu-ţi fie, dacă văd vreo aplecare reciprocă între Louise şi prinţul moştenitor, o voi transforma în mai mult. Nu o consider pe Frederica de luat în calcul, poate pentru Louise, Carol, fratele lui Frederick William, dar nu curând. O să mă gândesc, fii pe pace, duce. Până la urmă te înţeleg şi pe tine, vrei securitate teritorială, iar fetele ar aduce-o prin căsătorie. Poate ai noroc.

Discuţia îşi schimbă subiectul, după ce prinţesa tăcu. Se ştia că nu vorbea decât la obiect şi doar atât cât ere necesar. Însă ducele ştia şi el că venerabila doamnă nu era împotrivă şi că îi va face discret jocul.

A doua zi, două trăsuri ieşeau pe porţile palatului: una cu ducele, care nu mai dori să stea la Darmstadt, schimbându-şi dispoziţia, iar alta îşi mâna caii către Frankfurt. Fiecare ducea gânduri şi speranţe ale adulţilor, fără ca frunţile tinerelor ducese să aibă habar de ceva. Cele două surori, prietene intime, se bucurau de fiecare privelişte pe care geamul trăsurii le-o oferea. Nu erau gălăgioase, nu fuseseră învăţate să-şi arate sentimentele, dar tot se bucurau în felul lor liniştit. Erau pentru prima dată îmbrăcate mai bogat. Erau sclipitoare cu adevărat, cu pălăriuţele lor cu panglici colorate şi cu rochiile din materiale scumpe. Bunica le permisese să-şi ia în bagaj câteva bijuterii de familie pe care să le poarte când vor fi prezentate nepotului ei, regele prusac.

Pâna la Frankfurt bunica aţipi de câteva ori, erau 45 de leghe până acolo, iar echipajul le era destul de mare şi de greoi. Prinţesa hotărâse să ia mulţi servitori, care să-i poarte uniforma casei şi care să călărească în faţa şi în spatele trăsurii. Era totuşi un nume în ţinut. Au schimbat caii de câteva ori şi au mâncat la un han, într-un separeu, ferite de ochii curioşilor.

Ajunseră târziu la Frankfurt, însă totul era pregătit pentru cele trei doamne. Camerele, una lângă alta, primiră curând trupurile istovite de atât de mult drum. Regele le lăsase un mesaj de bun venit lăsat pe toaleta din fiecare cameră şi astfel că totul promitea să fie minunat, cu sau fără ceremonii de dragoste.

Dimineaţa le găsi pe drumeţele noastre odihnite şi gata de a-şi exprima respectul faţă de regele prusac, nepotul prinţesei.
Aşa că, îmbrăcate ca şi când toată viaţa şi-ar fi petrecut-o la curte, cele trei intrară în cabinetul regelui, care se opri din tot ce făcea, concediindu-şi personalul aflat cu el când îşi zări rudele.

- Mătuşă, dar ce bine arăţi, zise el curtenitor.
- Ar fi trebuit să mor demult, dar încă mai am de dus ani lungi pe acest pământ. Datoria, nepoate, mă face să stau dreaptă. Mulţumesc oricum pentru remarcă, se potriveşte mult mai bine duceselor.
- Cum ai dormit? întrebă Frederick Wilhelm. De fapt, cum aţi dormit, se corectă regele dorind să i se facă cunoştinţă cu cele două domnişoare.
- Sire, ţi le prezint pe nepoatele mele, fiicele ducelui de Meckelenburg: ducesa Louise şi ducesa Frederica. Sunt cu mine de mici şi e prima lor ieşire în lume.
Micuţele ducese au făcut două reverenţe perfecte, încântând privirile regelui.
- Sunt foarte frumoase, dădu el replica, pe care prinţesa o aştepta în mintea ei.
- Sunt mai degrabă deştepte şi mai apoi frumoase, dragul meu nepot, mulţumesc de remarcă. Sunt fiicele verişoarei tale, Frederika, care m-a lăsat pe mine să le fiu mamă şi de atunci aceasta este misiunea mea. Cu toţii sunt nişte copii buni, dar cresc prea repede.
- Aceasta este menirea copiilor, să crească şi să ne întreacă în virtuţi. Dar spune-mi cum aţi dormit, vă plac încăperile?
- Camerele sunt minunate, mulţumim de întrebare. Focurile au fost perfecte aseară, ne-au încălzit după lungul drum. Sperăm să stăm o săptămână şi să vizităm tot ce are mai frumos oraşul.
- Puteţi sta cât doriţi, aveţi ce vedea şi face aici: teatru, întâlniri de seară, de după-amiază, muzică şi dans.

- Mulţumim, nepoate, cred că ar fi cazul să ne retragem, consilierii tăi s-ar putea să se supere, iar treburile ţării să sufere.

- Ne vedem la masa de prânz atunci. Mi-a făcut plăcere revederea, iar cunoştinţa cu nepoatele tale mi-a schimbat plăcut dimineaţa. Mă gândesc să dau o serată în cinstea lor.

- Îmi măguleşti nepoatele, spuse prinţesa râzând. Ar fi o onoare pentru noi o asemenea oportunitate şi, dacă va fi, ne vom simţi mândre şi încântate de asemenea prilej.

- O să mă gândesc atunci la o serbare restrânsă. Îmi plac întâlnirile acestea mai intime. Nu sunt greu de organizat într-un timp scurt.

Doamnele plecară şi avură timp pentru ele toată dimineaţa, pentru după-masă planificându-se o ieşire la plimbare cu trăsura. Nu era frig, adia doar un pic vântul. O încântare pentru fete, care erau curioase şi râdeau la orice pală de vânt care le ridica pălăriile. Chicotitul celor două ducese o aduseseră pe prinţesă cu mintea la tinereţea ei, când fusese curtată de mulţi cavaleri frumoşi, însă degeaba, ea deja alesese, pe bunul ei prinţ plecat de mult timp de lângă ea. Nu coborâră din trăsură, se simţeau mai în siguranţă aşa, doamna ştiind oraşul, a sesizat imediat schimbările făcute pe alocuri.

Când s-au întors la palat, găsiră invitaţiile pentru acea serată promisă şi atât de dorită de ducele Adolf pentru scopurile lui politice. Era exact la mijlocul sejurului lor în Frankfurt.

Bunica le alese rochii la fel, iar fetele, trăite şi educate simplu, nu dădură importanţă ţinutei. Ştiau că vor arăta bine, aşa că nu şi-au făcut probleme. Amândouă se îmbrăcară în rochii de aceaşi culoare, a fildeşului, cu bijuterii minunate şi coafuri pe măsură. Erau două fete frumoase, dar parcă totuşi Louise îşi întrecea sora, poate şi pentru că era mai melancolică, iar privirea ei albastră îţi rămânea în suflet multă vreme după ce deţinătoarea ei dispărea de pe scenă. Prinţesa, când le-a văzut înainte de petrecere, ştiu că nu va fi o simplă serată şi se gândi la duce, unchiul lor. Puteau să i se îndeplinească dorinţele foarte uşor. Era mândră de educaţia pe care le-o dăduse. Anii plini de trai simplu şi acte de caritate le prindeau bine acum fetelor. Tot ce era de văzut era tinereţea lor, iar bărbaţii adevăraţi vor şti să o observe şi să o admire din tot sufletul.

Sala în care se ţinea întâlnirea era strălucitoare, dar nicidecum pentru o petrecere restrânsă, după standardele aproape spartane ale prinţesei. Candelabrele din cristal străluceau în lumina sutelor de lumânări. Ardeau în ele mii de luminiţe. Când au fost anunţate, toate capetele se îndreptară către marile uşi ale sălii, iar regele se ridică să-şi întâmpine bătrâna mătuşă. Ducesele arătau minunat şi prusacul a fost plăcut surprins din nou. Luăbraţul prinţesei şi o conduse încet către locul rezervat celor trei.

- Arăţi atât de bine, mătuşă, aş vrea să mai trăieşti încă pe câţi ani ai acum.

- Dragă nepoate, poate vrei să te îngrop şi pe tine?! Cred că mai degrabă te-ai uitat la nepoatele mele, flatându-mă pe mine. Fetele sunt nişte trandafiri pe care de abia poţi să îi vezi desfăcându-se curând. Le-am crescut foarte bine pe amândouă

- Da, am văzut şi în vizita din cabinetul meu de lucru. Sunt cu adevărat răpitoare. Cu siguranţă vor dansa întrega seară. E o serată intimă, nu sunt sute de invitaţi.

Prinţesa dădu din cap, înţelegând acum ce înseamnă o serată restrânsă pentru rege şi, nemaiavând răbdare, puse întrebarea care o măcina de cum intrase pe uşă:

- Dar băieţii tăi unde sunt? Nu ne-am salutat de când suntem aici şi peste patru zile vom pleca.

- Nu au fost la palat. Au fost în teritoriile mele. Au avut de rezolvat nişte probleme. Dar s-au întors, îi vei vedea în curând, vor apărea imediat de undeva. Am mare încredere în ei, mai ales în fiul care-mi va lua locul. E şi mai mare. Sunt mândru de amândoi, cu toate că, uneori, mi se pare că nu râd niciodată şi nu se bucură de vârsta pe care o au; ştii, sunt foarte serioşi.

- Aşa cum stă bine firii germane, nepoate, îi răspunse prinţesa ocupându-şi locul în fotoliu, urmată de cele doua fete puţin stingherite de atâtea priviri iscoditoare.

Curând balul începu, iar ducesele erau încântate de perechile care dansau, de muzică, de ţinutele doamnelor şi de atmosferă în general. Nu mai văzuseră aşa spectacol în viaţa lor. Odată Louise se uită la fotoliul de lângă ea şi nu-şi mai văzu sora. Deja dansa.

- Ştii cu cine dansează? Cu fratele mai mic al prinţului moştenitor. S-a uitat şi la tine, dar nu erai atentă. Frederica e minunată în braţele prinţului Louis Carol, spuse repezit bunica spre nepoata ei. „Cine ştie ce poate ieşi din acestă seară minunată", continuă ea în gând, privindu-şi nepoata de 17 ani, radiind de frumuseţe.

Louise zâmbi fericită pentru sora ei, neurmărind discuţia dintre prinţesa Maria Louise şi un tânăr pe care evident nu-l cunoştea şi care apăruse lângă dânsele dintr-un vis. Până să se dezmeticească, tânărul îi făcu o plecăciune şi o invită la dans, cu privirea ţintă în ochii ei. Fata plecă privirea tulburată şi îi întinse mâna domnului.

- Este prinţul moştenitor, scumpă Louise, zise prinţesa lângă urechea ducesei, care prinse din zbor cuvintele, deja trasă în vârtejul dansului de către Frederick William.

Acesta o conduse impecabil pe Louise până în centrul locului de dans, mişcându-se şi privind-o mereu în ochi, făcând-o să nu se simtă în largul ei sub privirea atât de pătrunzătoare şi serioasă aţintită asupra ei.

- Îţi place aici? auzi deodată Louise.

- E prima mea ieşire în afara oraşului în care am crescut cu fraţii mei. Am doar 17 ani. Pot spune că mi-am făcut intrarea şi că sunt primii paşi de dans într-o sală de bal sub privirile atâtor oameni.

- E cam ciudat pentru tine, eşti o debutantă şi, pe deasupra, dansezi cu mine, moştenitorul Prusiei. Eu am cu şase ani mai mult şi nu e primul meu dans.

- Îmi închipui că este aşa, şopti Louise, cu privirea pe tunica partenerului ei.

- Ai avut o copilărie fericită? o întrebă prinţul.

- Am făcut-o să fie, cu toate că, la început, credeam că nu mai scăpăm de doliu şi că timpul nostru se împarte între două înmormântări. Bunica ne-a fost mamă în locul fiicei ei şi ne-a crescut pe toţi simplu şi destul de sever. Tata e un sfânt, nu s-a mai căsătorit. A suferit mult, a ţinut totul în el, dar mereu a avut un zâmbet pentru copiii lui. Am fost crescuţi aproape de religia noastră şi ea ne-a adus mângâiere deplină.

- Şi mie îmi place religia şi cred cu adevărat în învăţăturile bisericii. Lumea spune că sunt prea serios, dar pot să mă binedispun dacă vreau, răspunse prinţul încântat de Louise.

Când dansul se termină, prinţul îşi conduse partenera la locul ei şi plecă înclinându-se. Frederica încă mai dansa cu fratele moştenitorului. Se părea că cei adunaţi acolo aveau ce vorbi, privindu-i pe cei doi copii ai regelui. Unul îşi lăsase partenera, iar celălalt nu-i mai dădea drumul.

Prinţul moştenitor nu băgă de seamă toate acestea, se dusese lângă tatăl lui şi se aşezase în fotoliul său. Nimic, niciun gest, nu arăta vreun gând pe chipul său. Privea liniştit sala, fără a vedea, însă, nimic. O atitudine serioasă şi foarte corectă.

Louise se aşezase obosită în fotoliu. Făcuse eforturi mari pentru a fi la înălţimea primului ei dans. Bunica o privea pe cealaltă nepoată, care râdea aproape la tot ce spunea Louis Charles. Acesta o adusese într-un târziu pe Frederica lângă rudele sale, extenuată, dar cu ochii sclipind de mulţumire.

- Nu am mai dansat niciodată atât de mult, Louise, se porni ea într-o conversaţie. Prinţul e un partener perfect şi spune glume nemaipomenite.

- Draga mea, răspunse bunica ei, se poartă aşa pentru că nu el este cel care va purta coroana. Prinţul Louis poate fi mai destins decât fratele său. Dar uite că s-a aşezat şi el. Cred că a obosit. Spui că nu ai mai dansat ca în seara aceasta niciodată, eu credeam că e prima dată şi pentru tine, nu doar pentru sora ta mai mare.

- Frederica, nu acordă atenţie ultimelor cuvinte ale prinţesei şi continuă, spunând că Louis dansează minunat şi că nu a greşit niciun pas.

- Nu are voie să facă vreun pas greşit. E prinţ de Prusia şi nu e primul lui dans. Fiecare femeie din sală ar da orice pentru a dansa cu vreunul din fiii nepotului meu. Însă ei nu-şi permit să se coboare. Rangul le cere anumite sacrificii, de pildă, trebuie să se însoare cu ducese sau prinţese ca ei. Dar priviţi sala plină de perechi. Peste câteva zile plecăm acasă. Trebuie să aveţi la ce visa.

- Cred că eu visez de pe acum, spuse Louise. Am obosit. Nu mi-am închipuit că mă va epuiza o serată care nu este totuşi una mare şi nici nu ţine toată noaptea. Cum arată oare o serată uriaşă? La ora două se termină, o să dorm toată dimineaţa şi o să pierd cele mai frumoase ore ale unei zile.

- Nu te mai plânge atâta, priveşte şi bucură-te de onoarea ce ţi-a fost făcută. Ai dansat cu moştenitorul cel serios, îi spuse Frederica, strângându-i mâna. Vezi şi tu că s-au retras cu toţii, pentru a nu stingheri invitaţii. Uite, s-a închis uşa în urma lor. Mă întreb dacă o să-i mai vedem până plecăm...

- Cine poate şti, zise prinţesa zâmbind, şi eu m-aş culca acum, bătrâneţea îşi spune cuvântul şi nu ar fi o idee rea nici pentru voi. Aşa că, să mergem, fetelor. Dimineaţă nu veţi avea cearcăne dacă sunteţi în pat la miezul nopţii.

Cele trei doamne plecară astfel la jumătate de ceas după rege şi fiii săi, sub privirile înciudate ale doamnelor, mai ales a celor cu care nu dansaseră niciunul dintre prinţi. Ei dansaseră cu doamnele de rangul lor, puţine la număr şi cu debutantele mătuşii tatălui lor. E adevărat, începătoare, dar exact cu rangul necesar unui mariaj perfect la care aceste femei frumoase nu puteau aspira indiferent câtă experienţă de dans şi de baluri aveau în spate. Aveau să se consoleze ele cumva cu alte ocazii. Aşa că, după plecarea prinţesei, dansul se încinse mai tare, iar eticheta parcă nu mai era atât de rigidă.

CAPITOLUL 6

Cele două fete, amețite de somn, au fost trezite de bunica lor, către prânz. Micuțele ducese nu au înțeles prea bine despre ce este vorba decât atunci când cameristele, la sugestia buniciilor, le traseră din pat.

- Nici acum nu sunteți treze, zise prințesa, dar măcar nu aveți cearcăne, niciuna, iar aceasta este foarte bine.
Faceți-le să arate perfect în scurt timp, se adresă doamna cameristelor. Să ciugulească ceva repede și apoi să vină în camera mea.
Fetele rămaseră în spatele ușii pe care prințesa o trântise cam cu putere în urma ei.

- Bunica era îmbrăcată ca pentru o ceremonie, observă Frederica. Voi trebuie să știți mai multe, continuă ea privindu-și cameristele. Ce zici, Louise?

- Eu nu spun nimic. Mie îmi este frig. Era așa de bine sub pleduri, răspunse frumoasa Louise.

- Cred că ar trebui să ne spuneți despre ce este vorba, nu se lăsă de ideea ei Frederica.

- Domnișoară, nici noi nu știm prea multe, doar că trebuie să mergeți la o întâlnire cu cineva important și trebuie să fiți aranjate, spuse una din cameriste.

- Dar cei care ne-au chemat nu știu unde am fost astă-noapte? întrebă Frederica, mult mai îndrăzneață decât sora ei mai mare.

- Se pare că știu, dar nu acordă prea mare importanță, spuse fata, dând ușor din umeri.

- E regele, nu înțelegi? spuse Louise încet. Își ia rămas bun de la noi. Curând o să plecăm. O primire din aceea plină de politețe și etichetă, dar scurtă, în cabinetul în care am mai fost.

- Da, probabil. Ei au plecat mai repede decât noi. S-au odihnit cu o jumătate de oră mai mult, îi răspunse cu năduf Frederica surorii sale.

- Un rege nu doarme niciodată, îi șopti Louise în continuare surorii sale mai mici.

- Ba eu cred că doarme și acum ne face în ciudă, răspunse cea mai mică dintre ducese.

- Sunteţi gata? se auzi o voce, ce se dovedi a fi a prinţesei Marie Louise, urmată de o uşă puţin izbită.

- Suntem gata într-o clipă, răspunseră fetele tresărind, parcă prinse făcând un lucru greşit.

- Deja au trimis după noi şi suntem aşteptate, zise prinţesa aşezându-se mulţumită de ceea ce vedea.

- Au trimis după noi? Au...? Adică nu regele? observă Frederica încruntându-se.

- Sunteţi nişte prostuţe amândouă, va fi o întâlnire al cărei caracter îl bănui deja. În cabinet sunt şi cei doi prinţi cu care aţi dansat aseară. Eu cred că se va face o propunere, iar pe mine gândurile mă duc înspre această posibilitate căci sunt destul de bătrână ca să pot vedea mai departe de propriu-mi nas.

- Propunere? întrebă Louise cu gândul la seara trecută.

- Vom vedea, spuse bunica luându-şi nepoatele de braţ, şi ieşi lovind prea tare uşa în toc.

Gândurile celor două fete erau total diferite: Louise simţea teamă şi necunoscut, iar Frederica exalta gândindu-se la prinţul cu care dansase seara trecută. Aşa trecură de pavilioane, urcară scări, apoi coborâră altele cu bunica lor alături, până când ajunseră la cabinetul în care mai intraseră o dată. Îşi auziră numele anunţate şi apoi intrară. Şi da..., bunica avu dreptate, erau trei domni în loc de unul.

- Mătuşă, v-aţi odihnit aseară? întrebă regele zâmbind.

- Am plecat imediat după tine, nepoate, bineînţeles că am dormit şi domnişoarele mele la fel, ba chiar le-am tras din pat azi dimineaţă pentru a veni aici.

Prinţesa vorbea fără a observa cât de roşii erau fetele în obraji şi cât de stingheriţi erau cei doi prinţi. Regele râse din toată inima, mângâindu-şi favoriţii.

- Vino, mătuşă, cu mine pe uşa aceasta, să lăsăm tinereţea singură pentru câteva clipe.

- Vin, dacă mă chemi, zise prinţesa zâmbind, şi îl urmă apoi pe regele Prusiei, gândindu-se la ce o rugase ducele de Meckelenburg înainte de a pleca din Dortmund.

Regele şi mătuşa lui intrară într-un fel de cameră de rugăciune foarte intimă şi rar călcată de altcineva decât regele.

- Interesantă această formă de capelă, spuse prinţesa.

- Şi mie îmi place, uneori vin aici şi stau singur fără să mă gândesc la ceva anume, dar dumneata eşti prima femeie care intră aici. Te-am chemat pentru că fiii mei nu m-au lăsat să dorm cu cererile formulate în mijlocul nopţii. Cred că ştii despre ce vorbesc sau măcar intuieşti...

- Intuiesc, fetele însă nu cred că înțeleg de ce sunt lăsate singure dincolo cu doi tineri. Eu sunt de acord și cred că și tatăl lor este. Să fie exact perechile de aseară? Adică Louise... regină a Prusiei?

- Exact! Ești adorabilă! Te iubesc atât de mult pentru umorul tău în vorbe atât de directe, zise râzând regele.

- Știu că mă iubești...

- Ne-am înțeles, așadar? întrebă Frederick.

-Da, ne-am înțeles, este cineva care se va bucura mult pentru aceste alianțe, dar nu-i rostesc numele, zise râzând prințesa. Să ieșim de aici acum, e prea religios totul și tinerii prea lăsați singuri. Când au ieșit, perechile erau deja formate, exact ca în seara trecută.

- Gata, vă căsătoriți amândouă, aveți acordul meu și acesta este suficient. O să scriem niște scrisori personale tatălui și unchiului vostru. Vă felicit pe toți. Voi trăi să văd încă două nunți.
Zâmbind din toată inima, cei patru tineri și-au dat mâinile în semn de acceptare.

- Acum, mătușă, tu hotărăști logodna oficială, sau logodnele, pardon, zise regele.

- Nici să nu te gândești că vor fi în altă parte decât la Darmstadt. Până atunci vei putea negocia cu rudele lor. Eu fac tot ce pot, dar în altă parte.

- Darmstadt, hm, cu siguranță e bine așa, răspunse regele mulțumit, făcând un gest de terminare a discuției.
Prințesa făcu o reverență și ieși, după ce fetele o imitaseră mult mai elegant.

Cât mai stătuseră în oraș, zvonurile cuprinseră toate palatele nobiliare. Toată lumea vorbea în șoaptă, fără să iasă însă ceva la suprafață. Nu era încă nimic oficial. Nimeni nu putea spune mai mult decât se știa deja, adică că cei doi prinți le vizitau în fiecare seară pe ducese și că tatăl lor era încântat.

Cât le privește pe cele două fete, acestea erau copleșite și își doreau uneori liniștea orașului în care crescuseră. Când puseră piciorul în palatul cel sobru din Darmstadt, se bucurară ca pentru ultima dată, sau și mai potrivit, ca atunci când îți revezi un vechi prieten.

Tatăl lor le aștepta împreună cu fiul prințesei, prințul Ludwig de Hesse-Darmstadt, care era uimit de câte putuse face mama lui într-o săptămână cu două fete frumoase, nepoatele lui. În budoar bătrâna doamnă avea o misivă și de la unchiul fetelor, ducele Adolf în care bănuim cam despre ce este vorba.

- Nu este rău deloc, fiicele mele dragi, spuse sărutându-le tatăl lor, ducele Carol. Sper să fiți fericite amândouă.

- Mulțumim, tată, au răspuns fetele deodată. Ce bine este acasă, totuși, spuse Louise. Acum îmi dau seama cât mi-a lipsit Darmstadt.

- Odihniţi-vă şi înfloriţi, două logodne vă aşteaptă curând.Va răsuna iarăşi muzica în palatul prinţilor de Hesse-Darmstadt. Avem multe de pregătit şi nu este timp la dispoziţie, adăugă fiul prinţesei.

- Invitaţi, muzicanţi, mâncăruri, regele prusac doreşte aceste mariaje împlinite până la sfârşitul anului, ca de altfel şi fratele meu Adolf, spuse ducele Carol. Crede că aceste două alianţe îi vor fi de folos. Îşi face haine noi pentru aceste evenimente. Parcă este copil. Nefiind însurat, a rămas tot la stadiul în care el este cel căruia i se cuvin toate.

Cele două fete intrară în sfârşit în camerele lor. Louise se bucură din tot sufletul când se regăsi în locul ei drag. Parcă fusese plecată un an, nu câteva zile. Deschise fereastra şi privi, era destul de cald afară. Se gândi la mama ei, ce ar fi dat să fie lângă ea, să o îndrume, să o înveţe, să o sărute, dar mai ales s-o îmbrăţişeze. Cât şi-ar fi dorit-o lângă ea în aceste momente. Îl avea uneori în gânduri pe prinţ şi faptul că urma să fie regină cândva. Îi plăcea de el, chiar dacă îl găsea cam serios şi plin de reguli uneori. Era prea religios pentru firea ei calmă, dar foarte deschisă, uneori chiar restrictiv, îşi zicea ea alungându-şi apoi gândul. Îi veni în minte apoi că se căsătorea fără să cunoască ceva din viaţa unei domnişoare ieşite în lume. Se căsătorea la prima ei serată, nelăsându-i-se loc niciunei experienţe de fată tânără, gândind aceleaşi lucruri şi despre sora ei, Frederica.

Erau gânduri fără prea mare valoare reală, când toţi cei din jur considerau că aceste mariaje erau ca nişte bijuterii care trebuiau agăţate la piept cu orice preţ. Erau două ducese, de 17 şi 15 ani, iar destinele lor nu erau în mâinile lor.

Louise nu se mai simţise de mult atât de pierdută. Poate momente din acestea trăise când îi muriseră mama şi mai apoi mătuşa de care se ataşase, dar îşi revenise cumva. Fusese ajutată mult şi rămăsese acasă cu tatăl şi bunica ei. Acum se vedea singură: peste o lună logodna, la sfârşitul anului, nunta, plecarea, schimbarea statutului: avea să fie o femeie măritată.

A doua zi uită multe din gândurile sale când se trezi în locurile cu care era familiarizată şi când văzu că nimic nu părea schimbat. Se plimba cu Frederica prin aceleaşi locuri, saluta aceeaşi grădinari şi alerga la acelaşi preot, care o iubea mult şi căruia îi dădu vestea.

Logodnele aveau să se facă în a doua parte a lui aprilie şi totul a fost pus în mişcare deja. Invitaţiile curgeau, confirmările se întorceau rapid. Un singur lucru înnegura viaţa celor două surori atât de unite. O veste ajunsese la urechile Fredericăi, iar aceasta i-o împărtăşi printre sughiţuri de plâns Louisei, când rămaseră singure.

- Louise, se pare că prinţul tău e serios şi foarte religios, ceea ce nu este tocmai rău, înseamnă că te va respecta. Al meu este un afemeiat, un ignorant, se pare că tatăl său regele doreşte să-l cuminţească prin mine. Nu voi fi fericită, o simt.

- Frederica, ştii bine că nu a fost crescut să conducă. Şi-a găsit alte preocupări. Apoi, e foarte tânăr. Îl vei face să regrete felul lui de a fi, vei reuşi cu farmecul şi cu minunea care eşti. O să te descopere şi o să uite de alte doamne.

- Am un presentiment urât, Louise. Nu plec cu zâmbetul pe buze în acest mariaj-pedeapsă, în care eu voi avea de suferit, iar el va fi onorabil, cu familie.

- Tu cum crezi că sunt eu, surioară? Avem aici un trai atât de simplu şi liniştit, eu, regină?... Măcar ne vom muta la Berlin împreună. Prinţii sper să rămână unde sunt. Vom fi aproape una de alta. Sper ca regele să trăiască mult de acum înainte, nu vreau să ies în evidenţă, nu încă. Şi apoi, aceasta este soarta noastră, foarte râvnită, dar uneori nu tocmai plăcută. Să aşteptăm sosirea lor aici, la noi acasă. Să ne logodim şi să lăsăm timpul să treacă. Soarta e greu să ţi-o schimbi, e greu, Frederica.

Astfel Louise îşi încuraja sora cea mică, aceasta recăpătându-şi zâmbetul, gândindu-se că aceleaşi temeri le are şi ea, dar că nu are voie să şi le arate. Nu ar avea nimeni nicio mângâiere pentru ea.

CAPITOLUL 7

Cele două logodne s-au serbat, firesc, împreună. Balul a fost deschis deodată de cele două perechi, pe aceeași melodie. A fost un singur șir de aplauze pentru cei patru, care păreau că se simt bine împreună. Prințul Louis dădea impresia că este mai puțin degajat, dar aceasta doar pentru cine îl cunoștea, avea în fapt doar 20 de ani și sângele mult mai iute decât al fratelui său, seriosul prinț moștenitor.

Însă cei doi tineri s-au purtat exemplar cu logodnicele lor, făcându-le fericite în această zi mare pentru ele.

Darmstadt-ul i-a primit cu bucurie și cu flori pe cei doi prinți prusaci. Lumea se așezase să-i privească, înăuntrul curților palatului princiar, pe invitații care mai de care mai strălucitori în costumele lor.

Nu putem să uităm fericirea ducelui Adolf, care își freca mâinile de bucurie la gândul acestei duble alianțe. Îi mulțumi subtil soacrei fratelui său, care nu avu mare lucru de zis.

- Fetele sunt exact așa cum le-am crescut. Nu prea pot să spun că tot meritul îmi aparține. Plăceau și fără ajutorul meu, sunt sigură de asta, duce. Dar să nu mai vorbim. E o logodnă acceptabilă ca durată. Sfârșitul anului e mai prielnic pentru cele două ceremonii decât oricare altă perioadă a anului. O să fie două prințese frumoase. Sper să apuc să le văd strălucind. Am mici emoții pentru Frederica. Prințul ei are anumite apucături pe care nu și le ascunde. Se spune că amanta lui actuală nu l-a iertat încă pentru acest mariaj. Sper ca această femeie să se țină departe de nepoata mea, care este o păpușă și merită să fie fericită. Pentru Louise nu mă tem. Cred că ea a nimerit mai bine. Prințul moștenitor e mai serios și nu o va face să sufere pe soția sa niciodată. E mai mare ca ea cu șase ani, iar acest lucru se cunoaște. Nu am auzit de relații clandestine. Dar vom trăi zi după zi și vom trage concluzii mai încolo, în timp.

După bal, prinții au rămas o săptămână oaspeți ai prinților de Hesse-Darmstadt. Perechile au avut timp să se plimbe, împreună sau separat, să se bucure de zilele minunate care prefațau un an plin de flori și soare, să poarte discuții și să își facă promisiuni.

Când îşi luară rămas bun, toţi patru păreau fericiţi, dar în trăsură prinţul mai mic răsuflă vădit uşurat.

- Dumnezeule, s-a terminat, jur că o fac doar pentru tata. Eu puteam să mai aştept câţiva ani.

- Cum, frate, nu-ţi place Frederica? E încântătoare. E o fată care merită iubită.

- Uite că nu o iubesc. Ştii foarte bine unde-mi sunt sentimentele. Mă doare gândul că va trebui să învăţ ce înseamnă discreţia. Acum când o femeie îmi place atât de mult, trebuie să mă ascund.

- Norocul tău e că nu te ţine mult, zise Frederick William. Îţi place să le tot schimbi pe aceste doamne. Până în decembrie, am nădejdea că totul se va rezolva în favoarea soţiei tale. Schimbând puţin subiectul, pot să-ţi spun că Louise îmi place mult, e frumoasă, deşteaptă şi bună. Judecă drept şi simplu, gândirea ei nu are meandre. O să-mi fie dor de ea. O să-i scriu des şi ea o să-mi răspundă imediat. Mi-a promis.

- Norocosule, răspunse prinţul Louis, nu ai nicio problemă sentimentală pe cap. Eu nu spun că nu îmi place Frederica, eu cred că o să fie o soţie bună, eu însă nu voi fi un soţ bun şi nu o voi iubi niciodată. Nu sunt bărbatul unei iubiri unice. Şi nici nu o să mă stăpânesc datorită acestui mariaj aranjat. Gândul meu este acum la o modalitate de a-mi consola doamna pe care o iubesc şi pe care hotărârea tatei a răvăşit-o.

- Îmi pare rău să aud aceste cuvinte de la tine, frate. Soţia ta nu merită un asemenea tratament. Măcar să nu o minţi. Să-i spui în faţă. E corect aşa. Dar să nu mai vorbim de acest subiect. Totul este în mâna celui care a creat lumea aceasta. Sunt fratele tău şi nu te pot obliga să ai un anumit dar, dacă natura nu te-a înzestrat cu el.

Aceste ultime cuvinte spuse în trăsură de cel promis Louisei se adeveriră în curând, umplându-i inima de venin şi ruşine Fredericăi. Cât timp s-a scurs până la plecarea la Berlin, micuţa ducesă a primit scrisori rare, evazive şi pline de expresii protocolare. Era rănită şi Louise nu reuşea s-o consoleze, ca de altfel nici bunica lor prinţesa. Aflase şi ea în mod cert de escapadele frumosului şi tânărului prinţ prusac.

Fetei îi era greu să-i răspundă, nu ştia ce ton să adopte în misivele sale, apoi avea sentimentul că scrisorile erau scrise de amanta viitorului său soţ. Nu-l vedea obosindu-se să-i scrie cuiva care îi era indiferent.

- Acum am atât de multă nevoie de mama, iar eu nici nu-mi mai amintesc de ea. Vag de mătuşa noastră, se plângea ea surorii sale.

- Ce-ar fi să mergem la mormântul ei? Poate ne mai liniştim, iar vremea e plăcută de plimbare, îi veni ideea Louisei. O să vorbesc cu bunica, dacă vrei...

- Dacă vreau? Ar fi o ieşire binevenită. Poate că m-aş simţi mai aproape de ea acolo. Aş regăsi-o mai repede decât uitându-mă la tablourile

în care e pictată. Să mergem. Poţi să-i spui bunicii, zise Frederica
înseninată la gândul acestei excursii.

Plimbarea până la Mirow a avut exact efectul pe care toţi îl
speraseră, iar Frederica luă atunci o hotărâre. Aceea de a-şi asuma statutul.
Va fi prinţesă şi soţie, poate şi mamă cu timpul. Nu se mai plânse de lipsa
de conţinut al scrisorilor, ci se puse pe aşteptat cu mult calm iarna
căsătoriei sale.

Louise avea parte exact de tratamentul invers din partea prinţului
moştenitor. Îşi scriau des, fiecare împărtăşindu-i celuilalt întâmplări
interesante din viaţa de zi cu zi, iar căldura reieşea din fiecare cuvânt scris.
Aşa au trecut vara şi toamna, iarna deschizând fetelor momentul mult
aşteptat de unchiul lor Adolf. Cele două perechi, reunite la Berlin, aşteptau
curioase să intre într-o nouă etapă a vieţii lor.

Conform protocolului, primul se căsători Frederick William cu
Louise, în ajunul Crăciunului. Ducesa era o frumuseţe. Fusese primită cu
mare bucurie de către berlinezi, ca o viitoare regină ce era. Louise le
zâmbea şi şi le făcea cu mâna, uimindu-i şi vrăjindu-i cu ochii ei minunaţi.
O mireasă mai frumoasă ca ea nici că se putea. Regele alesese bine pentru
moştenitorul său.

Şi prinţul cel mic a avut parte de o nuntă frumoasă, chiar dacă o
oarecare tensiune se simţea în aer. Se zvonea că între cei doi logodnici
avusese loc o discuţie nu tocmai caldă înainte de nuntă şi se cam bănuia
subiectul. Dar mariajul se înfăptui în sfârşit, iar cele două surori nu se
despărţiră, ci rămaseră împreună, Louise fericită, Frederica umilită şi
tristă, sperând ca lumina să o încălzească şi pe ea într-o bună zi.

Nici măcar faptul că era însărcinată nu o mai liniştea acum, ştiind
că prinţul îşi făcuse datoria, plăcerile găsindu-le în altă parte decât în
dormitorul legal. Şi Louise aştepta un copil, aşa că, atunci când le parveni
vestea morţii unchiului lor, Adolf Friedrich al IV-lea, situaţia le cam puse
în încurcătură. Tatăl lor îl moştenea pe fratele mai mare, devenind Carol
al II-lea, iar fratele lor, Georg, era acum moştenitorul tatălui său. Trebuiau
să meargă chiar dacă erau într-un moment delicat.

Fură întâmpinate cu bucurie de către prinţesa Maria Louise.
Aceasta era tare mulţumită că nepoatele sale aveau să nască curând.
Avusese loc, cu acest prilej, o reuniune de familie splendidă, în care toţi
fraţii şi surorile s-au regăsit cu bucurie. Serbarea aşa zisei cedări de putere
a fost magnifică şi vremea a ţinut cu noul duce. Nu se mai căsătorise, aşa
că soacra sa a fost cea care i-a stat aproape. Din partea supuşilor, aceştia
erau obişnuiţi să nu aibă o ducesă, ci doar duce pe scaunul ducal. Aşa că
nu se făcu mult caz în privinţa acestui lucru. Moştenitorul, Georg, avea 15
ani şi promitea să fie un bărbat minunat peste câţiva ani, prilej de zâmbete
şi şoapte de pe după evantaie. Formau cu toţii o familie minunată cu
adevărat, care reuşise să-şi crească toţi urmaşii corect, cu toate că acestora

le-a lipsit un factor important: mama. De undeva, aceasta sigur îşi privea pruncii care acum erau mari şi frumoşi asemeni ei.

La plecare, toţi îşi felicitară încă o dată tatăl şi se urcară în trăsuri, fiecare urmându-şi destinul. Noi o vom urmări de acum pe frumoasa noastră Louise care strânse, plină de zâmbete, mâna soţului său, în trăsura care avea să-i ducă înapoi în Berlin pe cei care locuiau acolo, pe Louise, pe care am numit-o stea căzătoare în aceste rânduri aşternute pe foaie, şi pe familia ei pe care a iubit-o şi care a făcut-o fericită toată viaţa.

CAPITOLUL 8

Cei doi soți ajunseră destul de obosiți la palatul lor de la Paretz, iar Louise se resimți multă vreme, poate și datorită sarcinii, dar liniștea ce domnea în jur o ajută să-și revină. Adora locul acela pentru că era simplu și îi amintea de Darmstadt, se ocupa cu ținerea strictă a casei sale, fiind îndrăgită din prima clipă de servitori datorită simplității și modestiei sale.

Un singur nor se abătu peste această minunată căsnicie, dar fu repede spulberat de speranța în viitor. Copilul muri la naștere, iar cei doi soți suferiră mai mult decât ar fi putut duce fiecare, totuși prinții au primit sprijin din partea tuturor și au fost văzuți apoi zâmbind la celebrarea Anului Nou care urma. Erau tineri, nu puteau să nu învingă durerea și au învins-o, precum am spus. Erau încrezători și curând fericirea și speranța de a avea un urmaș răzbi până la ei. Primăvara veni cu o nouă sarcină pentru Louise și prințul ei, bucurându-l pe rege mai mult ca orice altceva.

Frederica o felicită pe sora sa din adâncul inimii, se știa că era nefericită, dar ea se așteptase la acest lucru dinainte de a se căsători. Ea născuse atunci când Louise pierduse, iar acum aștepta un alt urmaș de la necredinciosul său soț. Uniunea aceasta nefericită adusese semne de încruntare pe chipul regelui care sperase ca fiul său mai mic să se poarte altfel cu soția sa. Cele două surori, bucuroase de revedere, începură să vorbească despre ele:

- Vei naște cu bine, Louise, vei vedea, iar curând vei ține și tu în brațe un pui de prinț.

- Acum îmi țin nepoțelul acesta neastâmpărat, zâmbi Louise către copilaș. Merge deja și îl văd tare curios, nici nu mă lasă să-l îmbrățișez.

- E tot ce am pe această lume, oftă Frederica, nu aș suporta viața în același loc cu soțul meu fără copil. L-a scos din minți din câte am auzit și pe tatăl său, regele, care l-a certat, degeaba însă, amanta lui e mult mai importantă decât noi. S-a căsătorit din datorie. Tu, în schimb, iubești și ești iubită, se vede asta. Meriți din plin tot ce e mai bun din lume.

- Nu vorbi cu atâta tristețe, nu știi ce îți mai poate oferi viața în viitor, poate că se va găsi o soluție să poți fi fericită cumva, o consolă Louise.

- Tu eşti atât de bună, surioară, şi găseşti întotdeauna cuvinte pline de alinare. Îţi mulţumesc! Vizitele mele în liniştea aceasta mă bucură mereu şi mă întorc la Berlin cu inima mai uşoară. Scrisorile tale mă fac să trăiesc în fiecare zi cu povara aceasta grea şi să trec peste mereu obsesiva întrebare: „Cu ce am greşit?"

- Frederica, eşti atât de tânără, timpul va vorbi pentru mine, acum ai doar 17 ani. Gândeşte-te la mama când eşti tristă, atunci totul se va schimba în bine în mintea ta. Îţi promit!

Aşa se alinau cele două surori ca în vremurile bune de la ele de acasă.

Louise cunoscuse fericirea alături de soţul său, dar când îşi ţinu fiul în braţe, la jumătatea lui octombrie 1795, crezu că o să-şi dea sufletul de minunăţia ce i se întâmpla. Regele porunci salve de tun, pe care le auzi tot poporul. Prussia avea acum un nou moştenitor. Coroana avea să fie dusă mai departe. Prinţul moştenitor era la fel de încântat şi, spre deliciul soţiei sale, temător în a-şi ţine fiul în braţe. Îi puseră acelaşi nume ca al bunicului şi totodată al tatălui. Avea să fie al patrulea cu numele acestuia. Şi creştea sănătos, fără a da semne de vreo suferinţă, spre bucuria mamei lui, care se ruga mereu pentru micuţul ei copil, care pentru ea nu era decât un prunc, doar al ei, şi pe care nu-l vedea ca pe un prinţ, viitor rege al Prusiei. Aşa a fost crescută şi îi mulţumea în gând bunicii sale.

Poporul o adora pe Louise pentru frumuseţea şi simplitatea sa. Încerca să-şi ajute soţul şi reuşeau să-şi împărtăşească mereu marea lor pasiune, literatura, fermecându-se reciproc. Până şi regele îi dorea mai aproape de el, aşa că Louise şi soţul său s-au mutat în palatul special dedicat prinţilor moştenitori. Astfel că Louise putea participa la evenimente, putea să se ocupe de actele ei de caritate pe care le iubea atât de mult şi putea face, prin simpla ei prezenţă, monarhia iubită.

Era începutul lui 1796 şi bucuria pusese stapânire pe toată capitala, datorită acestei prinţese de 20 de ani. Era o încântare să o vezi alături de soţul său, moştenitorul. Scrisori de felicitare veneau de peste tot la cancelaria regală. Regele râdea că oamenii statului nu-şi mai fac treaba lor pentru că toata ziua citesc scrisori. Louise cucerise inimile tuturor. De mult nu mai avuseseră o prinţesă atât de minunat de frumoasă şi cu sufletul atât de cald şi deschis spre popor.

Erau mulţumiţi că va fi regină cândva, cu toate că Louise recunoştea, când era singură cu soţul ei, că acest lucru o cam speria şi că nu mai putea regăsi liniştea de la Paretz. Oamenii de rând erau atât de fericiţi s-o vadă la activităţile pe care le desfăşura, iar ea era în măsură să le răspundă cu aceleaşi sentimente. Nu îi era deloc teamă de mulţime, o subjugase de mult. Munca ei de ajutorare a celor nevoiaşi era cunoscută de toată lumea, prestigiul monarhiei prusace având mult de câştigat de pe urma ei.

Louise putea spune cu toată inima că era fericită. Fiul ei era sănătos, soțul era plin de afecțiune pentru ea, iar inteligența și frumusețea ei depășiseră deja granițele regatului.

O singură neputință avea, aceea de a aduce fericirea și în casa surorii sale, Frederica. Prințesa Frederica era tristă alături de Louis, fiind nevoită să-l urmeze pe acesta în alt oraș, unde tatăl lui, regele, îi poruncise să fie de folos regatului. Nu o ajutau deloc gândurile îndreptate către Mirow, unde mama își dormea somnul, iar lipsa Louisei o chinuia.

- Știi, Frederick, ajut pe toată lumea, dar nu pot face nimic pentru sora mea. Mă gândesc uneori cât de diferiți sunteți: tu ești serios, credincios aranjamentelor tale, mă iubești și îți iubești băiatul, pe când Louis este exact pe dos.

- A fost crescut altfel, Louise, și nu cred că există oameni identici. Îmi pare rău pentru Frederica, dar nu putem face mare lucru. O să se bucure prin copiii ei și prin alte moduri pe care le va descoperi ea înăuntrul ei. Iar izbăvirea va veni cu siguranță de undeva. Dumnezeu este drept întotdeauna. Am încredere în el.

- Mulțumesc că îmi ești alături, soțul meu iubit. Nu putem face nimic, este adevărat. Doar să o îmbărbătăm în scrisori. Îmi spune că este însărcinată din nou și speră că va fi o fată de data aceasta. Va naște acolo, la Schwedt.

Au trecut două înmormântări până să ajungă regină. Soțul Fredericăi apucă să-și vadă fiica, iar la câteva luni muri, lăsându-și soția și copiii cu dilema dacă puteau să se bucure de acest eveniment sau nu. Ce a adus acest eveniment bun a fost reîntoarcerea în Berlin, alături de sora sa. A doua înmormântare a fost cea a regelui, transformând-o în regină a Prusiei, odată cu urcarea pe tron a soțului său. Totul se întâmplă atât de repede, la sfârșitul unei toamne mohorâte, în 1797.

A fost o perioadă foarte obositoare, mai ales că își acompaniase soțul prin toată țara pentru a-și cunoaște personal supușii și pentru ca aceștia să-l cunoască la rândul lor. De abia născuse, dar copiii erau în siguranță în palatul regal. Noul rege era încântat de candoarea soției sale. Observa cu atenție reacția oamenilor fericiți să-și vadă regina. Louise își pusese frumusețea și inteligența în slujba țării sale și a soțului său. Când aceasta zâmbea, oamenii întâlniți în cale făceau la fel. Era o cuceritoare, spre bucuria soțului său. Poporul îi purta o afecțiune sinceră. Regina lupta alături de el, îl susținea mereu, iar prusacii erau uimiți de legătura atât de strânsă dintre noul rege și soția lui. Nu se mai întâmplase așa ceva în istoria regatului.

Louise îi era alături soțului său și în politica dusă de regat.

- Sunt un pacifist convins, draga mea regină. Nu înțeleg scopul acestui sânge vărsat. Nu văd o evoluție a lumii decât prin tihnă, pace și Dumnezeu. Războaiele alungă lumea din casele ei, îi ia bucuria de a trăi.

Totul se transformă în supraviețuire sau dorință de a muri.Uită-te la Napoleon. Unde vrea să ajungă? Câștigă bătălie după bătălie. Mi se cere sa ies din minunata mea neutralitate. Cu cine să mă aliez? Cu Franța? Cu cei din coaliție? Napoleon pare de neînvins. A câștigat luptă după luptă. Acum se bucură pentru Austerlitz. Avem nevoie în țară de reforme de tot felul, nu de război. Nu pot ține balanța dreaptă, Louise. Mă rog la Dumnezeu să mă ajute, să mă lumineze.

- Dragul meu, totul o să fie bine pentru Prusia. Indiferent de ce se va întâmpla, îți voi fi alături mereu.

- Știu, Louise. Pe tine mă bazez întotdeauna. Părerile tale sunt și părerile mele, știi bine.

Louise, frumoasa regină, zâmbi gândurilor sale, strângând mâna soțului său atât de nehotărât uneori. Îl îndrăgea așa cum era și avea încredere în el. Era începutul lui 1806, născuse deja de șapte ori și nu avea încă 30 de ani împliniți.

CAPITOLUL 9

Şi regele şi regina ştiau, chiar dacă nu doreau să o recunoască deschis, că această stare de neutralitate nu putea să dureze la nesfârşit. Regele se gândea cum să împiedice intrarea ţării sale în război, pe când regina îşi dorea exact opusul. Şi pe această diferenţă se bazau cei care îşi doreau ieşirea prusacilor din neutralitate.

Regina începuse să se întâlnească din ce în ce mai des cu membri ai clasei politice din regat, care îşi expuneau părerile pro-război.

- Majestate, spunea Hardenberg, trebuie să ne hotărâm împotriva Franţei. Este onoarea ţării în joc, însă nu o putem face fără rege.

- Ce direct sunteţi! răspunse Louise. Dar vă înţeleg. Soţului meu îi plac mult liniştea şi lipsa încurcăturilor. Nu şi le doreşte. Pacea pentru el înseamnă reforme, copii şi bucurie. Războiul aduce doar durere. Şi este adevărat. Sunt de acord cu punctul lui de vedere, cu toate că, în ultima vreme, parcă mi-aş dori ca Franţa să-şi primească lecţia pe care o merită.

- Pe acest aspect ne bazăm, majestate, pe această dorinţă de pedepsire. Dacă dumneavoastră aveţi acest sentiment în inimă, înseamnă că doar luminăţia voastră poate să-l convingă pe rege, spuse Hardenberg, uşor înviorat de idee.

- Nu promit decât să mă gândesc, zise Louise zâmbind.

- E destul şi atât, majestate. E o scânteie pe care poate o aprindem, zise în final Hardenberg.

- Da, poate, spuse regina, ridicând mâna, anunţând încheierea discuţiei şi dorinţa de a rămâne singură.

<< Da, şi eu gândesc la fel. Va trebui să-l conving pe soţul meu. Nu am mai avut aici un război de mai bine de zece ani. Armata e dornică de afirmare, de succese, îşi doreşte să lupte cu Franţa. Tihna a durat destul de mult pentru soldaţi, care totuşi şi-au primit soldele la timp. Apoi, lumea germană aşteaptă să ne hotărâm cam de mult timp, şi au dreptate. >>

Louise se hotărâse. Parcă în locul acestei femei frumoase era toată Prusia. Se ridică şi se îndreptă către locul în care se afla regele. Când o văzu, acesta înţelese.

- Şi tu, iubita mea soţie? zise regele. Nu trebuie să spui un cuvânt, ţi se citeşte în ochi dorinţa. Se pare că toată lumea doreşte acelaşi lucru. Nu mă mai pot împotrivi. Dacă vreţi război, război să fie. Spălăm, precum se spune, onoarea Prusiei în sânge, după cum se pare. Du-te şi du vestea celor care o aşteaptă. Mâine voi semna ieşirea din neutralitate, termină regele uşor nemulţumit.

- Mulţumesc foarte mult, dragule, spuse regina, venind lângă rege, sărutându-l uşor.

- Du-te, Louise, repetă el zâmbind. Vreau să mă bucur de ultima noapte de neutralitate.

A doua zi, aşa cum a promis, Frederick Wilhelm semnă actul prin care Prusia renunţa la neutralitate şi intra în război împotriva Franţei. Se mai însufleţi când văzu trupele entuziasmate de gestul său.

- Vezi, Frederick, exact acest semnal şi-l doreau, spuse soţia sa, cred că ruginiseră.

- Curând o să fie muţi. Nu o să mai fie ruginiţi. Eu nu mă bucur atât de tare, încă mai am îndoieli şi îmi pare rău că am semnat. Toţi băieţii aceştia nu ştiu că războiul cu Napoleon nu este o joacă. Un om mai capabil ca el nu există. Am sentimentul că vom fi înfrânţi şi vom pierde tot. Dar ce am semnat e bun semnat, să ne bucurăm de aceste ultime zile de pace. Nu cred că armata e pregătită, continuă el, nu are exerciţiul bătăliilor. L-a uitat în aceşti ani de pace în care a lucrat mai mult pământul şi a jucat la nunţi şi botezuri.

S-a dovedit că regele a avut dreptate, destul de curând, trupele prusace, pline de sine, dar atât de neştiutoare, au dat nas în nas cu uriaşul Napoleon în octombrie, în bătălia de la Jena-Auerstedt. Ce dezastru, ce de sânge, ce de durere văzu regele în acel urât octombrie. Prusacii au fost cu adevărat scoşi din joc. Răniţii duceau lipsă de cele necesare, iar cei morţi erau cu greu acoperiţi cu pământul din care se născuseră. Rugăciunile şi nu odele de bucurie se ridicau la ceruri. Zadarnic însă. Calea era cea a umilinţei. Ce-şi doriseră cu ardoare cu o jumătate de an înainte, prusacii doreau acum să se termine mai repede. Franţa umilise Prusia aruncându-i steagurile în foc.

Louise era nefericită de veştile de pe front. Hotărî să se deghizeze şi să se alăture soţului său fără ca cineva să afle. Regele a fost surprins de înfăţişarea soţiei sale, dar recunoscu faţă de el însuşi că surpriza era plăcută.

- Ai venit să ne vezi în genunchi, Louise?

- Am venit să stau alături de poporul meu, sire. Nu sunt o fricoasă. Copiii sunt în regulă. Am vrut să văd cu ochii mei faptul că ai avut dreptate.

- Am avut şi nu am avut dreptate, Louise. Nici neutralitatea nu mă mai ajuta multă vreme. Acum să aşteptăm jocul soartei. Napoleon ne va învinge cu siguranţă. Ce rege voi mai fi eu?
- Acelaşi rege, Frederick. Acelaşi, spuse Louise fremătând.
- Dacă te-ar vedea bunica ta prinţesa, ar fi mândră de tine. V-a dat o educaţie foarte bună. Acum îţi va folosi. Vom pierde, iar mâine Napoleon va ajunge în Berlin în câteva ceasuri de marş.

Curând, vorbele regelui s-au adeverit. Frederick şi mica lui suită au ajuns cu multă greutate în Berlin, unde totul era deja pregătit pentru drumul spre evadarea dintr-o capitală ameninţată: urma pribegia.
Restul familiei regale s-a pus în mişcare spre estul regatului, fără să mai ţină cont de boala Louisei, care răcise destul de tare din cauza frigului şi a iernii, care se aruncase cu ură peste Prusia.

Napoleon nu a aşteptat să i se spună de două ori, a ocupat Berlinul bucuros de succesele sale nemaiauzite. Acest mare cuceritor auzise de locaţia în care se afla acum familia regală. Un loc în care cu toţii se îngrămădeau, fără prea multă apă sau hrană, dar mai ales locuri de dormit. Un grajd pentru cai avea să le fie locuinţă în acea iarnă familiei regale. Louise, crescută simplu, îşi reveni din boala ei, iar ceilalţi, urmându-i exemplul, nu se plânseră prea mult.

- O să avem în curând o pace în condiţii umilitoare, spunea regele aşezat lângă foc. S-o aşteptăm, altceva nu prea avem ce să facem. Doar să ne bucurăm când prindem ceva vânat. Atunci avem mai multă mâncare.
- Uneori viaţa încearcă pe toată lumea, indiferent că este rege sau ultimul om sărman de pe treptele bisericilor, îi răspunse Louise blând.
- Eşti la fel de frumoasă obosită şi cu cearcăne. Ai fost mereu norocul meu. Sora ta a trecut prin multe, ca de altfel noi toţi. Mi-am adus aminte de ea.
- Frederica? întrebă Louise.
- Da, a fost o vreme foarte nefericită, însă acum cred că nu mai doare aşa de tare. Te mai alină uneori Dumnezeu, continuă regina.
- Tot timpul, Louise. Tot timpul divinitatea este lângă noi. Însă nu o vedem şi nici nu o înţelegem. Suntem atât de orbi şi e mare păcat.

Avea să treacă încă jumătate de an până când marele cuceritor să încheie cu pierdanţii, de pe poziţii de forţă, pacea de la Tilsit.
Prusia, pe 9 iulie, la două zile după Rusia, cedează jumătate din teritorii, se obligă să îşi micşoreze armata şi, fără discernământ, se obligă, împreună cu Rusia, să-i fie alături Franţei împotriva Regatului Unit şi a Suediei.
Louise vede mâna soţului său semnând acea pace umilitoare.
Regina era însărcinată, dar nu a ţinut cont de acestă situaţie delicată când şi-a pus gândurile în mişcare, împinse de o idee foarte îndrăzneaţă. Părerea ei despre Napoleon nu putea fi mai proastă. Mai ales că acest soldat era plin de tachinări la adresa ei.

- Un monstru, îi strigă ea soțului său. Asta este acest actor, acest om fără cultură și educație.

- Oare dacă te-ai duce la el? Dacă ai cere câteva concesii pentru Prusia? Ești însărcinată, poate va conta, îl va sensibiliza, îi răspunse Frederick reginei.

- Milă? În genunchi în fața acestui francez? strigă Louise începând să plângă.

- Toți suntem în genunchi, ce mai contează acum?

- Bine, o să mă duc să-l văd, dar îmi va fi greu să nu-i spun în față că îl urăsc din tot sufletul. O voi face pentru Prusia, pentru păcatele mele.

- Tu nu ai păcate, Louise, spuse Frederick ridicând-o pe soția sa de pe scaun. Tu ești o martiră. Nimeni nu va uita gestul tău. Voi scrie, îl vei înfrunta pe acest om.

Întâlnirea a fost una în care Napoleon și-a scos bunele maniere din cufăr. Louise a știut să se facă frumoasă și, discret, cu multă determinare, a cerut câteva concesii Franței. Napoleon nu a făcut nici un gest de acceptare, dar a dorit ca întâlnirea să distrugă reputația reginei. Însă, spre uimirea lui, a reușit să o facă pe Louise, prin curajul său, și mai iubită de către poporul ei, oamenii a căror regină era. Eforturile Louisei, care au fost zadarnice, o înobilară în fața tuturor. Nimeni nu a uitat sufletul pus de ea în discuție.

Napoleon a declarat că regele Prusiei se ascunde în spatele unor fuste și că niciodată nu a fost Frederick mai bine reprezentat ca la Tilsit. Soția lui era adevăratul Prim-ministru al țării. Nimeni altcineva.

Curând țara, câtă mai era, începu să plătească tribut Franței. Napoleon putea, astfel, să-și continue înaintarea pentru a-și îndeplini dorințele de cuceritor al Europei.

Familia regală se mută din Memel într-un loc mai comod, lângă Konigsberg. Aveau o fetiță în plus, pe care o numiseră simplu: Louise.

- Pentru mine aceste nenorociri prin care trecem sunt niște teste pentru viața copiilor mei. Viitorul nu trebuie să îi mai surprindă cu ceva. Luxul nu este obligatoriu, iar dacă este, trebuie să fie conștienți că poate dispărea într-o clipă. Îmi pare rău că nu putem merge la Berlin, dar este bine și aici.

Așa au sunat vorbele reginei, pe care prusacii o adorau cu adevărat. Nicio jignire a lui Napoleon nu o atinsese. Mâini imaginare o acoperiseră. Așa că, în următorul an, când se întoarseră acasă la Berlin, mulțimea își aclamă conducătorii, dar mai ales pe Louise. Aceasta nu mai avea strălucirea tinereții în obraji. Acești ani de lipsuri și griji o obosiseră și o îmbolnăviseră cu adevărat. Alunecă înspre tatăl său, ducele de Meckelenburg-Strelitz care o luă în brațe ca pe un fulg. Regina era suferindă, dar reuși să le zâmbească tatălui său și mulțimii care doar atât își dorea pentru a visa la o Prusie nouă.

Charlottenburg li se deschise cu porțile largi spre ce lăsaseră francezii în urmă. Palatul era sărăcit acum: tablouri, sculpturi și multe decorațiuni nu mai existau. Francezii trecuseră ca lăcustele, măturaseră tot în calea lor.

- Bine că măcar au lăsat zidurile în picioare. Îmi pare rău de lucrurile rare adunate în atâția ani aici. Nu le vom mai vedea niciodată. Dar ne putem organiza viața și fără ele. Putem să o facem. Nu ne trebuie atât de mult lux. Față de cum am trăit în pribegie, aici e paradisul.

Atât a avut regina de spus. Era fericită acasă. Știa că țara care o adoptase avea nevoie morală de ea. Fiul ei avea să fie rege, avea să fie educat strict ca să fie pregătit pentru ce e mai rău.

Acum născu ultimul copil, pe micuțul Albert, într-o zi din octombrie 1809. Odată cu acest eveniment, boala care o supăra înainte reveni.

- Poate de la atâtea nașteri, concluzionă regele.

- Poate, dar mă voi face bine. Trebuie, pentru Prusia. E țara mea, răspunse regina.

- Și cât de mult te iubește această țară chinuită. În adâncul inimii, simt că nu va rămâne așa de ruptă cum este acum. Se va reuni cu siguranță. Vom renaște din propria cenușă, iar Napoleon va fi învins într-un final.

- Atunci când îi va veni ceasul, spuse Louise. Ce frig este afară, schimbă ea subiectul conversației. Îmi aduce aminte de hambarul acela. A fost o lecție bună, în definitiv. Ce vânturi! Și cum treceau prin pereții subțiri. Mă mir cum de am rezistat. Îmi place să ardă focul în cămin. Îmi dă o anumită siguranță. Și servitorii, cum căutau tot felul de lucruri de pus pe foc. Dar le amestec acum. Acele timpuri au trecut. Nu am fost învinși de monstrul acela, din contră, am găsit multă iubire și loialitate.

- Louise, cred că te agiți. Nu îți face bine. Trebuie să te liniștești, să te faci bine. Vom avea un an nou, sper că mai bun, peste puțin timp. Aștept atâtea de la el. Familia și Prusia sunt totul pentru mine, iar tu trebuie să trăiești pentru că eu cu tine le-am făcut pe toate.

- Voi trăi, dragule, sunt tânără încă și nespus de fericită. Dumnezeu m-a binecuvântat cu un soț minunat și cu niște copii pe placul inimii mele. Îmi pare rău pentru cei morți, dar mă rog pentru ei și mă liniștesc. Mă veghează de sus.

- Acum, gata cu vorba, odihnește-te. Poporul te vrea în balcon de Anul Nou. 1810 este aproape. Am atât de multe așteptări când mă gândesc la el. Dar am mai spus acest lucru.

Cei doi soți se despărțiră, iar în camera reginei se făcu liniște. Louise spera că o să se facă bine curând ca să-și înnoade viața de acolo de unde o rupsese războiul acesta umilitor. Privind pe fereastră, la lumina palidă ce trecea prin geamuri, adormi.

Sărbătorile au trecut cu invitaţi din familie, cu multe cadouri şi veselie. Nu se ţinu o petrecere adevărată ca pe vremuri, banii se duceau cu toţii pe tributul impus de Franţa, dar nu a trecut chiar ca şi cum nu s-ar fi întâmplat nimic.

În semn de solidaritate, toate rudele Louisei au venit în această perioadă în Berlin, spre bucuria acesteia, care îşi vedea din nou fraţii laolaltă. Şi sănătatea îi reveni, şi zâmbetul pe care toată lumea îl cunoştea. Ochii nu mai aveau acea lumină de pe vremuri, dar nici nu se mai putea. Louise nu mai avea 17 ani la bunica acasă. Până şi prinţesa bătrână veni să se bucure de nepoţii săi, acum mari şi cu urmaşi. Era la fel. Această prinţesă nu îmbătrânea niciodată. Toţi stăteau în jurul ei, ascultându-i poveştile. Frederica o ţinea de mână pe Louise ca pe vremuri. Nimic nu se schimbase în suflete. Timpul nu alterase nimic. Chiar şi al doilea mariaj al Fredericăi era nefericit şi se gândea la un eventual divorţ de soţul său alcoolic. Dar era un drum lung şi atâtea aprobări de cerut, încât nu reuşea să decidă momentul în care să scape de Prinţul Frederick William de Solms-Braunfels. Nu era simplu să întreţii din banii tăi un soţ care renunţase la îndatoririle sale şi care nu făcea decât să-şi înnece minţile cu băutură.

Dar la Berlin, în familie, au uitat cu toţii de probleme. Erau ca în vechile vremuri, erau copiii bunicii din nou. S-a râs mult, iar frunţile s-au descreţit. Poveştile bătrânei prinţese Maria Louise i-au încântat pe toţi cei prezenţi. Astfel că, la plecare, când palatul rămase din nou gol, Louise deveni puţin melancolică.

- Oare când o să-i mai am pe toţi aici lângă mine? Toţi au fost bucuroşi de vizită şi toţi au fost atât de destinşi. Ne-am simţit iarăşi o familie, cu bunica şi tata în prim plan.

- Nu mai gândi aşa, îi răspunse regele. Tatăl tău ne-a invitat la vară la Strelitz. Vom merge. Timpul zboară repede. Va fi cald şi plăcut.

- Da, de abia aştept să revăd locurile. Sunt atât de frumoase. Neamul nostru german are atâtea lucruri minunate după care tânjeşte lumea.

- Iar te gândeşti la acel monstru. Nu o mai face. Priveşte ce frumos e afară. E senin şi e ger. Luna se vede atât de limpede, iubito. Nu e minunat?

- Ba da, este, dar din spatele geamurilor şi cu focul duduind în cămin, zise oftând Louise.

- Uită, uită, draga mea, e un nou an care de abia a început, îi răspunse regele.

Louise nu mai adăugă nimic, zâmbi un pic şi îşi puse capul pe umărul soţului său. Era obosită.

CAPITOLUL 10

10 martie 1810. O zi rece, dar însorită de început de primăvară. Louise avea să fie surprinsă plăcut de ce i se pregătise de ziua ei. De mult nu mai văzuseră berlinezii un bal. Charlottenburg era luminat ca ziua. Regina împlinea 34 de ani. Atent îmbrăcată şi aranjată, coborî scara de onoare la braţul soţului său. Aplauzele răsunară, înduioşând-o. Ochii ei frumoşi ca cerul prinseseră rouă. Nu plângea, dar era foarte emoţionată. Copiii o aşteptau jos, la ultima treaptă, surâzători.

- Mulţumesc pentru aceste clipe. Nu o să le uit niciodată. Îmi dovedesc că mă iubiţi şi stimaţi cu toţii. Şi eu vă iubesc. Iubesc Prusia cu toată fiinţa mea. Să înceapă să cânte orchestra. Să dovedim că nu am uitat cine suntem, spuse ea.

Regele făcu un simplu semn cu mâna, iar orchestra începu un cântec pe care îl dansă cu Louise în aplauzele tuturor.

- Parcă nu au trecut anii, regina mea, spuse el. Eşti atât de frumoasă, acum parcă ai iarăşi 17 ani. Îţi mai aduci aminte de primul nostru dans? Cum să mulţumesc că te am?

- Iubind Prusia. Nu o dezamăgi, spuse Louise la rândul ei.

- Îţi promit, draga mea.

Uşor, uşor, perechile se alăturară celor doi şi dansară, bucurându-se de minunata sală de bal de la palat. Lumânările sclipeau în oglinzile uriaşe de pe pereţii încăperii, iar rochiile, ca un curcubeu, se roteau în ritmul muzicii. În acea zi Louise simţi pentru prima dată că timpul s-a oprit în loc pentru ea.

Balul se termină la două ore după miezul nopţii, trimiţându-i la casele lor pe toţi invitaţii. Vizitiii, înfriguraţi de atâta aşteptare, erau bucuroşi că se dezmorţeau în sfârşit. Avuseseră şi ei partea lor de petrecere în bucătăriile palatului, unde prăjiturile, vinul bun şi mâncarea aleasă fuseseră pregătite din timp şi pentru ei.

Noaptea aceea prusacii nu au uitat-o uşor. Louisa lor, frumoasă, le zâmbise, le vorbise în cuvinte simple, dar care le ajunseseră la inimi. De mult nu mai avuseseră o asemenea regină.

Sărbătorita adormi mângâiată de razele lunii. Nu trăgea draperiile decât foarte rar.

Se trezi tânără şi plină de viaţă din nou. Avea să îşi continue vizitele la oamenii care aveau nevoie de ea, de coşurile ei cu mâncare şi de banii ei pentru doctori. O durea puţin în partea stângă, dar se mai întâmplase, avea să treacă curând. O nouă zi se vedea deja la orizont. Avea să o înfrunte senină, ca pe toate celelalte pe care le trăise până atunci.

Dimineaţă, una din doamnele din suită i-a adus o scrisoare. Era de la bătrâna prinţesă, care nu putuse ajunge la Berlin. O durea tare un picior, dar spera să îi treacă. Nu putea fi inactivă. Nu era în caracterul ei. O ruga pe nepoata ei să o viziteze la Darmstadt în vară. Îi era dor de ea.

- Bunica doreşte să o vizităm la vară, spuse Louise intrând în cabinetul soţului său, aflat singur în încăpere.

- Ce mai face prinţesa? întrebă regele.

- O doare un picior, dar nu se plânge prea tare.Ştii cum este ea, nu poate sta locului. E ca un soldat pe timp de pace, îi răspunse Louise.

- O să mergem la ea când se încălzeşte şi apoi o să-i facem o vizită tatălui tău la Strelitz, dacă vrei...

- Cum să nu vreau, ştii că îmi doresc de multă vreme să merg acolo. Îţi mulţumesc, e un cadou cu adevărat minunat, pe care l-ai lăsat la urmă, zise râzând regina. Poate ajungem şi la Mirow. Ar fi frumos să pun nişte flori la criptele strămoşilor mei. Să fiu mai aproape de mama mea...

- O să facem ce vrei tu, draga mea, dar trebuie să ai răbdare până la vară.

- O să am, spuse Louise, ieşind din încăpere. Cei fericiţi au întotdeauna răbdare.

În aprilie şi mai, Louise ieşi din palat pentru activităţile ei caritabile mult mai mult timp decât de obicei. Era acaparată de o vitalitate debordantă, mai puternică decât ea. Energia ei îi molipsea şi pe ceilalţi. O dată îl luă cu ea chiar şi pe prinţul moştenitor, în vârstă de 15 ani.

- Vezi, Frederick, aceşti oameni îmi aduc aminte de clipele când eram refugiaţi în acel hambar friguros. Nu pot mânca la masă în nicio zi, dacă uit să dau cuiva care nu are, măcar cât de puţin pot. Şi vezi că e greu. Birul pus de francezi ne zdruncină finanţele. Mi-ar plăcea să aducem înapoi jumătatea cealaltă de ţară. Sunt ai noştri, sunt ca noi. Nu au ce căuta sub altă putere. Sunt prusaci, plâng aşa cum plâng eu uneori.

- Da, mamă, te înţeleg. Semăn cu tine. Am sensibilitatea ta. Ştii cât de mult îmi place desenul. Eram destul de mare la Memel. Coloram câmpurile acelea sărace. Şi acum păstrez desenele. Peisajele acelea nu vor muri niciodată, sunt întipărite pe hârtie, puse într-o mapă. Însă trebuie să o spun, nu meritam aşa o lecţie dură. Francezii au fost mai mult decât armata cuceritoare. S-au întrecut în a fi sadici, iar eu nu voi uita. Aştept să cadă. Cred că nu poate dura la nesfârşit. Ştiu că ar trebui să iert şi să mulţumesc pentru lecţie, dar îmi pare rău, nu pot să o fac. Iar când voi fi rege, nici cât acum nu o voi face.

- Desenele acelea... îmi amintesc de ele, era aşa o bucurie simplă. Toţi le priveau, parcă uitau de năpasta ce se abătuse peste noi atunci. Dar a trecut. Poate de aceea suntem atât de iubiţi, pentru că ne-au văzut oameni, nu regi. O familie cu copii ca şi familiile din care vin ei.

Louise îşi iubea mult copiii şi era încântată atunci când fiul ei cel mare încerca să poarte o discuţie serioasă cu ea.

Când, în iunie, ea şi regele plecară, doar ei doi, la Darmstadt, lăsându-l pe Frederick acasă alături de fraţii săi, parcă i se strânse inima. Rege cândva...

La Darmstadt, prinţesa îi primi minunat pe cei doi nepoţi. Când se plimbau cu trăsura deschisă erau de multe ori recunoscuţi şi salutaţi cu bucurie. În sfârşit casa ei cea liniştită avea puţin zumzet. Doar puţin, perechea regală era liniştită de felul ei. Louise îşi redescoperi camera, se plimbă mult, căută prin sertare, intră în iatacul mamei sale şi în cel al mătuşii ei. Regăsi portrete pe poliţe, care îi treziră amintiri: Mirow, trebuia să ajungă la cripta familiei, Hanovra, apoi casa de vacanţă cu fântâna ei uriaşă de la Herrenhausen, toate îi aduseseră aminte de ea, de tinereţea ei şi de viaţa dusă atunci. Simţea, copleşită fiind că toate îi vorbesc, că ea trebuie să primească un mesaj. Mesaj care o cutremura puţin, datorită faptului că nu i se desluşea. Îi propuse mătuşii un drum până la Mirow, iar prinţesa acceptă senină.

- Vremea e frumoasă, putem face o plimbare până acolo, răspunse ea, neobservând roşeaţa Louisei. Săptămâna viitoare e cel mai bine, înaintea plecării la tatăl tău, la Strelitz. Timpul trece atât de repede cu voi. M-am simţit mai vioaie. Cred că nu o să mor niciodată. Sunt un fel de martor al celui de sus.

În dimineaţa mult aşteptată, Louise avea un neastâmpăr ciudat în suflet. Oscila în tot ceea ce dorea să facă: nu ştia cum să se îmbrace şi nici ce pălărie să poarte. Nu putea alege florile şi nici ce să-şi pună în săculeţul de mână. Se lăsa aşteptată puţin.

- Parcă nu ai mai vrea să faci plimbarea, Louise, îi zise pe un ton blând bunica ei. Parcă te apasă ceva. Te cunosc de mică. Mereu făceai aşa când te preocupa ceva.

- Dar am crescut şi acum mergem la Mirow, spuse râzând Louise, sărutând-o pe prinţesă.

Drumul a fost plăcut, vremea ţinu cu ei din plin. Când au zărit în depărtare palatul ducal, după atâta drum, au răsuflat uşuraţi. Obosiseră cu adevărat.

Aici se născuse soţia lui George al III-lea, Charlotte, o femeie iubită şi care era o autentică Meckelenburg-Strelitz.

- O sală de bal pe care nu o uiţi prea curând. Ne vom odihni aici ca acasă. Ospitalitatea se află peste tot, zise cu bună ştiinţă prinţesa.

După o noapte în care dormiră adânc, s-au trezit şi, curând după micul dejun, au pornit spre biserica palatului, lăcaş închinat sfântului Ioan. Acolo cripta regală ţinea loc de dormitor veşnic tuturor celor care aparţineau familiei ducale Meckelenburg-Strelitz. Florile de la Darmstadt încă arătau bine. Fuseseră ţinute în apă pe drum. Erau din grădina casei în care cele două surori şi soţii ale tatălui Louisei se născuseră.

Louise intră şovăind uşor în biserică, parcă nehotărâtă să păşească. Erau aşteptaţi şi fură imediat îndrumaţi spre criptă. Regina Prusiei atinse cu mâna fiecare nume de înaintaş. Puse florile la mătuşa sa şi la fratele său, ajungând la Frederika, la mama ei. Tresări şi scăpă buchetul din mână. Ieşi în fugă din acel loc.

După ce Frederick aşeză florile pe mormântul soacrei sale necunoscute, ieşi după soţia sa.

- Ce s-a întâmplat? întrebă el îngrijorat.

- Nimic, un gest imatur, fără importanţă.

- Dar te porţi aşa de când ni s-a spus de această vizită. Adică tu ai fost cu ideea şi prinţesa a planificat-o. Te preocupă ceva... Şi prinţesa a observat.

- Ce bine ne cunoaştem. Da, este ceva, şi promit că o să-ţi zic când o să mă liniştesc. Vreau să plecăm acum. Cred că o plimbare îmi va face bine. Nu vreau să mai stau aici. E un loc ciudat de încărcat emoţional. E durere peste tot. Vom pleca mâine la Strelitz. Tata ne aşteaptă. Nici nu e mult de mers. La prânz suntem acolo.

- Cum vrei tu. Aşteaptă-mă! Mă duc după prinţesă, zise regele, deja îndreptându-se spre intrarea în biserică.

Mai târziu, în palatul ducal, prinţesa o întrebă direct pe nepoata ei ce s-a întâmplat.

- Un fel de premoniţie. bunico, ceva care mă apasă. Când am văzut şi atins mormântul mamei. am simţit că mă cheamă la ea. Aici unde doarme de multă vreme. Ai putea să zâmbeşti, dar nu o vei face. Ştii că eu niciodată nu am minţit şi nici nu am greşit. Cred că o voi întâlni curând. Nu ştiu cum, dar o voi face. Am dureri uneori, dureri pe care Frederick nici nu le bănuie. Le trec cu vederea, însă astăzi, în biserică. nu le-am putut trece. S-au legat aceste suferinţe de mama. Mi-am făcut datoria faţă de ţara care m-a adoptat şi i-am fost credincioasă soţului meu. Te rog să rămână între noi, aceste gânduri exprimate. Poate mă înşel, dar cred că nu este întâmplător că providenţa m-a adus acasă, în palatul acesta. M-am liniştit acum, cred că putem ieşi, Frederick s-ar putea întreba ce facem.

Prinţesa ieşi afară din salon nedumerită, dar cu gura pecetluită. Nu avea ea ce să discute despre ce simte nepoata ei. Cu cine? Cu soţul ei? Cu nefericitul său tată? Îşi aminti cum îi muriseră fetele una după alta şi se cutremură. Îi dădu dreptate Louisei, trebuiau să plece. Nălucile umblau slobode peste tot.

Cele două doamne răsuflară uşurate când trăsura plecă din Mirow. Ducele de Meckelenburg-Strelitz îi aştepta nerăbdător. Erau doar opt leghe pâna la destinaţie şi un timp minunat. Caii, odihniţi şi bine hrăniţi, nu zăboviră pe drum. Aşa că trăsura mergea cu viteză destul de mare, stârnind uimire în urma sa, pe lângă praful ridicat în aerul cald din mijloc de vară. Avea să fie şi moştenitorul ducatului la Strelitz. Georg, fratele Louisei, nu se căsătorise încă. Avea 31 de ani deja şi multe partide matrimoniale ratate în urma sa. Dar, după cum spunea chiar el, soarta nu i-o scosese în cale pe femeia potrivită, nu încă.

La Strelitz, tânărul duce îşi luă în braţe, direct din trăsură, frumoasa-i soră, învârtind-o în aer şi făcând-o să râdă.

- Tot pus pe glume ai rămas, cumnate, spuse râzând Frederick, recuperându-şi soţia.

- Tot, de aceea nici nu mă însor. Încă nu a apărut o doamnă care să răspundă la şaradele mele. Din păcate, tuturor le lipseşte prezenţa de spirit. Nu toate sunt ca încântătoarea mea soră. Dar deja vorbesc prea mult. Uite-l pe tata. De când vă aşteaptă!

- Iar noi aşteptăm o limonadă... zise prinţesa, completând discuţia.

- Avem limonadă. Cui îi e sete? strigă ducele uitându-se la fiica sa.

- Eşti tare frumoasă, ca un înger. Semeni cu mama ta, odihnească-se în pace.

- Nici tu nu eşti schimbat, tată. Iar castelul e la fel, neschimbat. Exact aşa cum l-am lăsat în copilărie. Ce multă vreme a trecut de atunci.

- Fratele tău împlineşte luna viitoare 31 de ani, şopti ducele, şi vrem să-i facem o surpriză. Sper să mă ajuţi.

- Bineînţeles că o să te ajut, este un secret, aşa-i?

- Da, încuviinţă tatăl ei, întorcându-se către ceilalţi. Camerele sunt pregătite, cred că e bine să vă odihniţi puţin.

- Şi răcoritoarea, pufni prinţesa...

- Te aşteaptă în cameră. Ştiam, şi m-am pregătit. Nimeni nu te poate face să aştepţi, prinţesă, eu cel mai puţin.

- Eşti mereu glumeţ, îi zise prinţesa.

- Nu întotdeauna, doar acasă. În rest nu-mi permit.

Au petrecut o săptămână de vis, cu plimbări şi multă linişte. Ducii plecau uneori, revenind pe seară, lăsând castelul în voia regilor Prusiei, dar mai ales al reginei. Aceasta îl vizită în întregime, din pivniţă până în pod, dar şi în turnuri, doamna aduna praful neşters de nimeni de curând. Louise adora galeria de tablouri ale strămoşilor. Pânzele erau destul de îngrijite şi ţineau pasul cu timpul destul de bine. Găsi portretele părinţilor săi, executate imediat după căsătorie. Ce frumoşi erau şi cât le puteau vorbi ochii! Câtă speranţă se citea în ochii Frederikăi! Câtă nevoie de aer, de bucurii şi de ani cereau ei! Apoi zări tabloul mătuşii sale, moartă la fel de trist. Mai mici erau pictaţi toţi copiii, inclusiv ea şi Frederica. Se lăsă surprinsă de chipurile tuturor. Nu credea că este ea deasupra numelui său, frumos scris cu litere de aur pe un cartonaş alb. Până ieşi din galerie, ochii mamei sale o urmăriră morţi, şi parcă vii, din tabloul agăţat pe perete.

Şi aici, buna noastră Louise se făcu iubită de servitori.

- E ca un înger, şopteau pe la bucătărie oamenii palatului.

- Parcă nu este reală, spuneau alţii. Exact ca mama ei, ducesa Frederika. Tânără a mai murit.

Într-o dimineaţă, Louise nu coborî prima, aşa cum făcea de obicei. O chemă pe prinţesă, care veni puţin mirată.

- E timpul pentru mine. Mi-am luat rămas bun de la tot şi toate. M-am împăcat cu mine însămi. Sunt linistită. Mama mă cheamă. Trebuie să-i urmez vocea.

- Louise, ce vrei să spui? întrebă bunica, care îşi înghiţi cuvintele când văzu paloarea feţei nepoatei sale. Îl chem pe rege.

- Frederick, Frederick, strigă aceasta făcând să răsune coridoarele goale ale palatului. Carol, Georg, veniţi în camera Louisei, dacă vreţi s-o mai vedeţi vie.

Cei trei bărbaţi ieşiră buimaci din camerele din care se aflau şi dădură buzna în camera Louisei. Însă se opriră imediat. Încăperea emana deja prezenţa morţii. O moarte neaşteptată, dar presimţită.

- Louise, strigă Frederick.

- Frederick, îi răspunse Louise. Ia-mă în braţe, pentru ultima oară. Sper să mă ierţi, dar mă cheamă o altă lume. Ştii, în biserică, am avut certitudinea că nu voi mai vedea Berlinul. Nu este întâmplătoare călătoria noastră aici, pe pământul acesta.

- Dar, Louise, te doare ceva?

- Nu, nu mă doare nimic. Am doar o apăsare pe piept, dar va trece curând.

Bunico, tu eşti nemuritoare, zâmbi nepoata dintre cearşafuri.

- Din păcate aşa este, spuse prinţesa. Mi-aş da orice clipă din viaţă ca să fiu eu în locul tău.

- Te iubesc, Frederick. Îi iubesc pe copiii noştri, sper într-o viaţă mai bună şi într-o Prusie din nou mare.

Aşa muri regina Prusiei. Cea care îl înfruntase pe Napoleon singură, cu inteligenţa sa. S-a dus la ceruri pe 19 iulie 1810, fără să se uite înapoi sau să aibă păreri de rău. Doar 34 de ani trăise, dar câte a lăsat în urma ei.

Toţi s-au adunat la Berlin la palatul regal. A fost înhumată în grădină şi regele a dat imediat ordin să se construiască un mausoleu deasupra. O statuie de a ei vorbea lumii despre cea care i-a ţinut piept lui Napoleon, care evident că nu veni la înmormântare, dar care a ţinut să-i transmită lui Frederick că: „i-a murit unicul ministru veritabil pe care l-a avut". Prusacii i-au dat dreptate, chiar dacă francezul era urât de moarte.

Louise a fost un model de frumuseţe, inteligenţă, simplitate şi modestie. Viaţa i-a oferit multe, şi bune şi rele, dar a ştiut să treacă peste toate la fel. Educaţia dată de bunica ei i-a folosit cu adevărat.

Modelul ei de viaţă a fost urmat de prusaci: îşi iubise soţul, copiii, iar familia fusese totul pentru ea. Regina se transformă într-o icoană vie în sufletele tuturor, traversând vie secolele următoare.

A fost regina care a ţinut spiritul prusacilor treaz, comparativ cu soţul său, regele, pe care ea l-a iubit atât de mult, dar care a făcut orice pentru liniştea lui, decât să-şi ofere şansa de a se răzbuna pe duşmanul său cel mare: Francezul.

Louise a rămas trează în inimile tuturor, iar în onoarea ei, soţul său a instituit, patru ani mai târziu, „Ordinul Louise". Acesta s-a acordat femeilor care s-au evidenţiat în diverse moduri în viaţă şi care au demonstrat că au merite deosebite.

SFÂRŞIT
27 MAI 2015

GIANFIGLIAZZI

Roman

Corinne Wandenburg

MOTTO:

„Tot ce am mâzgălit, firesc
Schiţă palidă să fie;
Spre Italia pornesc,
Iac-acuşi, în drumeţie. ”

Faust, Johann Wolfgang von Goethe

CAPITOLUL 1

Într-o dimineață de iulie a anului 1266, când dogoarea soarelui și praful de pe drumurile crăpate și uscate ale Toscanei se făceau deja simțite, pe drumul dintre Camaldolese și Florența se vedeau mergând agale trei personaje: un călugăr benedictin, un novice pe care sfântul părinte stareț îl pusese în sarcină și un măgăruș. Măgărușul îl purta în spate pe cinstitul călugăr Simone cam fără chef. Nările animalului se dilatau sau se strângeau precum bătea vântul, scotea niște sunete pe limba lui care îl nemulțumeau pe cel din spatele lui. Călugărul se temea că acușica îi va face vânt dobitocul, lăsându-l în mijlocul drumului pustiu. De la binecuvântata lui mănăstire și până la Florența era drum lung, astfel că peste noapte se aciuaseră sub un chiparos și, mai de voie de nevoie, cei trei se odihniră și mâncară ce le dădu Dumnezeu acolo.

De cum se trezi, călugărul începu să se vaite de veșnicele lui dureri de picioare și de spate pe care novicele nu înțelegea să le aprobe, el, Guido, mergând pe jos și învelindu-se toată noaptea cu haina lui. Novicele era o arătare cât o zi de post de mare, deșirată și cu o față urâtă ca noaptea în pădure când urlă lupii. Familia lui, văzând că nu o scoate la capăt cu el până la 18 ani, se rugase de starețul mănăstirii din Camaldolese să-l primească și, cu timpul, să-l binecuvânteze Dumnezeu cu călugăria. Mai avea două surori și un frate mai mic. Ieșise chiar vorbă că fetele nu se mai mărită din cauza fratelui lipsit de minte și urât aidoma unei vrăjitoare fără dinți. Ele, fetele, nu erau chipurile proaste deloc. Starețul îl dăduse în grijă pe Guido lui padre Simone, un călugăr cam rotofei pentru cinul din care făcea parte. Acesta oftă, îl citi pe băiat de la prima ocheală și îl luă pe lângă el. Nu avea încotro. Starețul îi încredințase un scop necunoscut lui, mai ales că „ora et labora" însemna altceva la padre Simone, ceva mai sofisticat, mai elaborat, că de, apucase de făcuse nițică școală înainte de a fi primit în ordinul benedictin și dăduse dovadă plăcută de isteţime și șiretenie vulpească necesare sfintei trăiri a mănăstirii.

Cum am mai amintit la mijlocul drumului, se înserase și își găsiră adăpost mai la o parte de calea către Florența. Dimineața, se treziră și ei odată cu soarele, fiecare bombănind pe legea lui, novicele văitându-se de lipsa somnului și a siguranței din mânăstire. Se închinară la Dumnezeu, mai mult padre Simone, căci măgărușul era lângă ei și, în puțină vreme, porniră la drum după ce mâncaseră ceva în grabă. Sperau să ajungă la amiază în Florența unde aveau treabă multă și încâlcită. De fapt, doar călugărul avea, novicele avea să stea cu măgarul.

- Guido, fiule, spuse padre Simone, dacă ne ajută Cel de sus, diseară ne pornim înapoi și ne aciuiem peste noapte tot sub chiparosul acela, iar mâine seară ești pe lavița ta la noi în mănăstire.

Novicele se uita somnoros la călugăr și strănută de la praful stârnit de un vânticel abia simțit. Nu era nimeni pe drum, iar cei doi își văzură de drum, fiecare cu gândurile sale. Padre Simone avea grijile lui, dorea să ajungă grabnic în oraș, căci avea treabă cu un mare bancher reapărut din sudul Franței odată cu înfrângerea lui Manfred de Sicilia de către Carol de Anjou în iarnă la Benevento. Florența de-abia își revenea după asuprirea de șase ani a ghibelinilor. Greu o mai duseseră bieții frați, iar la acest gând călugărul ofta mereu. Dar să nu anticipăm, avea nevoie de toată șiretenia lui pentru a obține bani și mai ales de norocul ca trimișii episcopului din Fiesole să nu fi luat ei împrumut înaintea lui. Cam acestea erau temerile sale. Cât despre Guido, acesta avea capul plin de aer, însă picioarele puternice și neobosite. Cu cât se ridica soarele pe cer, cu atât drumul era mai obositor, iar la un moment dat măgărușul refuză să mai meargă, oricâte bețe și blesteme primise de la sfântul părinte. Îl lăsară în mijlocul drumului și plecară pe jos către oraș. Nu mai aveau mult de mers.

- Sper să te găsesc la întoarcere, animal necredincios, spuse călugărul cam plinuț pentru a merge pe jos. Of, cât mă canonesc cu treburile mănăstirii, poate mă vede și pe mine Cel de sus. Băiatul nu spunea nimic, își sufla doar nasul care de la atâta praf i se făcuse roșu. Uite, Guido, vine o căruță, ține-te după mine și să oprim după milostenie.

Băiatul, atent, știa ca trebuie să-și imite întru totul maestrul și își plecă fruntea a îndurare.

- Fericiți pentru căruța voastră, oameni buni, spuse padre Simone aplecat, umilindu-se, încotro mergeți?

- Mergem la Florența, la messer Bertuccio, dar sfinția voastră?

- Noi tot la Florența, venim de la Camaldolese, de ieri suntem plecați la drum. Am avut noi un măgăruș, dar nu a mai vrut să meargă, l-am lăsat în mijlocul drumului, spuse fratele benedictin.

- L-am văzut, era tot acolo, iar la întoarcere cred că tot acolo îl veți găsi. Dacă vă îngrămădiți un pic, veți avea loc amândoi în spatele căruței și, cu ajutorul Sfintei Fecioare, vom ajunge îndată în oraș.

- Mulțumim pentru bunătate, ne vom ruga pentru voi, oameni buni, spuse padre Simone, uitând imediat de promisiunea aceasta și sărind sprinten în căruță, cam prea sprinten pentru durerile sale. Cât despre

Guido, acesta adormi imediat cum simți că e dus și că nu își mai duce el povara trupului.

- E obosit, sărmanul băiat, spuseră drumeții arătând către novice.

Călugărul înclină din cap cu tristețe, încuviințând oboseala băiatului, dar cu gândul dus departe la ale lui. Guido se trezi când intrară în oraș, căci zgomotul orașului ajunse și la urechile lui. Cei doi se dădură jos, închinându-se cu umilință și mulțumind respectuos, departe de birourile proaspăt înființate ale bancherilor cu care aveau relații. După ce se dădură jos din căruță, aproape de un han, uitară imediat de bunăvoința celor care i-au cules de pe marginea drumului.

- Vezi, fiule, călugării ăștia doi? Au ei o treabă serioasă aici, după câte îmi dau eu seama. Hai să tragem căruța mai într-o parte și să-i urmărim, servitorul va avea grijă de ea.

Și uite așa începu o urmărire discretă a fețelor călugărești care se opri în fața birourilor Casei Gianfigliazzi. Înainte de a intra, padre Simone se uită cu ochii lui iscoditori în toate părțile și, nevăzând pe nimeni care să-i pricinuiască vreo îndoială, intrară liniștiți la cămătar. Căruțașii văzură totul și începură să râdă.

- La ce or avea nevoie de atâția bani mănăstirile acestea. Apoi, ai văzut ce prostălău îl însoțește pe călugărul acela șiret? Haide acum, fiule, să ne întoarcem și noi la ale noastre, nu e treaba noastră să fim curioși. Să ne grăbim către căruță și spre casele lui messer Bertuccio.

Pentru acești oameni de treabă, dar curioși din cale-afară, episodul se termină aici, își luaseră căruța și pe credinciosul servitor și făcuseră dreapta pe o stradă laterală, urmându-și rosturile pe care le aveau. Florența era plină de lume, așa cum era înainte de blestemata bătălie de la 1260 de la Montaperti unde ghibelinii și Sfântul Imperiu învinseseră guelfii și Franța. Începuseră să apară case noi, ruinele dispăreau încet încet, iar lumea reîncepu să se înveselească. Comerțul și băncile renăscuseră din cenușa caselor, iar orașul părea să redevină și el ce fusese înainte: centru bancar și comercial pentru toată Europa. Carol de Anjou, mântuitorul lor, era în toate rugăciunile de mulțumire ale tuturor guelfilor. Erau bucuroși că bastardul murise în încăierarea din bătălie. Manfred al Siciliei, uzurpatorul, fiul ilegitim al lui Frederick al II-lea, murise. Carol era acum șeful Siciliei și prietenul cel mai bun al florentinilor, al băncilor acestora și al comerțului din această parte a Toscanei. Florența era din nou a Papei și nimeni nu uita fuga rușinoasă a ducelui de Atena din oraș. Câtă ură putuse arăta atunci Florența aducându-și aminte de trădătorul florentin ghibelin, Farinata degli Uberti, care se destrăbălase și umilise orașul unde se născuse și de unde plecase la Domnul sau spre iad cu doi ani mai apoi.

Fuseseră ani grei, dar Florența nu se dăduse bătută, merita să fie din nou fericită, așa că lucrurile din jur arătau această revenire înfloritoare pentru care se rugaseră atâta în aceşti ani. Să ne întoarcem dar la padre Simone şi la nevinovatul în duh, Guido.

CAPITOLUL 2

Cu o figură plină de umilință care contrasta puternic cu mimica însoțitorului său, fra Simone intră în sala de așteptare. Spre bucuria lui, adânc ascunsă, de altfel, era acolo doar un secretar, rudă a bancherului, care stătea plictisit din lipsă de activitate. Între cei doi începură imediat plecăciunile de rigoare după care, această rudă îi dădu un răspuns care îl nemulțumi profund pe călugăr:

- Messer Catello este înăuntru cu un trimis al episcopului de Fiesole, trebuie să așteptați să vă primească. A intrat de ceva timp și nu cred că va mai dura mult întrevederea.

Părintele Simone scăpă o înjurătură doar de el știută și auzită despre „ducă-se pe pustia neagră", zâmbi și se așeză pe un scaun, ghiontindu-l pe băiatul cu care venise și care se chinuia să prindă o muscă care îl tot necăjea. În sinea lui se gândea că episcopul va lua bani cu o dobândă mai mică, că e un norocos și că el, nefericitul, trebuie să umble cu nemernicul ăsta de ucenic primit în mănăstire din prea mare mila sfântului stareț. Se făcu, pentru a-și ascunde gândurile, că se roagă și că răbdarea este singura lui virtute. Guido prinsese musca, îi rupsese aripile, apoi o aruncase pe podea, pusese piciorul și o strivise sub privirile secretarului care vădit nu se mai plictisea. Se auziră la scurt timp voci aproape de ușa ce despărțea biroul de sala care se chema „de așteptare", semn că episcopul își luase banii și că reprezentantul său pleca. Într-adevăr, ușa se deschise, iar un servitor episcopal căra după el un sac dolofan cu florini. Fra Simone se îngălbeni, își dorea și el un sac la fel, însă își întrerupse gândurile când Gianfigliazzi veni către el zâmbind.

- Ce vă aduce pe la mine, frate Simone, pe căldura aceasta? Sunteți un erou, atâta drum pe o asemenea căldură, puțină lume ar îndura. Se vedea clar că bancherul era uns cu toate alifiile și se pricepea de minune să întrețină o conversație de dragul etichetei.

- Messer Catello, ce poate să mă aducă la Florența noastră dragă și de-abia recăpătată de Sfântul Părinte decât nevoia imperioasă de a vedea cum totul renaște și își revine la epoca de dinaintea nefericirii ghibeline. Și fra Simone stăpânea frumusețea conversației, iar bancherul zâmbi și îl pofti imediat în biroul său frumos amenajat, chiar dacă într-o manieră mai sobră. Se creă o mică neplăcere când Guido se înființă şi el la uşă să intre, iar călugărul îl împinse cu o forţă fermă pe care nu i-o bănuiai, spre deliciul lui messer Catello care interveni imediat:

- Nepoate, ia-l pe acest novice isteţ şi plimbaţi-vă o jumătate de oră pe stradă cât voi discuta eu cu bunul Simone, apoi să vă întoarceţi în grabă.

Cei doi intrară apoi în birou, iar tinerii ieşiră pe uşa principală în faţa căreia un gravor se apucase să lucreze cu vopsele şi pensule la inscripţionarea blazonului cămătarului. Până aici totul ar fi fost normal dacă Guido nu ar fi atins scara pe care omul stătea căţărat muncind migălos să aurească cadranul leului pe care deja îl făcuse albastru. Înjurăturile se porniră imediat, dar se opriră când artistul îl văzu pe nepotul stăpânului şi când observă faţa tâmpă a novicelui înalt cât un etaj şi prost cam în aceeaşi măsură. Se redresă singur în scară, nu pierduse multă vopsea, aproape deloc, doar că îşi scăpase pensula pe care acum avea s-o cureţe. Înainte de asta, însă, privi lung la cei doi care se îndepărtau agale, atât de diferiţi dar atât de „împreună" în plimbarea aceasta forţată. Ridică din umeri şi coborî să-şi cureţe sculele pentru a se apuca iarăşi să muncească cu aceeaşi migală şi pricepere ca şi până atunci.

- Bine că au plecat, până se vor întoarce voi termina şi eu aici, spuse omul ca pentru sine.

Catello Gianfigliazzi îi făcu ceremonios un semn cu mâna călugărului să se aşeze în fotoliul din faţa mesei sale de lucru. Acesta se aşeză mulţumind aproape ca un fante şi nu ca unul care purta veşmântul negru de multă vreme. Bancherul se aşezase şi el în faţa lui fra Simone şi îşi sprijinea mâinile în coate, având degetele încrucişate şi privindu-şi din când în când inelul cu piatră scumpă care îi scânteia la una din mâini. Era singura lui bijuterie. Hainele lui dovedeau multă chibzuinţă. Pe de altă parte, părintele ştia că trebuie să înceapă să aducă vorba la subiectul dorit şi se pregătea să atace prin pledoaria lui pe care se bazase întotdeauna sfântul stareţ.

- Messer, ce bucurie că sunteţi sănătos şi plin de activitate, spuse acesta învârtindu-şi ochii prin cameră.

- Mulţumesc, dumitale, părintele stareţ e şi el bine? îi răspunse Catello printr-o întrebare.

- Este bine, m-a trimis la dumneavoastră, ştiţi dumneavoastră pentru ce (aici călugărul făcu un gest semnificativ din mână), enoriaşii noştri sunt săraci şi ce adunăm de la ei nu este suficient pentru o construcţie pe care sfântul părinte o doreşte terminată în scurt timp.

- De ce vă temeţi? Aici pereţii nu au urechi, tocmai am scăpat şi de secretar, putem vorbi deschis şi, dacă pot (accentuă cămătarul ultimele cuvinte), o să vă ajut cu plăcere ca să ne fie bine la toţi.

- Vă mulţumesc că aţi înţeles, vreau şi eu un săculeţ ca acela cu care a ieşit cel de dinaintea mea şi, dacă se poate, o dobândă mai mică decât cea de data trecută, spuse fără să se mai ascundă fra Simone.

- Să vedem, îmi plăceţi mult şi o să mă uit în catastif să văd care au fost condiţiile de data trecută, zise vicleanul Catello începând să frunzărească o ditamăi carte. Aţi plătit la timp, văd aici, vă mai pot lăsa două procente, mai mult nu pot, am şi eu cheltuieli, nevastă şi copil.

- Aveţi o nevastă frumoasă şi tânără, zise călugărul lungindu-şi gâtul pentru a vedea dobânda cu care episcopul din Fiesole îşi luase împrumutul, însă cămătarul acoperise cu eleganţă cu un singur deget esenţialul, făcându-l pe solicitantul din faţa lui să revină la o poziţie normală în scaun. Să nu o înşelaţi niciodată!

- Da, este a mea de şase ani şi s-a dovedit credincioasă şi mai ales curajoasă în exil, m-a urmat fără teamă femeiască, însă e tare retrasă, iese doar la biserică duminica, în rest stă în grădină cu doamna ei şi cu copilul nostru. Doica a plecat de mult. Blanca adoră să se îngrijească singură de micul Cafaggio, mai ales că nu avem alţi fii. Bancherul spuse totul cam încruntat.

- Cămătăria e un păcat, fiule, spuse fra Simone, sperând la un procent mai jos la dobândă.

- E un păcat folositor, altfel nu aţi fi venit la mine, spuse Catello zâmbind calm, nimeni nu vă obligă la nimic, mai sunt şi alţii.

- Ştiu, dar dumneavoastră sunteţi mai sigur şi mai plăcut, spuse fra Simone grăbindu-se cu răspunsul, apoi deţineţi şi nişte funcţii oficiale în Senioria Florenţei, sunteţi frate de lupte cu Capitano del populo, iar sfântul stareţ nu vrea să apeleze la începători cum sunt cei din familia de Medici.

- Îi cunosc pe aceştia, sunt tineri cu cap, cumpără terenuri la Mugello. Cresc repede şi nu trebuie ignoraţi. Au ceva avere şi ceva afaceri şi sunt de-ai noştri, guelfi credincioşi cetăţii de pe Arno, spuse Catello uitându-se la inel.

Discuţia dintre cei doi a mai continuat o vreme, iar într-un final fra Simone căpătă şi el un săculeţ mărişor cu un minus de trei procente la dobândă. Era mulţumit şi se vedea bine acest lucru din plecăciunile nenumărate pe care le făcea cămătarului, care nu mai ştia cum să-l oprească. Începuse chiar să obosească văzând atâtea feţe bisericeşti şi toate cu aceleaşi manevre în negocieri. Făcea bani buni de pe urma acestor tranzacţii şi era un om indulgent până la extrem pentru interesele sale. Când ieşiră din birou, mulţumiţi de afacerea făcută, văzură pe fereastră că şi tinerii se întorceau. Nepotul era posomorât şi chinuit de o asemenea companie, iar celălalt cu gura căscată şi cu dinţii săi scoşi la iveală într-un zâmbet fericit.

- Dar uite că novicele se întoarce la timp, nu te face să-l aştepţi deloc. Bun băiat, spuse Catello zâmbind. Uite aici nişte florini, spune nişte rugăciuni pentru familia mea şi luaţi prânzul undeva, poate chiar la prietenul meu hangiul de la „Arno cel Albastru", spune-i că te-am trimis eu, va înţelege şi vă va da un separeu.

- Mulţumesc, fiule, aşa voi face, chiar că îmi este foame, iar de el ce să mai vorbim, făcu el către Guido.

Amândoi se opriră din vorbit pentru că novicele mărise viteza pentru a-şi ajunge maestrul, fără însă să se uite pe unde calcă. Din nou nu văzu scara celui care privea mulţumit inscripţia şi blazonul familiei Gianfigliazzi. Se putea produce un dezastru dacă Guido ar fi dărâmat scara, putea fi cineva chiar rănit. Noroc de nepotul cămătarului care reuşi să-l oprească la timp pe uriaşul cu zâmbet tâmp. Acesta doar atinsese puţin scara, făcându-l atent pe meşterul urcat pe ea şi transformându-i privirile pline de mulţumire în unele ucigătoare însoţite de mârâieli în surdină la adresa lunganului şi de nişte vorbe cu privire la vopseaua albastră numai bună de turnat în capul neatentului viitor benedictin. Totul se petrecu însă iute şi fără urmări. Cămătarul şi fra Simone admirară apoi scriitura artistului.

- Foarte frumoasă scriitură, messer Catello, îţi vine mănuşă culoarea Fecioarei, iar leul acela mi se pare cam păgân, dar arată tare bine totul.

- Mulţumesc, părinte, pentru gândurile tale bune şi sincere. Vezi tu, în locul leului nu o puteam pune pe Fecioară, totuşi nu e biserică, e bancă şi oficiu de comerţ, spuse râzând Catello.

- E drept ce spui tu, fiule, leul este o lighioană mai bună decât altele şi înseamnă putere. Îmi place că e auriu. Guido, fiule, schimbă el vorba, te-ai plictisit prin Florenţa? Ai intrat într-o biserică măcar să te rogi să ne întoarcem cu bine?

- Da, spuse novicele cu toată gura deschisă, m-a dus secretarul acesta, însă acum îmi este foame, continuă el arătând către stomacul său.

- S-a îngrijit Messer Catello de asta, după ce ne vom lua frumos rămas bun de la dânsul vom merge să ne astâmpărăm foamea trupului, iar apoi o vom lua către casă. Avem drum lung, fiule.

Messer Catello se apropie de cei doi şi îşi luă curtenitor rămas bun, spunându-i părintelui Simone că îl aşteaptă peste câteva luni cu suma şi dobânda învoită. Îi aduse aminte de hanul „Arno cel Albastru", le ură poftă bună, mai privi o dată la munca artistului, apoi plecă înăuntru împreună cu nepotul său.

- Să ne ascundem după fereastră până vor pleca, îi spuse unchiul nepotului. Urât îmi este acest călugăr şiret, mi-a smuls încă un procent din câştigul nostru.

- Iar mie novicele mi-a zdruncinat răbdarea şi abia mi-am ţinut cumpătul, nu am mai văzut un aşa tâmp în viaţa mea, replică nepotul.

- Hei, strigă cămătarul către meseriaş, strânge-ţi catrafusele, ai făcut un lucru deosebit, hai înăuntru să te plătesc pe măsură.

Omul intră înclinându-se în încăperea unde fu poftit să se aşeze pe un scaun în faţa mesei secretarului. Bancherul mersese în biroul său şi luă, doar el ştie de unde, un număr de florini pe care îi dădu meşterului.

- Eşti mulţumit? întrebă el.

- Da, sunt, oricând vă stau la dispoziţie pentru tot ce mai aveţi nevoie. Mă bucur că vă place, deşi mărturisesc că am trecut de două ori prin nişte emoţii cum nu vă puteţi închipui cu acel Goliat , messer.

- Ba îmi închipui, nepotul meu mi-a vorbit la fel ca tine, spuse Catello făcându-i cu mâna un semn de bun rămas artistului. Mulţumit, acesta îşi strânse scara, vopselele şi pensulele şi o porni în treaba lui. Haidem şi noi să tragem obloanele că am muncit destul astăzi, spuse messer Catello adresându-se nepotului său. A fost o zi lungă şi obositoare. Aşa este atunci când avem de-a face cu feţe preacuvioase.

Cât despre călugăr şi însoţitorul lui, aceştia luaseră o masă îmbelşugată la locul indicat de bancher, iar, spre fericirea lui fra Simone, îi mai rămăseseră şi nişte bani. Ieşiseră de acolo fiecare mulţumit în legea lui.

- De-am găsi măgăruşul, spuse şi Guido prima lui vorbă înţeleaptă, am putea duce povara sfinţiei tale.

- Da, aşa este, fiule, să ieşim din oraş şi să vedem pe unde o fi, spuse călugărul. Dar ce se aude? Pare un zgomot făcut de un urecheat cunoscut.

- Uite-l! E chiar el! strigă băiatul care o luă deja la sănătoasa în întâmpinarea măgăruşului pe care, de cum îl află, începu să-l pupe drept ca pe o fată.

Într-un târziu ajunse şi la fra Simone care era deja lac de sudoare din cauza încărcăturii sale. Îl mângâie şi el pe animal şi îi puse bucuros povara pe spate, fără a avea neplăceri din partea patrupedului. O porniră bucuroşi toţi trei spre chiparosul sub care se adăpostiseră ultima dată pentru a petrece noaptea acolo.

De spus ar mai fi de spus că fra Simone nu-l mai avu cu el pe Guido în următoarea plimbare la Florenţa, ci pe un frate călugăr ca şi el. Guido reuşi două luni la rând să zboare liniştea întregii mănăstiri, aducându-l în pragul disperării pe bunul stareţ. Nu putea fi călugăr niciodată, nu avea vocaţie de niciun fel. Tot din mila binefăcătorului său i se găsi un loc de văcar la un nobil din apropiere şi care îi mai dădu şi o colibă drept adăpost. Guido fu fericit şi se simţea liber, iar vitele îl ascultau. Parcă şi mintea începu să-şi mai revină, iar fra Simone constatase asta în una din vizitele sale lunare, făcute tot la îndemnul bunului stareţ. Se gospodărise cât de cât şi ştia să-şi facă şi mâncare. Bani căpăta destul de puţini şi îi strângea el bine într-un loc dosit, refuzând să-i dea şiretului

73

călugăr spre păstrare. Cu adevărat prinsese la minte. Se zvonea, de asemenea, că-şi găsise perechea la curtea aceluiaşi nobil, dar asta nu mai este deja treaba noastră. Aşadar, să-i lăsăm în pace pe aceşti oameni ca personaje secundare ce se află în povestirea noastră.

CAPITOLUL 3

Nu ar fi potrivit în povestirea noastră să trecem mai departe fără a face o prezentare a familiei Gianfigliazzi, fără a vorbi despre o parte din viaţa acesteia sau despre întâmplările care au avut loc. Vom începe prin a-l menţiona pentru prima dată pe Catello, un bancher întors de curând cu totul din sudul Franţei unde locuise aproape de Marseille, dar care avea legături strânse şi cu oraşul universitar Avignon. La timpul povestirii noastre, acesta era un bărbat cam la 36 de ani, încă tânăr şi frumos peste media acelor timpuri. Avea nişte ochi albaştri şi limpezi ca azurul cerului, iar viclenia şi-o scotea la iveală doar în afaceri, deci doar în birourile sale, în familie era cu totul alt om. Făcuse bani mulţi sprijinind campaniile lui Carol de Anjou şi pe mulţi alţii în sudul Franţei, însă fu foarte fericit când se întoarse acasă cu soţia şi fiul său născut în Franţa, pe pământ străin inimii sale. Socrul său făcuse totul ca edificiile familiei Gianfigliazzi să rămână în picioare pe timpul pribegiei ginerelui său, dar totuşi Catello socoti că ghibelinii degradaseră mult casa în care văzuse pentru prima dată lumina zilei. Se hotărî să o renoveze pe banii lui, urmând să ceară apoi despăgubiri de la Signoria Florenţei. Îşi instală familia în casa proaspăt cumpărată în centrul oraşului, iar în partea din faţă a casei îşi instală birourile pe care le ştim deja. Gratii groase păzeau geamurile din faţa casei, iar uşa despărţitoare dintre birouri şi partea domestică era solidă şi închisă noaptea dinspre această parte ultimă cu un grilaj pe care îl descuiau dimineaţa. Nimeni nu intra pe această uşă a casei decât cămătarul şi nepotul său, Boniface. În casă locuiau, pe lângă cei doi, Blanca, fiul lor şi doamna de companie. Servitori erau vreo şase, şapte dintre care unul era angajat ca grădinar.

Soţia sa, Blanca, avea puţin peste 20 de ani şi era frumoasă din cale-afară, blondă cu nişte ochi negri care sclipeau puternic când femeia era cuprinsă de vreun gând sau vreo nerăbdare. Catello o cunoştea foarte bine şi o iubea şi mai mult. De când se întorseseră din Franţa, stătea doar în casă şi în frumoasa grădină cu care era dotată casa. Grădinarul făcea minuni cu foarfecele lui, avea deci cu ce o încânta priveliştea grădinii lor. Nu ieşea decât la biserică şi atunci învăluită în voalurile cele mai dese şi însoţită doar de doamna ei de companie şi se întorcea imediat ce slujba lua sfârşit. Familia ei o vizita destul de des şi se bucura cu adevărat, dar parcă tot mai mult îi plăcea să se joace cu băieţelul pe un pled pus pe jos la umbra vreunui arbust. Doamna ei de companie, cu care fugise alături de soţul ei acum şase ani, era cea mai potrivită prietenă. Soţul îi murise şi îi lăsase o fetiţă şi destui bani ca să poată trăi independent, însă prefera compania sinceră a Blancăi. Era cu vreo cinci ani mai mare decât ea şi avea casa ei în Florenţa, pe care o vizita uneori, dar în care nu locuise decât cât stătuse cu soţul ei, era moştenire de la el.

Catello aprobase stabilirea Constanzei în casa lui, mai ales când şi-a dat seama de atitudinea atât de retrasă a soţiei sale. Fetiţa doamnei avea opt ani şi era o parteneră minunată pentru Cafaggio care îi rostea foarte bine numele fetiţei: Giacomina. Petreceri se ţineau destul de des în sala de banchete a vilei, uneori erau aduse şi doamne disponibile, dar cele două femei nu au participat niciodată. Prietenii lui Catello făceau mare haz de firea ursuză a Blancăi, pe care mulţi nici nu o văzuseră niciodată. Uneori şi tatăl acesteia era prezent pentru scurt timp. Messer Guido Simonetti se schimbase de când rămăsese văduv şi de când moartea i-l luase pe unul dintre băieţi. O avea acum doar pe Blanca şi pe Gualfredo, fiul care spera să se însoare destul de bine în toamnă, în octombrie, cu Livia, fiica lui Roberto Falconieri, promisă lui de mai bine de un an.

Catello şi socrul său se înţeleg foarte bine, chiar dacă acum şase ani Simonetti îi dăduse fata cu strângere de inimă. Cu toţii erau din acelaşi partid, însă unii erau guelfi negri, iar ceilalţi albi. Catello însă îşi folosise din plin abilităţile sale de negociator şi reuşise să facă în două luni ceea ce Gualfredo nădăjduia după un an. De partea bancherului era şi zvonul războiului Florenţei cu ghibelinii care se şi transformase în realitate în acel an 1260. Căsătoria fusese una făcută la repezeală pentru că Gianfigliazzi ştia că trebuia să fugă peste graniţă în Franţa. Blanca l-a iubit din prima clipă, iar Catello la fel, ocrotind-o tot drumul făcut pe căi lăturalnice, greoi, căci bancherul căra multe bogăţii cu el şi mulţi servitori. Constanza îi era alături, iar fetiţa acesteia era o binecuvântare. Se opriseră de-abia la Marseille unde cumpăraseră la repezeală o casă şi se puseseră pe făcut bani şi pe numărat zile, mai apoi ani, dorindu-şi întotdeauna întoarcerea acasă. Au fost însoţiţi şi de alţi guelfi, însă aceştia se stabiliseră în alte părţi ale teritoriului lui Carol de Anjou, în Provence. Îl primiseră cu braţele deschise pe Brunetto Latini, strălucitul ambasador florentin la Sevilla şi care fusese exilat imediat după bătălia din 1260 de la Montaperti. Acesta îşi deschisese un birou de notar la Marseille unde începu să facă avere, tânjind însă după Florenţa lui dragă şi consolându-se numărând pe bani şi făcând o mulţime de tranzacţii. Cei doi s-au ajutat şi s-au vizitat cât se poate de des pe durata acestei pribegii, de altfel Latini îi botezase fiul, pe micuţul Cafaggio, relaţiile strângându-se astfel şi mai tare. Cei şase ani le-au sporit ura împotriva partidului ghibelin, aceştia îşi arătau peste tot nobleţea blazonurilor, bogăţiile acumulate şi vechimea lor ca neam, sprijinind astfel Sfântul Imperiu Roman.

- Acum se bucură de Florenţa noastră, spunea trist Latini seara când se aflau cu toţii pe terasa bancherului. Este adevărat că sunt printre ei şi florentini de treabă, dar majoritatea te-ar face friptură la proţap şi te-ar arunca în Arno. Nu ştiu însă ce rost au văicărelile mele acum, că doar suntem deja de trei ani aici şi finul meu nu şi-a văzut patria. Francezii ăştia sunt atât de suciţi, iar eu cu nervii la pământ de umilit ce sunt.

- Brunetto, toţi ne simţim la fel. Ce crezi că eu nu aş acţiona? Dar cum? îl întrebă Catello punându-şi mâinile pe umărul acestuia. Pot să-ţi spun însă ceva: vremurile nu vor lăsa aceeaşi soartă Florenţei, vei vedea că guelfii se vor întoarce acasă curând. Am ceva speranţe.

- Carol de Anjou? întrebă Latini.

- Da, chiar el. Ştii că îl finanţez. Bănui că a semnat ceva cu Sfântul Papă contra Hohenstaufenzilor, Manfred oricum e fiu nelegitim şi domneşte prin uzurparea tronului lui Conradin. I-am dat atâţia bani, Brunetto, şi cred că după ce îşi va rezolva problemele acestea atât de insistente la el acasă se va gândi şi la Sicilia, adică la guelfi şi la Sfântul Părinte, spuse Catello.

- Să te audă Cel de sus, Catello! spuse Latini. Nu-mi pot închipui cum ard nemernicii tot şi cum Farinata degli Uberti îşi tot celebrează mândru victoria asta atât de importantă. Şi mai am o durere, sunt atât de puţine ştiri care vin din Toscana aceasta nefericită, iar câte vin cât adevăr conţin? Nu vreau să mor pe pământ străin, trebuie să existe o cale!

- Calea sunt banii! Cu ei Carol îşi echipează armata şi apoi e de neoprit. Ştiu că nu ia bani doar de la mine, ci şi de la un alt bancher, Orlando Bonsigni parcă îl cheamă. Eu cred în şansa noastră, bani are destui. Ce ruşine să iei bătaie de la un nenorocit mizerabil de bastard! Oare cât îl mai ţine pământul, acuşi intrăm în 1264. Nu mai e mult şi facem patru ani de pribegie. Oare câţi mai trăiesc dintre ai noştri? spuse Catello, luându-şi în braţe băieţelul de doar doi ani. Cafaggio nu începuse să plângă, din contră era fericit în braţele tatălui său. Începuse să vorbească binişor.

Cele două femei stăteau departe pe aceeaşi terasă, fără a fi atente la ce vorbeau bărbaţii, chiar dacă auzeau foarte bine. Îşi aveau propriile dureri. Nici un fel de trai bun nu le era pe plac, îşi doreau să le curgă din nou la picioare Arno cel vrăjit pe care nu puteau să-l uite niciodată, era în sângele lor şi atât. Nu le plăcea locul unde locuiau de nevoie, francezii făceau răzmeriţe din orice. Calmul lor era înspăimântător, nu puteau ieşi deloc din casa lor spaţioasă, dar care era exact ca o colivie de aur. Într-un târziu, Latini plecă acasă la el. Era căsătorit cu o tânără frumoasă, dar cam singuratică. Blanca o înţelegea, dacă nu ar fi fost Constanza, aşa ar fi procedat şi ea. Fusese vioaie şi drăguţă la botez, dar apoi se închisese în ea. Avea doi băieţi cu care îşi ocupa tot timpul şi acesta era tot universul ei. Îşi făcuseră fiecare câte un altar unde se rugau şi nu ieşeau nici duminica din casă. După plecarea notarului, Catello veni la ele. Blanca stătea sprijinită de o balustradă şi îi vorbi lui Catello:

- Urăsc vântul ăsta şi izul sărat de la mare! Cât aş vrea să putem pleca de aici!

- În curând, draga mea, vom pleca cu toţii. Aveţi speranţe şi nu vă lăsaţi, sprijiniţi-vă sufletele una alteia. Catello spuse asta dându-i băieţelul aproape adormit mamei lui. Giacomina începuse şi ea să caşte şi curând merseră să se culce, visând cu toţii la Florenţa.

Bancherul era puţin ataşat de Provence, însă el era mai practic, avea mult de lucru, iar studenţii de la Avignon îi rotunjeau mulţumitor averea. Şi plecaseră în mai puţin de doi ani alături de familia Latini. Laura era însărcinată, iar pentru ea drumul era din cale-afară de obositor. Toţi o îmbărbătau, spunându-i că Florenţa o aşteaptă cu braţele deschise, iar familiile răspunseră la scrisorile lor prin care îşi anunţau întoarcerea. Cine ştie cum ne aşteaptă la porţile Florenţei? Şi nu se înşelaseră, părinţii puseseră servitori la fiecare poartă a cetăţii care se întorceau seara trişti, iar dimineaţa plecau iar plini de speranţe.

Când le văzuseră căruţele, servitorii dăduseră alarma. Pe Catello îl aştepta Boniface şi familia Blancăi. Pe cei din familia Latini fraţi şi surori îi îmbrăţişau zgomotos, luând-o repede în primire pe Laura cea ostenită dar sănătoasă. Guido Simonetti îşi luă pentru prima dată nepotul în braţe. Acesta se uita lung la bătrân care îl cuceri pe Cafaggio lăsându-se tras de barbă şi începu să râdă. Îşi sărută fiica care observă absenţa unuia dintre fraţi şi înţelese totul din privirile lui Gualfredi, apoi îl bătu bărbăteşte pe umeri pe Catello şi porniră cu toţii spre casele lor. Lumea se uita la ei ca şi cum ar fi văzut o minune. Peste tot Carol de Anjou era binecuvântat, iar Papa preamărit întru slava sa. Era aproape vară, astfel că totul era pe cale de a-şi reveni, de a renaşte. Cam aceasta ar fi pe scurt povestea de pribegie a acestor florentini pe pământ provensal. Toţi erau acum fericiţi de revenirea lor acasă, mai ales Boniface, rămas orfan de tată, adică singur, căci mama lui murise încă de când era copil. Unchiul său îl luase imediat sub protecţia lui, văzând în ce măsură se ajutau reciproc, căci băiatul era într-adevăr isteţ.

- O să te însurăm, nepoate, cât de curând, o să vezi! Eşti tânăr şi frumos, se va găsi o codană şi pentru tine, îl tachina Catello pe băiat. Cred că Laura Latini are o soră de vârsta potrivită, ce zici?

Băiatul ridica din umeri zâmbind, iar bancherul râdea zgomotos de se zdruncinau paharele de pe masă. Această paranteză sub forma unui capitol întreg trebuia pusă pe hârtie, era necesară. Nu credem că am plictisit pe cititor, iar dacă am făcut-o, a fost fără o intenţie anume şi rugăm a fi iertaţi. Ne întoarcem imediat la vremea în care messer Catello şi ruda sa au tras obloanele peste proaspătul birou cu minunatul blazon deasupra. Albastrul însemna Italia, leul puterea, iar auriul banii şi bogăţia. Se pare că toţi puteau fi fericiţi, mai trebuia doar rezolvată problema suspinelor scăpate cam des de către Boniface, dar în rest totul era minunat în frumoasa vilă.

CAPITOLUL 4

Catello descuie uşa care făcea legătura dintre biroul lui comercial şi casa propriu-zisă. După ce intră alături de nepotul lui o închise şi o încuie cu mare grijă. Deja te simţeai ca într-o casă, iar aranjamentul şi bunul gust o dovedeau din plin. Clădirea mai avea o intrare pentru invitaţi şi familie, birourile aparţineau doar clienţilor şi proprietarului. Intrarea din spate se făcea prin grădina atât de plăcută vara. Era o poartă de fier pusă într-un zid gros şi înalt de piatră. Acum, însă, grădina era liniştită şi poarta închisă. Nu avea loc nicio primire în seara aceasta. Catello privi în jos de la etaj şi o văzu pe Constanza singură, copiii de-abia se treziseră, iar Blanca, frumoasa lui soţie, era la ei. Nu se înşelă deloc. Blanca era cu Cafaggio care stătea să fie îmbrăcat. Giacomina îşi aranja păpuşile din cârpă cu ochi cusuţi. Era o atmosferă atât de frumoasă care îl liniştea mereu după o zi grea pe bancher.

- Catello, nu te-am auzit când ai intrat. Doreşti ceva de la mine? Am poruncit pentru masă toate felurile, cred că va fi gata peste două ceasuri. Îţi pot fi de ajutor cu ceva?

- Îmi este de ajuns să vă privesc şi să-mi treacă oboseala. Întotdeauna e mai dificil de negociat cu oamenii bisericii, iar astăzi am avut doi pe cap, care s-ar fi devorat sincer unul pe altul. S-a terminat însă cu bine. Trebuie să mă mai ocup mâine de un transport de stofe... dar nu ştiu de ce-ţi umplu ţie capul cu afaceri, termină soţul.

- Şi Boniface? Unde este? întrebă doamna.

- El s-a dus în camera lui să ofteze. Cred că povestea cu însurătoarea, spusă în glumă, la el s-a transformat în ceva serios. Ştii că i-am spus de sora Laurei, era la biserică acum duminică.

- Ştiu, am văzut-o pe Margaretta, e ca o floare, îi răspunse Blanca. S-a mutat la sora ei, căci peste câteva luni Laura va naşte şi o va ajuta. A văzut-o cu siguranţă şi Boniface, iar din acel moment nu a mai avut astâmpăr până la finalul liturghiei.

- Voi veni şi eu în următoarea duminică, trebuie s-o văd! Băiatul ăsta ne are doar pe noi, precum şi banii moşteniţi. Nu putem să nu avem grijă de el, zise soţul aşezându-se pe pătuţul lui Cafaggio care, gata îmbrăcat, începu să se joace cu Giacomina. Mă bucur ca suntem acasă, nu cred că o să ne mai mutăm în casa în care ne-am născut. Trecutul trebuie lăsat deoparte.

- Tata şi-a schimbat atitudinea faţă de tine, ai observat? întrebă Blanca aranjându-şi părul ca spicul grâului care i se desfăcuse în mânuţele băieţelului ei.

- Pentru că am îmbătrânit, am 36 de ani, spuse râzând Catello.

- Pentru că ai grijă de mine, pentru că mă protejezi şi am tot confortul. Eu nu spun că veţi avea relaţii calde ca pâinea din cuptor, dar totul va fi mult mai bine acum. Sunt totuşi şase ani de când Domnul ne-a căsătorit în grabă şi în scurt timp, tata şi-a dat atunci acordul cu inima strânsă, însă se vede că nu a fost dezamăgit.

- Eşti fericită, Blanca? întrebă deodată Catello.

- Da, sunt, îmi place tihna şi liniştea grădinii, sunt fericită cu puţină lume în jur, dar alături de tine. Te-am plăcut din primul moment, chiar dacă m-ai dus departe de casa mea. Acolo am născut. Ce-mi mai pot dori decât să ne bucurăm de viaţă şi să ne vedem crescând nepoţii.

- Asta cam aşa este, Blanca, sper ca pacea în Florenţa să dăinuie şi să nu mai plecăm de aici niciodată, spuse Catello ridicându-se şi sărutându-i mâna soţiei sale. Ne vedem la masă, mă duc şi eu să mă schimb şi să văd pe unde e Boniface, cu toate că nu e greu de găsit.

Acesta era în camera lui şi stătea întins pe divan. Camera lui era aranjată cu mult gust, iar pereţii erau îmbrăcaţi în galben. Tresări când unchiul său intră, nu auzise bătaia în uşă. Se ridică brusc, parcă trezit din somn.

- Ce faci? Te odihneşti înainte de masă, fiule? îl întrebă Catello. Poţi să-ţi mai suporţi câteva clipe unchiul? Vreau să vorbesc ceva serios cu tine.

- Unchiule, ce vorbă e aia că trebuie să te suport? Doar tu eşti familia mea. Te ascult din toată inima şi, dacă te pot ajuta cu ceva, o voi face.

- Poţi să mă ajuţi, Boniface, dacă eşti sincer, spuse serios Gianfigliazzi. Îţi aduci aminte că atunci când ne-am întors din Franţa am glumit pe seama Margarettei Rosi şi a ta, cum că ar fi o partidă bună (unchiul continuă, în aparenţă fără a observa roşeaţa băiatului). Să ştii că nu mai glumesc. Mătuşa ta spune că era la biserică în ultima duminică, iar tu ai observat-o şi apoi ai început să fii atent la gândurile tale (aici Boniface ridică mâna). Stai, nu mă întrerupe! Dacă fata asta îţi place, te rog să-mi spui sincer, iar eu voi vorbi cu Brunetto, căci ştii că ne înrudim de când mi-a botezat băiatul. Îmi voi călca pe inimă duminică şi voi sta şi eu la slujbă să o observ pe această Margaretta. Sora ei, Laura, e frumoasă foc şi acum când aşteaptă un copil, aşadar cred că fata asta tânără nu e departe de ea. Lasă-mă să te ajut, sunt bătrân şi singura ta rudă de sânge. Fii sincer doar, atât.

- Da, unchiule, îmi place sora seniorei Latini şi mă pierd de câte ori îmi iese în cale, dar şi ea roşeşte şi pleacă ochii în pământ, am văzut eu asta de câteva ori, răspunse Boniface devenind iar roşu.

La această confesiune sinceră făcută fără vreun ascunziş, Catello râse cu poftă luându-şi nepotul în braţe şi strângându-l tare.

- Bravo, fiule, când reuşeşti să vorbeşti deschis despre o femeie înseamnă că ai devenit bărbat, unul curajos. Ai crescut în ochii mei şi te felicit. Mă laşi să vorbesc cu Latini cât de curând? Faceţi logodna de sărbători, apoi am şi eu timp să mă interesez pe ici pe colo de nişte amănunte care pe tine nu te privesc, spuse cu şiretenie Catello, iar apoi la anul facem o nuntă mare demnă de Boniface Gianfigliazzi. Ce spui?

- Spun că m-ai ameţit şi că ai acordul meu să faci ce vrei. Îmi place fata asta mult, iar eu am încredere în tine, las totul în mâinile tale, spuse băiatul.

- Te vei muta cu ea în casa renovată şi vei veni la birou la oră fixă, vom lucra împreună ca şi până acum, doar că vei fi soţ şi vei avea multe responsabilităţi pe cap. De capitalul tău să nu te atingi, de asta m-am gândit la casa asta care stă goală. Banii sunt scumpi, fiule, iar casa e cea în care ne-am născut şi eu şi tatăl tău. Tu trebuie să continui ca un Gianfigliazzi adevărat să duci mai departe tradiţia şi să-ţi primeşti fiii în ea. Grădina e frumoasă, cred că i-ar plăcea Margarettei.

- Mulţumesc, unchiule, chiar doresc să mă mut acolo, căci sunt cu adevărat un Gianfigliazzi ca şi tine, ca şi tata. Casa aceea nu trebuie să stea goală.

- Acum am să plec, zise bancherul, ne vedem la masă, cred că mătuşa ta a făcut bucate bune azi, căci miroase atât de bine. Numai ce am trecut pe la bucătărie.

După ce unchiul plecă, Boniface, rămas cu gândurile sale, se trânti la loc pe divan. Se gândea el cu siguranţă la cineva anume de care şi noi ştim. Peste vreo două ceasuri familia se strânsese deja la masă. Copiii fuseseră hrăniţi înainte şi trimişi la culcare. Era un obicei firesc, nu aveau ce căuta la masa oamenilor mari. Sufrageria casei era mare şi frumos împodobită, masa însă era piesa de rezistenţă, cum altfel într-un loc anume destinat unde toţi cei ai casei luau mesele zilei. Masa era din lemn de mahon, iar scaunele erau tapiţate în catifea verde. Bufetele erau ticsite de linguri, farfurii, platouri care mai de care mai frumoase, iar nişte sfeşnice uriaşe făceau multă lumină. Nu aşteptau pe nimeni, aşadar începură să mănânce liniştiţi toţi patru vorbind despre lucruri mărunte aşa cum se cade la masă. Tihna le fu dată puţin peste cap atunci când un servitor deschise uşa şi îl anunţă pe Gualfredi, fratele Blancăi, care intră imediat, nemaiaşteptând răspunsul gazdelor.

- Primiţi un flămând la masa voastră? întrebă el zâmbind, neascunzând însă şi ceva oboseală.

- Bineînţeles, frate, pari că vii de la drum lung, spuse Catello.

- Nu, vin doar de la Mugello, de la Averado de Medici. Şi-a cumpărat acolo o casă încântătoare şi am văzut că deţine şi multe terenuri.

- Ştiam asta, a cumpărat tot ce a putut cumpăra în locul acela, zise Catello. Deştept băiat! Dar mergi de te spală şi apoi vino la masă să aflăm veşti.

Când se întoarse, Gualfredi începu să mănânce cu poftă, lăudând din plin masa surorii sale. Din când în când vorbea, dar într-un mod elegant, aşa cum îi stătea bine unui om educat şi nobil.

- Medici e şi el guelf ca şi noi, însă este negru ca tine, Catello. Pe mine nu mă deranjează asta, nu este un stigmat. Mie mi-a părut bine că sora mea s-a măritat cu tine, până şi tata a înţeles ce om deosebit eşti, cu toate că nu o va recunoaşte niciodată în faţa ta. S-a dat în vileag singur într-o seară, iar eu m-am făcut că nu aud când şi-a dat seama de ce spusese. Va rămâne singur în curând, după nunta mea. E un om bun, spuse Gualfredi oprindu-se. Îmbătrâneşte şi devine melancolic.

- Mulţumesc, cumnate, că-mi spui toate astea, am simţit eu ceva, spuse stăpânul casei ridicând paharul. Să bem în cinstea lui şi a căsătoriei tale fericite cu Livia Falconieri.

- Ce-ţi mai face fata? întrebă Blanca rămasă tăcută până în acea clipă.

- Livia? Livia e bine, i-am spus să te vizitez. De când v-aţi întors nu a venit aici decât o dată. E ocupată acum cu trusoul de nuntă, dar o să vină, spuse Gualfredi.

- Şi noi am fost ocupaţi cu mutatul pe aici, cu amenajarea casei, au fost încurcate treburile, îi răspunse Catello. Ai văzut birourile mele?

- Da şi să ştii că-mi place blazonul pe care ţi l-ai ales. Se vede din capătul străzii, iar asta e de bine. Merg afacerile?

- Am destulă bătaie de cap cu sfinţii părinţi, dar merge şi va merge în continuare. Se vaită cu toţii că am dobânzi cam mari, dar şi banii sunt rari. Dacă le trebuie, vor veni, florinii mei sunt buni cu dobânda corespunzătoare, spuse râzând bancherul.

- Cred că aşteaptă vreo donaţie din partea ta pentru păcatele tale cele multe aducătoare de stricăciuni sufletului, spuse Boniface la rândul său.

- Vom dona, nepoate, dar nu când vor ei. „Pro malis ablatis" e scris mereu în ultimele noastre dorinţe, doar că nu vom muri când au ei nevoie de bani gratuiţi.

- Ce discuţie de neînţeles pentru mintea mea de femeie, spuse Constanza, Gualfredi se însoară, Boniface are şi el ceva intenţii, Laura Latini trebuie să nască, iar noi vorbim despre moarte. E bine aşa, Catello?

- Nu, nu e bine, iertaţi-ne, întotdeauna călugării ăştia ne lasă impresionaţi de ideea aceasta a lumii de apoi.

- Ce intenţii ai, Boniface? Nu ştiam..., spuse Gualfredi.

- Nici el nu ştia, spuse Blanca vorbind în numele nepotului ei roşu ca un rac, însă deocamdată este secretul lui, dacă va dori să spună ceva, o va face singur. Dar ar fi o mare bucurie dacă s-ar întâmpla. Nu ştii, Gualfredi, că dacă spui înainte nu se mai îndeplineşte?

- Şi atunci trebuie să ia fata pe sus, cum a făcut Catello cu tine, spuse zâmbind Gualfredi, căci e mai palpitant, la urma urmei de ce o logodnă de un an? Doar pentru că aşa trebuie? Catello în câteva luni a rezolvat pricina acestui „aşa trebuie".

- Şi nu-mi pare rău de o secundă din viaţa mea alături de el, zise Blanca, uitându-se duios la soţul ei care se ridică şi îi sărută mâna ducându-i-o apoi la frunte.

- Mulţumesc, draga mea, spuse Catello înduioşat.

Cina nu se mai lungi mult, curând femeile se retraseră, iar Simonetti îşi luă rămas bun. Unchiul şi nepotul mai rămaseră pe terasă pentru puţină vreme în tăcere, să admire luna şi să respire aer mai răcoros apoi, când totul amuţi pe stradă şi în casă, se duseră şi ei la culcare, Boniface să viseze la Margaretta Rosi, iar Catello să se vâre lângă Blanca adormită deja cu o mână atârnând lângă pat. În curând avea să fie iar dimineaţă şi o nouă zi la răsărit. Oboseala îi adormi pe toţi şi nimeni nu le strică somnul lor de oameni liniştiţi, ferestrele fiind închise, iar draperiile trase astfel că nici lumina nu îi deranjă.

Se treziră astfel bine dispuşi şi fiecare îşi văzu de treburile sale. Copiii mâncaseră ceva şi alergau în răcoarea dimineţii, ascunzându-se după tufele de trandafiri. Nicăieri nu se vedea vreun semn de sfârşit de vară, de fapt, clima era întotdeauna blândă la Florenţa, iernile nu erau de nesuportat. Copiii se puteau juca în voie fără prea multe restricţii din partea vremii, poate doar atunci când ploua se retrăgeau undeva pentru a-şi continua joaca.

La birou treaba începuse de cum se deschisese uşa. Intrară micii negustori de lână şi de stofe care plăteau împrumuturile sau cereau altele. Întotdeauna primele ore erau încărcate, iar Boniface avea de lucru cu fiecare, trebuia să fie amabil, să-i facă fiecăruia aşteptarea cât mai plăcută şi mai ales scurtă, ceea ce era un lucru simplu pentru un tânăr plin de viaţă şi optimist. Scria numele fiecărui client într-o hârţoagă aliniată frumos ca un adevărat secretar apoi, la sfârşitul zilei, unchiul său îi dădea sumele să le scrie în dreptul fiecăruia cu dobânda şi scadenţele dacă erau mai multe.

Către după-amiază rândurile se mai răreau, dacă putem vorbi aşa despre un birou comercial comasat cu o bancă. Atunci era vremea când veneau clienţi mai de soi şi mult mai puţini. Aceştia nici nu erau trecuţi în acelaşi tabel cu cei de dimineaţă, pentru aceştia Boniface avea un altul mai puţin uzat. După prânz, când nepotul era ocupat să scrie datele date de unchiul său în catastiful de toate zilele, intră un tânăr frumos, înalt şi bine legat pe care cămătarul îl cunoştea, fiind din aceeaşi breaslă şi deci venit cu alte scopuri decât acelea obişnuite. Erau, de asemenea, din aceeaşi facţiune a guelfilor, erau negri amândoi.

Acum cititorul să ne ierte oprirea pentru câteva rânduri a povestirii pentru că suntem datori cu nişte explicaţii despre partidul guelfilor. Aceştia erau împărţiţi în două: cei albi, din care făcea parte tatăl Blancăi, oameni bogaţi mai apropiaţi de popor, urmărind independenţa politică şi libertatea Florenţei faţă de Papă, şi cei negri, care erau nobili bogaţi apropiaţi de Papă şi recunoscând amestecurile acestuia în treburile oraşului. Acest partid avea în întregul său un rival pe viaţă şi pe moarte: partidul ghibelin. Ghibelinii erau moşieri bogaţi care luptau împotriva Papei, susţinându-l pe conducătorul Sfântului Imperiu Roman. Sienna era ghibelină, de exemplu, iar bătălia din 1260 de la Montaperti a avut printre cauze şi opoziţia furibundă dintre cele două oraşe rivale din toate punctele de vedere, nu doar ca şi orientare politică. Acum încheiem această scurtă paranteză, făcându-i loc în povestea noastră frumosului şi isteţului bancher Averado de Medici care avea pe atunci aproape 20 de ani. Boniface se ridică şi se îndreptă spre el, întinzându-i mâna şi salutându-l pe Medici.

- Fii binevenit la noi, ia te rog loc, unchiul meu e singur şi te voi anunţa imediat, spuse Boniface amabil.

- Nu e nicio grabă, frate, pot aştepta. Am venit călare şi sunt puţin obosit. Îmi mai îndrept şi eu puţin picioarele. Dă-mi puţină apă, spuse Medici cu vocea lui plăcută şi cu manierele lui desăvârşite. Dorinţa îi fu îndeplinită şi, până când tânărul bău apa, Boniface se duse şi îl anunţă, apoi însuşi Catello ieşi în întâmpinarea lui.

- Averado, ce faci aici? Te odihneşti? Pofteşte înăuntru, spuse bancherul îmbrăţişându-l pe Medici. Vii de la Mugello sau ai înnoptat în Florenţa?

- Am dormit la Mugello. Am terminat casa cea minunată doar că e goală, iar servitorii se fac nevăzuţi. Trebuie să sun ca să văd şi eu pe cineva.

- Eşti tânăr şi te vaiţi de singurătate? Ai o problemă, fiule: trebuie să te însori! Bani ai, afacerile îţi merg cum nu se poate mai bine, dar îţi lipseşte zarva nevestei şi a copiilor, am dreptate? zâmbi Catello făcându-l şi pe Averado să râdă.

- Cum de ai ghicit, messer Catello? zise tânărul. De data aceasta te şi vizitez.

- Niciodată pentru mine, întotdeauna cu scopuri bine gândite, râse bancherul. Pe cine ai în vedere să-ţi peţesc?

- Pe Isabela Frescobaldi, pe Dumnezeul meu, spuse serios Medici. Mi-a furat inima şi în sfârşit m-am hotărât. Am avere, precum spui, dar nu-mi place ecoul în propria-mi casă. Liniştea se puse pentru câteva momente stăpână pe încăpere.

- Frumoasă fată, bogată şi râvnită şi de alţii. Are, cred, 18 ani împliniţi, e femeie în toată firea. Blanca mea avea 14 ani când ne-am căsătorit. Te place măcar puţin? Fac afaceri cu tatăl ei şi pot să scot o vorbă în favoarea ta.

- Îmi place mie şi sunt hotărât s-o iau, spuse încruntându-se uşor Averado. Râsul lui Catello se auzi din nou şi, îndreptându-şi un deget către musafir, îi spuse:

- Îmi place, o vei lua pe sus aşa cum am făcut şi eu cu Blanca. Eşti hotărât şi am s-o peţesc pentru tine. Îţi voi trimite răspuns cât de curând, cred că poţi rămâne în casa ta din Florenţa deocamdată, poate vom merge împreună la Frescobaldi. Nu va zice nu, vei vedea.

- Atunci sunt fericit şi voi aştepta cu nerăbdare. Îţi sunt îndatorat ca unui tată, spuse tânărul ridicându-se în picioare. Sunt tare agitat, mi se hotărăşte soarta care e în mâinile tale.

- Of, că multe sorţi am eu în mâinile mele, spuse vesel Catello.

- Ce vrei să spui cu asta? întrebă musafirul.

- Nu pot să spun nimic, gura mea e pecetluită, căci secretul nu-mi aparţine.

- Atunci plec fericit şi nu mă voi mişca din Florenţa până nu îmi dai de veste, spuse Medici.

- Aşa să faci, căci nu am pe cine trimite la Mugello dacă e ceva urgent.

Cei doi se îmbrăţişară, iar Averado ieşi cu capul în nori din biroul cămătarului, sub privirile lui Boniface, care se oprise din scris uimit. Catello se gândi în sinea lui, după ce rămăsese singur, că are două fete de peţit, pe această Isabella şi pe Margaretta lui Boniface, îşi zicea chiar că va deveni o „vestitoare a toamnei îndrăgostiţilor", aşadar se impunea să dea un bal de care ar trebui să se ocupe Blanca, chiar dacă nu ar dori să apară apoi pe acolo. Într-un fel el o iubea şi pentru acest lucru.

Mai trecu pe la el un comerciant care dori un credit şi care îi fusese aprobat destul de repede, căci era un client vechi şi bun al casei Gianfigliazzi. Spre sfârşitul zilei, când lenea e mai dulce decât munca, apăru în prag prietenul pribegiei bancherului, Brunetto Latini.

- Hei, sper că nu te deranjez prea mult, spuse el intrând în biroul lui Catello, neanunţat căci Boniface era împreună cu acesta şi recapitulau ziua care tocmai se apropia de final.

- Ai picat cum nu se poate mai bine, căci şi eu aveam treabă cu tine. Nepotul se înroşi, se împiedică şi ieşi din încăpere ca ars, spre marele haz al unchiului său.

- Ce are tânărul nostru? întrebă Latini uitându-se după bietul Boniface.

- Are ce am avut şi noi înainte de a ne linişti, îl roade inima, adică e îndrăgostit! spuse Catello zâmbind.

Latini ridică din umeri oftând, era cu zece ani mai mare decât Gianfigliazzi şi începu să-şi spună dorinţa care-l adusese acolo:

- Catello, am venit la tine cu o rugăminte, spuse acesta. Ştii că nu mă pot împotrivi nevestei mele dragi, mi-ar face rău la sănătate. Laura doreşte să botezaţi voi copilul, mai bine zis liturghia s-o ţină episcopul la Fiesole, iar tu, cum îl cunoşti pe acesta foarte bine..., se opri aici frământându-se pe scaun. Trebuie să duc un răspuns de la tine, ştii că mai are puţine zile până la soroc şi nu aş vrea s-o supăr.

- Ha, ha, ha, Brunetto! răbufni bancherul bătând din palme, mi-ai căzut în plasă! Vreau să afli şi să ţii un secret, sau mai bine zis să aflaţi şi să ţineţi un secret. Boniface are un motiv întemeiat de e aşa aiurit, o iubeşte pe frumoasa ta cumnată Margaretta. Nici aceasta nu este indiferentă duminica la biserică, după câte ştiu. Spune-i Laurei că-i vom boteza copilaşul unde va dori ea, dacă îi ajută pe aceşti copii să se logodească şi apoi să se căsătorească. Tot la Fiesole, dacă ţine ea morţiş. Schimb pe schimb, frate, iar acum depinde de Laura ta totul.

- Catello, sunt uimit! Acum înţeleg de ce Margaretta cântă tot timpul şi mai ales atât de trist. M-ai făcut să văd lucrurile limpede acum. Chiar şi Laura se întreba ce are, iar sora ei se făcea că nu aude şi nu înţelege. Nu cred că Rossi ar avea ceva împotrivă, Boniface e un tânăr frumos şi are avere destulă. E un Gianfigliazzi!

- Vor sta în casa unde m-am născut eu, ştii că e renovată acum, dar stă nelocuită. Nepotul meu a acceptat acest lucru. Să înţeleg, deci, că şi cumnata dumitale e atinsă, zise Catello. Vorbeşte atunci cu Laura şi totul va fi bine. Te aştept cu veşti, altfel casa mea va fi un oftat fără sfârşit, începând cu camera lui Boniface. El nu cântă, dar e cu mintea dusă când e pe acasă, aici la birou însă nu, e foarte serios şi asta îmi place, nu le amestecă.

- Atunci, dragă Catello, suntem înţeleşi, vom linişti o familie întreagă şi vom scăpa de griji. Boniface îmi place, iar Laura va vorbi cu tatăl ei. Nu va fi niciun obstacol. Acum e timpul să plec, s-a făcut târziu şi sunt nerăbdător să vorbesc cu Laura. Dacă totul se rezolvă, îmi văd apoi liniştit de afacerile mele.

Cei doi se despărţiră râzând, fiecare având câte ceva de rezolvat pentru celălalt. Catello trebuia să vorbească cu Blanca, iar Brunetto cu Laura. Înainte de a pleca, Brunetto se uită lung la Boniface care se făcea că scrie cu mult sârg în hârtiile sale, salutând doar din cap şi neputând deschide gura. Catello îşi conduse oaspetele până în stradă şi închise după el uşa.

- Gata pe azi, fiule, ajunge. Eşti salvat! Margaretta te iubeşte şi e cu capul în stele, asemeni ţie. Eu îi voi boteza copilaşul Laurei, iar în schimb ei ţi-o vor da pe aleasa ta, spuse Catello luându-şi nepotul de umeri.

- Mă iubeşte, unchiule? Sunt fericit cu totul! Nici nu mi-am închipuit că pot să sper.

- Eşti un prost cum sunt toţi îndrăgostiţii. Să mergem dincolo, am obosit cu atâtea pe cap. Averado o iubeşte pe Isabella Frescobaldi, cu tatăl căreia trebuie să vorbesc pentru el. Cu tine se pare că pot rezolva prin doamne, dar să nu uităm că avem totuşi deja o nuntă în noiembrie, astfel că ne vom ţine toată toamna şi toată iarna de logodne, botezuri, nunţi şi banchete. Să curgă toate, asemeni bătrânului nostru Arno, fiule. Să mergem, parcă mi-e foame.

CAPITOLUL 5

Seara, în iatacul lor, Catello şi Blanca stăteau pe pat discutând. Soţia râdea pe seama soţului său, făcându-l a fi „peţitoarea de succes a Florenţei", lucru care nu era tocmai neadevărat.

- Nici nu mi-am închipuit că poţi avea asemenea calităţi, dragul meu. Auzi, să vină tânărul Medici la tine! Pe Boniface îl înţeleg, e sângele tău, dar Averado m-a surprins întru totul. Blanca trecu la oglindă unde îşi pieptăna părul, aranjându-se pentru noapte, dar nu contenea să-şi privească soţul în oglindă.

- Blanca, te rog nu mai zâmbi gândindu-te la misiunile mele destul de delicate, de altfel. Gândeşte-te că trebuie să-l trimit pe Boniface la episcopul din Fiesole, după câte ştii Laura doreşte ca botezul să aibă loc acolo. Apoi, cred că trebuie să dăm o serbare cu doamne, unde tu trebuie să străluceşti, fie că-ţi place fie că nu. Va avea Constanza grijă de copii. Va trebui să-i ademenim pe Rossi, Frescobaldi şi Latini. Laura nu cred că va veni, dar va veni Margaretta. Ah, era să uit, şi Averado trebuie să vină. Câte sunt pe capul meu!

- Adică pe al meu, bărbate. Mă voi ocupa eu de toate cu Constanza. Voi împodobi sala şi mă voi gândi la un meniu de bucate după care toată lumea să mai tânjească, să fie atât de apetisantă mâncarea încât peţitoarea mea să aibă succes în toate. Nu te strâmba, zise frumoasa Blanca lui Catello, aşa va fi, va fi într-adevăr totul bine pus la punct. Vor veni şi cei din familia mea, apoi familia Falconieri şi uite aşa vom uita de micile ghionteli dintre guelfi. Va fi ca o întâlnire de pace. Ah, să nu uităm de episcop, căci mi-am adus aminte de dorinţa Laurei. Cred că poate veni la acest banchet, dacă poate sta liniştită pe scaun. Vom avea noi grijă de toate.

- Scumpa mea, cum te gândeşti tu la toate! Ar fi primul ospăţ la care ai participa, spuse bancherul bătând din palme, bucuros asemeni unui copil.

- Şi ultimul, nu-mi place să stau deoparte de Cafaggio, adăugă prompt Blanca. Să recapitulăm: nunta fratelui meu, botezul copilaşului

Laurei şi două logodne. Cam multe pentru o seară, dar vom reuşi. Vom fi naşi la botez şi la nunta lui Boniface la anul.

- O mică problemă, episcopul de Fiesole, spuse soţul zâmbind chipului soţiei sale dragi care terminase aranjatul părului. Ştii că îi plac anumite păcate dulci...

- Adică doamnele! Voi găsi o văduvă tânără lângă care să-l aşezăm la masă, poate chiar Giovanna Scali căci nu e trecută de 30 de ani şi ar şti cum să se poarte. E şi deşteaptă pe deasupra, spuse frumoasa Blanca. Iar acum e de ajuns, ai acordul meu, iar eu mă duc la copii şi să vorbesc cu Constanza. Se va gândi şi ea şi mă va ajuta la toate. Apoi o să dormim, sunt tare obosită.

- În braţele mele, iubito, spuse bancherul întinzându-se pe pat şi căscând cu zgomot.

Blanca nu întârzie mult, dar când se întoarse avu surpriza să-l găsească pe iubitul ei soţ dormind profund. Îl învălui cu o privire plină de dragoste, se aşeză lângă el şi adormi imediat. De şase ani era atât de fericită, nu-i trebuia deloc din distracţiile la care multe femei se osteneau şi după care tânjeau. Constanza se bucură de veştile primite şi mai ales de serata la care o convinsese Blanca să participe şi ea, lăsând o servitoare în camera copiilor pentru a le veghea somnul sau eventualele dorinţe. De când era doar văduva lui Corsini nu mai participase la nicio serată, de fapt nici nu a fost vreun prilej. În Provence erau străini, oricâţi bani şi posibilităţi ar fi avut. Adormi şi ea nerăbdătoare să înceapă să pună în aplicare această idee minunată.

La prima oră de lucru din acea dimineaţă Catello scrise o scrisoare plină de înflorituri în care îl ruga în mod foarte respectuos pe episcop să boteze ultimul copilaş încă nenăscut al familiei Latini, iar pe de altă parte îl înştiinţa pe înaltul prelat de un banchet ce urma a avea loc în viitorul apropiat în care urma să fie invitat de onoare. Îi mai aminti în scrisoare şi de nişte doamne tinerele rămase văduve după războiul ce se încheiase şi care i-ar putea cere nişte sfaturi în privinţa întăririi credinţei lor. Catello nu făcu economie deloc la linguşiri, căci ştia cât de multă plăcere îi făceau acestea episcopului. Boniface se dusese călare până la Fiesole şi fu primit imediat după ce se prezentase. Episcopul nu era disponibil, totuşi, pentru orice persoană. Citi scrisoarea cu nesaţ, apoi o puse deoparte şi îşi împreună cucernic mâinile pe pântecul lui bine crescut.

- Fiule, spune-i unchiului tău că vom boteza copilul familiei Latini şi voi participa la serbarea la care am fost invitat. Nu putem lăsa în neorânduială minţile acestor tinere văduve şi vrem s-o cunoaştem şi pe viitoarea mămică.

Boniface sărută mâna episcopului şi plecă înapoi fericit că scapă mai repede de această misiune. Prelatul acesta era cunoscut ca un pui de lele de toată frumuseţea, însă se găseau întotdeauna doamne cucernice şi dornice de prezenţa sa care îl admirau ca nişte gâsculiţe veritabile ce erau.

- Bine, spuse Catello, acum să ne gândim la o dată până la mijlocul lui septembrie şi la o listă de invitaţi. Va veni şi Laura care va sta liniştită lângă sora ei, ca nu cumva să se agite şi apoi să nască la mine în casă. Ar strica totul!

- Atunci să fie pe 15 septembrie şi să ne gândim la o invitaţie frumoasă, mătuşa mea va face lista invitaţilor, iar noi vom hotărî numele celui care va veni pe fiecare invitaţie în parte. Scriu frumos şi am să încep să le fac de îndată, dar uite, primul client, să-l primim cum se cuvine că doar suntem Gianfigliazzi, spuse oarecum cu mândrie Boniface.

- Nepoate, eşti o bijuterie la casa mea, du-te şi începe, de restul mă voi ocupa eu. Spune-i Blancăi să întocmească lista cu ajutorul Constanzei, altă văduvă bună pentru episcop, păcat că ea nu-l suportă, iar după ce vei face hârtiile nu uita să pui şi numele pe ele. Voi căuta apoi pe careva să le ducă şi gata, putem avea linişte, căci de restul se ocupă doamnele. Să ştii că sunt mândru, ar fi primul banchet important după războiul ăsta. Toată lumea la mine acasă! Fugi, fiule!

Boniface ieşi preluând de la unchiul său nerăbdarea acestuia. Plecă în partea de casă unde nu aveau acces decât ei, încuind uşa după el. Vorbi multă vreme cu doamnele care începuseră să râdă de el tachinându-l dar promiţându-i şi lista în curând. Copiii veniră la el în grabă, însă fugiră când văzură că nu venise să rămână cu ei la joacă şi nici nu le adusese ceva dulce.

- Nepoate, spuse Blanca, tu scrie invitaţiile cu scrisul tău frumos, iar eu şi Constanza vom face lista de invitaţi. Cred că e bine ca evenimentul să aibă loc pe 15 septembrie , ne putem pregăti şi noi cum se cuvine, chiar dacă mie nu-mi plac petrecerile de fel. Din această pricină i-au ieşit soţului meu vorbe cum că m-ar ţine închisă. Ei bine, voi ieşi şi eu curând şi mă poate vedea toată lumea.

- Iar după aceea vei dispărea din orizonturile lor curând, continuă râzând Constanza.

- Aşa este, însă această întâlnire are nişte mize atât de mari încât mă voi sacrifica.

Nepotul nu auzi această ultimă frază a mătuşii sale şi nici nu văzu gestul îndreptat spre el al acesteia. Încuie uşa despărţitoare, se aşeză la masă auzind ceva vorbă în biroul unchiului său şi începu să compună un text care nu-i ieşise totuşi din prima şi care îi dădu ceva bătăi de cap, dar pentru care fusese lăudat de unchiul său. Transcrise apoi textul pe nişte foi mai groase, făcând cu pana multe înflorituri cât să arate a fi o invitaţie deosebită. Blanca se ţinu de cuvânt şi îi dădu în două ceasuri lista promisă. Bietul Boniface roşi când văzu numele Margarettei Rossi şi a familiei acesteia. Se lăsă pe speteaza scaunului oftând, apoi îşi reveni relativ repede şi începu să scrie alte invitaţii cât numărul de persoane de pe lista mătuşii sale şi chiar erau destul de multe. Le termină pe toate în camera lui la lumina lumânărilor. Până pe data de 15 septembrie mai erau doar două săptămâni, deci trebuiau împrăştiate repede. Bătuse de miezul nopţii când el termină şi sărută cu drag numele Margarettei. Se băgă în pat obosit şi adormi profund până când timpul de trezire veni odată cu zorile. Se ridică din pat mai proaspăt ca oricând, iar după ce se spălă, se întâlni cu familia la masa de dimineaţă, aducând cu el invitaţiile. Toată lumea îi lăudă scriitura şi faptul că cedase muncii din orele de odihnă. Într-adevăr, Boniface scria foarte frumos, aşadar laudele nu veniră în van. Se gândiră la un servitor de nădejde care să le împartă celor în cauză repede şi sigur şi, după ce îl găsiră, acesta avea să umble toată Florenţa pentru a le duce distinselor feţe nobile de guelfi de ambele culori.

Primiseră invitaţii membrii nobili din Segnoria Florenţei, de asemenea Capitano del Populo, cei apropiaţi familiei Gianfigliazzi, episcopul care îşi frământa mâinile de bucurie la ce ar fi putut el să facă pentru acele frumoase văduve. Invitaţia la banchet fu primită cu bucurie în fiecare casă. Mai fuseseră organizate serate, dar într-un mod timid, căci priorităţile în acel an după restaurarea guelfă fuseseră casele şi afacerile. Acum, când totul se aranjase cât de cât, puteau să-şi scoată zâmbetele din cuferele pline sau golite, după caz. În casa lui Frescobaldi a fost puţin mai multă agitaţie. Tatăl şi capul familiei, un mare comerciant al vremii, îi spunea soţiei sale:

- Draga mea, poate că e o şansă acest banchet ca Isabela să nu rămână nemăritată. Are 18 ani şi mă tem. Tu la vârsta ei aveai deja doi copii. Trebuie s-o găteşti ca să se căpătuiască. Mai avem doi băieţi care vin în urma ei. Fata e tare frumoasă, însă a stat cu ochii prea mult în cărţi şi a refuzat două partide strălucite.

- Soţ al meu, Isabella se va căsători din convingere şi doar dacă va iubi, nu o poţi sili, nu e o fată obişnuită, cititul i-a deschis minţile. Dacă va găsi un tânăr pe plac, se va căsători, iar dacă nu, înseamnă că asta e voia lui Dumnezeu şi trebuie să ne supunem. Dar am şi eu speranţele mele cu privire la ea, simt că o să se fericească în curând, iar o mamă nu se înşeală niciodată. O vom îmbrăca minunat şi o vom împodobi cu ce e mai frumos din cutia mea de bijuterii. Va străluci şi voi avea eu grijă de acest lucru. La anul va fi măritată, vei vedea, mai adăugă soţia comerciantului.

- Eşti atât de sigură pe tine! Da, dacă mă gândesc mai bine, simţurile nu te-au înşelat niciodată. Mă las pe mâinile tale, găteşte-o cum nu se poate mai frumos.

De partea cealaltă, Averado Medici primi invitaţia cu multă satisfacţie, mai ales că serbarea avea să fie atât de curând. Se gândi să treacă pe la croitor şi să-l înduplece să-i facă straie minunate într-un timp foarte scurt, apoi avea să plece la Mugello după ce totul era stabilit.

În câteva zile Boniface primi la birou confirmările la toate invitaţiile date. Lumea era bucuroasă şi dornică de distracţie, iar casa Gianfigliazzi, cu grădina ei splendidă, putea face faţă unei asemenea aventuri. Latini ţinu să-i aducă chiar el acceptul lui Catello.

- Dragul meu, logodna e ca şi făcută între nepotul tău şi Margaretta. Rossi e mândru de o aşa uniune, veţi vorbi la acest banchet ca să puteţi stabili ziua logodnei.

- Iar eu am vorbit cu episcopul, botezul se va face aşa cum a dorit Laura, iar noi vom fi naşi. Ştiu că vine şi ea, episcopul doreşte să o vadă. Nu se va obosi, va putea sta comod oriunde va dori, iar Blanca va avea grijă de ea. Margaretta nu cred ca va avea timp din cauza lui Boniface care bănui că o va ţine la dans mai tot timpul. Tinereţea asta..., spuse bancherul oprindu-se meditativ.

Când ieşi, Latini îi zâmbi cu toată gura lui Boniface, speriindu-l dar făcându-l să înţeleagă că ceva-ceva s-a întâmplat bine pentru el. Se linişti cu adevărat când unchiul său îi spuse că Rossi acceptă căsătoria cu Margaretta şi că anul acesta se va logodi cu siguranţă după ce va naşte Laura Latini. Boniface începu să plângă exact ca un copil, trebuind multă zgâlţâială din partea lui Catello ca să-l facă să-şi revină.

- Copil nătâng ce eşti, normal că acceptă, suntem o putere aici! Eşti prostuţ, dar timpul te va scăpa de o asemenea însuşire. Te felicit de pe acum! Margaretta îmi place, dar dacă nu te stăpâneşti te va duce de nas, fiule.

- Promit, unchiule, să fiu bărbat, dar acum m-am emoţionat... recunoscu Boniface.

- Bine că nu te-am văzut decât eu, şterge-te la ochi căci uite că vine cineva şi s-ar putea îneca în lacrimile tale.

Nepotul se execută şi până seara îşi făcu treaba liniştit şi cu multă sârguinţă. Pe de altă parte, cele două doamne avură de ales meniul şi aranjarea grădinii şi a sălii de bal, au dorit ca la intrarea în casă să aşeze o cortină de flori pe sub care să treacă invitaţii, iar din această pricină avură de furcă cu grădinarul care se nelinişti, căci se gândea că nu are suficient timp să aranjeze totul aşa cum trebuie. Până la urmă îl convinseră şi îl încurajară pe priceputul grădinar care plecă să lucreze la cortina mult dorită de doamne. Avea o magazie plină cu tot felul de ustensile care în aceste două săptămâni fusese vizitată mai abitir decât croitorul. Grădinarului i se păru ciudat la început, dar apoi se obişnui cu sporovăiala doamnelor care acceptaseră să se aşeze pe nişte scaune ca vai de ele şi să privească la munca lui, vorbind între timp de-ale lor.

Băcanii avură şi ei de lucru cu doamnele. Ele doreau peşte proaspăt, carne de diverse feluri, brânzeturi şi fructe. Dulciurile şi băuturile aparţineau bucătăriei şi pivniţei Gianfigliazzi, astfel că aici aveau treabă mai cu seamă bucătăresele casei. Toată lumea avea treabă la croitori care se plângeau că nu au cum să facă totul în aşa scurt timp, însă luau toate comenzile şi lucrau zi şi noapte cot la cot cu ucenicii lor.

Se ştia că va veni şi episcopul, astfel că frenezia guelfă era dusă la extrem. Un banchet nemaiauzit unde doamnele şi domnişoarele îşi puteau face apariţia şi schimba oportunităţi. Isabella Frescobaldi fu îndelung dăscălită, aranjată, iar în final ajunsese să strălucească de să orbească privirile tuturor. Bijuteriile fuseseră alese cu grijă şi din belşug, chiar dacă fata refuză jumătate din ele. Înainte de banchet i se aranjă de vreo trei ori coafura pentru ca în ziua cu pricina să fie făcută perfect. Băieţii, fraţii ei care nu participau, râdeau pe înfundate de ea, iar uneori îi strigau din spatele scării: „Isa, ai să te măriţi, ai să vezi!" şi râdeau apoi de săraca fată care şi-ar fi dorit să citească ceva în linişte. Măscăricii nu plecau decât alungaţi de mama lor şi atunci nu prea departe. Totuşi, în final, Frescobaldi fu mulţumit de fiica lui şi pe deplin încredinţat că e pregătită cum se cuvine pentru un aşa important eveniment.

În familia Rossi treaba era mai simplă căci, chiar dacă era încă ţinută secretă, alianţa mulţumea pe toată lumea. Nu spunem că Margaretta nu era tulburată sau mai puţin gătită, dar având acordul părţilor, viitorul ei nu mai trebuia aranjat ori convins a se arăta. Îi plăcea mult Boniface, iar acesta o iubea. Ştia că vor locui în eterna casă Gianfigliazzi de-abia renovată, astfel că pentru ea nu prea mai existau secrete.

În ziua cu pricina, la mijlocul lui septembrie, episcopul fu adus de la Fiesole cu mare pompă în casa bancherului. Avea să se odihnească într-o cameră de oaspeţi mare şi frumoasă unde putea să se dichisească aşa cum dorea, încât să arate proaspăt după drum. Acest episcop avea vârsta cam cât mijlocul lui, precum şi numele Manetto, de Fiesole evident. Era iubit pentru că episcopatul şi-l începuse în 1257, iar până acum, în 1266, prinsese Florenţa în toate ipostazele sale: dominată sau trufaşă, răzbunătoare, sângeroasă şi necruţătoare. Făcuse dintotdeauna afaceri cu Gianfigliazzi, chiar şi când Florenţa avu acea perioadă urâtă care de-abia se terminase. Totul se terminase însă, iar clerul ieşise din nou la suprafaţă, arătându-şi comorile şi supremaţia.

Totul în grădină şi în sala de banchet era pregătit. Vremea de mijloc de septembrie nu mai era aşa de înnăbuşitoare, iar florile aşezate mai peste tot erau mai proaspete ca oricând. Ghirlanda aceea dinaintea casei şi aşezată deasupra scărilor pe suportul său de fier arăta minunat. Printre flori erau atârnate şi multe panglici galbene şi albastre, conferind un farmec aparte intrării şi aşa destul de somptuasă a casei bancherului. Sala de bal era mare şi de formă pătrată, ferestrele erau largi şi dădeau către grădina plină cu făclii gata să fie aprinse spre seară. Florile erau peste tot, iar servitorii verificau lumânările din candelabre. Când Blanca şi Constanza făcură o ultimă verificare se liniştiră şi se declarară pe deplin mulţumite. Locul unde se întinsese masa era splendid aranjat şi comunica direct cu sala în care se dansa. Bucătăresele erau pregătite, iar acum totul era aranjat cu multă pricepere pe platouri.

- Minunat, afirmă Blanca vizibil mulţumită, va fi perfect totul! Acum să mergem să căutăm copiii căci trebuie puşi să doarmă.

- Eu i-am văzut la bucătărie, cu siguranţă fură dulciuri de la servitoarele atât de ocupate, spuse Constanza râzând. Sunt copii... îmi aduc aminte că şi eu mă furişam la bucătărie în zilele importante cum este aceasta, iar apoi seara priveam de sus din spatele balustradei la mama care dansa minunat. Era frumos, iar mai apoi mă lua doica pe sus şi nu o puteam convinge deloc să mă lase să mai stau, mă băga cu forţa în pat, însă ecourile muzicii ajungeau până la mine şi cu ele adormeam visând să fiu şi eu mare şi să dansez în rochii splendide la petreceri.

- Şi ai dansat şi ai fost frumoasă şi admirată! continuă Blanca.

- Este adevărat însă totul s-a terminat când a murit Corsini, atunci mi-am închis casa şi sufletul şi am venit la tine cu fetiţa mea, continuă cu amărăciune Contanza.

- Poate că ai putea să mai iubeşti, nu eşti bătrână, ai casa ta, averea ta, frumoasă eşti... Ai putea să mai speri, încerca Blanca să o mai consoleze.

- Da, poate, însă cele mai frumoase clipe au fost cele petrecute cu soţul meu. Ar fi o iubire diferită, poate interesată, dar mie mi-e teamă de comparaţii. Apoi, am un copil, iar dacă m-aş mărita poate aş mai face şi alţii şi nu vreau să-mi mai amestec sângele cu altul. Corsini mi-a dus sufletul cu el în mormânt, oftă Constanza.

- Nu fi tristă şi speră, altfel îl vei mânia pe Dumnezeu. Eşti singură de atâta vreme, nu poţi să nu-ţi găseşti un suflet pereche cu care să-ţi trăieşti bătrâneţile. Corsini a fost ca o flacără, a stat puţin lângă tine, ţi-a lăsat o fiică care nici nu-l cunoaşte şi a plecat în lumea lui. Tu ai nevoie de un bărbat care să stea cu anii lângă tine şi nu de o fantomă. E tatăl Giacominei, dar asta nu e de ajuns pentru a trăi, draga mea prietenă. Mi-ar plăcea să vină cineva şi să te cucerească, să te ducă la casa lui şi s-o placă pe draga mea Giacomina. Şi să nu îşi mai dorească alţi copii dacă asta îţi este dorinţa, însă şi acest lucru aparţine Celui de sus şi cine ştie ce sentimente vei avea simţind din nou zvăcnirea unui copil în tine.

- Poate ai dreptate, Blanca, mă voi duce după acest bal să-mi vizitez casa, să văd dacă servitorii o ţin curată şi aerisită, spuse Constanza luând-o de mână pe draga ei confidentă. Niciodată nu ştim dinainte ce ne poate rezerva viitorul, însă în seara aceasta ne vom distra văzându-l pe Catello făcând pe negociatorul de nunţi. Nu e punctul lui tare, aşadar cred că o va lua ca pe o chestiune de afaceri pe care trebuie să o rezolve.

Seara făcliile au fost aprinse şi luminau minunat larga alee până la scările reşedinţei celei noi a familiei Gianfigliazzi. Uşile larg deschise cuprindeau pe cele două doamne ale casei, pe Catello şi pe Boniface.

Aceştia primeau pe toată lumea zâmbind tuturor cu căldură. Blanca se simţea foarte bine în rochia ei albastră însă Constanza, la fel de frumoasă, era puţin încordată, iar mişcările ei erau puţin teatrale, asemenea celor ale lui Boniface. Acesta era îmbrăcat în haine foarte elegante şi avea datoria de a conduce familiile ce soseau până în sală, unde menestreii îşi acordau deja instrumentele. Lumea fu surprinsă de atâta strălucire şi bunăstare, iar buna dispoziţie se instală pe chipurile tuturor. Lumea era dornică de distracţie şi nimeni nu refuză invitaţiile, spre marea încântare a bancherului. Doamnele şi domnişoarele, îmbrăcate după moda vremii, erau într-adevăr strălucitoare, diamantele şi perlele străluceau de-ţi luau privirea, părul lor prins în coafuri complicate arăta că Florenţa avea femei frumoase, iar bijuteriile lor atestau că erau şi bogate. Unele dintre ele îşi pusesseră flori în păr sau în rochii, asortându-se parcă ideii Blancăi. Când se aflară cu toţii în sală rămaseră uimiţi ca nişte copii dar şi bucuroşi că erau participanţi la un aşa eveniment minunat după atâta vreme. Catello ţinu un mic discurs şi deschise seria de dansuri cu Blanca, iar apoi, rând pe rând, perechile se prinseră în jurul stăpânilor casei într-o frenezie sinceră şi de mult aşteptată. Bogăţia bancherilor şi a comercianţilor ridicau oraşul de pe Arno aproape de centrul monetar al lumii creştine. Florinul bătut pentru prima dată în 1250 şi atât de greu de găsit pe piaţă avea o largă circulaţie. Aurul monedei cu chipul Sfântului Ioan Botezătorul parcurgea distanţe remarcabile şi era convertibil peste tot în Europa. Era aşadar un oraş înfloritor datorită minţilor lui luminate, ale ideilor acestora şi nu în ultimul rând al Papei iubit de florentini, aşa cum îşi iubeau aceştia averile şi femeile lor frumoase.

Episcopului, care fu în centrul atenţiei, i se oferi în sala de dans cea mai bună canapea, precum şi cel mai bun loc de observaţie asupra a toate câte se desfăşurau în jurul lui. Lângă el erau adunate doamnele acelea doritoare de atenţiile prelatului la care moravurile vremii aveau ochii închişi cu desăvârşire. Se găsise nu numai frumoasa Giovanna Scali să-i ţină companie, ci şi alte doamne chiar venite alături de fiicele lor lângă cinstitul prelat. Laura stătea oarecum deoparte, alături de mama sa şi Margaretta, micuţa ei surioară. Blanca trecea de la un grup la altul de invitaţi îndemnându-i să se simtă cât mai bine, iar Catello îşi luă în serios rolul de peţitor şi, după ce dansă primul dans cu soţia sa, îl luă pe Boniface şi se duse ţintă la Rossi. Îl duseră pe acesta într-o cameră ce semăna mai mult a fi o bibliotecă şi unde considerau ei că pot vorbi în tihnă.

- Rossi, ştii că eu vorbesc fără ocolişuri, Boniface, ruda mea, o iubeşte pe Margaretta, fiica ta mai mică. Eu nu aş sta împotriva uniunii lor mai ales că au vârste potrivite pentru căsătorie. Ştii că fratele meu, dus la Domnul, i-a lăsat o avere pe care eu i-am înmulţit-o. Are casa lui şi va continua să muncească cu mine zilnic şi vezi şi tu că noi, cei din familia Gianfigliazzi, nu suntem de lepădat nici la frumuseţe.

- Catello, dragul meu, vestea aceasta pe care am auzit-o zilele trecute nu-mi displace. Şi Margaretta are zestre destulă şi se potrivesc precum zici, iar mie mi se pare că ei se plac de ceva vreme. Ar fi o uniune perfectă, spuse Rossi uitându-se la Boniface care căuta să-l privească şi el fără a-i fi frică.

- Atunci s-o chemăm pe fată, zise Catello bătând din palme, acesta fiind de fapt un semnal pentru un servitor care intră imediat. Mergi şi o invită aici pe fiica cea tânără a lui messer Rossi. O ştii, stă lângă sora sa şi mama lor. Servitorul se închină, în semn că înţelesese, şi ieşi repede pentru a îndeplini porunca. Trecu prin mulţime şi merse direct la doamnele Rossi în faţa cărora se închină respectuos:

- Domnişoară Margaretta, tatăl dumitale a poruncit să veniţi cu mine, vă aşteaptă în bibliotecă. Margaretta o privi pe mama sa cu nedumerire, apoi pe Laura, acestea două zâmbiră, căci înţelegeau rostul invitaţiei.

- Du-te, fata mea, ştii pentru ce te duci. Eşti frumoasă şi meriţi o soartă bună. Fata se înclină şi îl urmă pe servitor. Intră puţin sfioasă, făcând o reverenţă minunată.

- Rossi, dar fata e mai frumoasă decât mi-am închipuit, spuse Catello uitându-se pătrunzător la Margaretta care roşi din pricina complimentului dar şi a privirii pierdute a lui Boniface. Vrem, tatăl tău şi cu mine, să te căsătorim cu nepotul meu aici de faţă. Îi eşti dragă, iar noi nu ne opunem. Care îţi este dorinţa? Margaretta trase aer în piept şi răspunse apoi zâmbind:

- Şi mie îmi place foarte mult nepotul dumneavoastră. Nici căsătoria nu-mi displace şi, având în vedere faptul că părinţii mei sunt de acord cu ea, este e o binecuvântare.

- Eşti sinceră, fata mea, şi asta e bine, o să vă logodim după botezul copilaşului Laurei, adică pe la începutul ultimei luni a anului. Ce spui? Iar nunta mă gândesc că ar fi potrivit să o facem în primăvară, apoi fericirea să vă apese toată viaţa frunţile. Să vedem viitorul meu ginere ce spune?

- Spun că sunt de acord căci, dacă ar fi după mine, m-aş căsători chiar acum, însă în aprilie e frumos, nu e nici atât de cald, e chiar foarte bine. Nu-mi rămâne decât să număr zilele până atunci.

- Ce copii hotărâţi avem! spuse Catello făcându-le acestora semn că pot ieşi. Mergeţi şi dansaţi, staţi împreună, aveţi deja acceptul nostru. Domnul fie cu voi aşa cum ar spune şi episcopul. Cei doi tineri se prinseră pentru prima dată de mână şi ieşiră zâmbind.

- Laura, te simţi bine? întrebă Blanca luând-o pe aceasta de după umeri.

- Mă simt minunat, mă distrează episcopul cu oiţele lui adunate în jurul lui şi apoi nu-mi desprind ochii de la uşă. Margaretta cred că îi spune chiar acum „Da" lui Boniface, în prezența soțului tău și a tatălui nostru. Iată-i, sunt de mână și se prind la dans. Ce frumos le stă împreună! Copilașul ăsta va dansa după ce se va naște, cuntinuă ea veselă și mângâindu-și pântecul. Îl simt cum mișcă, parcă mai tare decât ceilalți copii.

Doamnele zâmbeau, iar Catello și Rossi, îndată ce sosiră de la întrunirea lor, bucuroși și ei căci afacerea lor se încheiase așa cum și-au dorit, își luară doamnele la dans. Între timp se ivi și Brunetto, plăcut surprins de frumusețea serii și a serbării. Se așeză lângă soția lui și nu se mai dezlipi de ea.

- O afacere s-a terminat cu bine, îi spuse Catello soției sale în timp ce dansau. Albastrul acesta al veșmântului tău ți se potrivește de minune, Blanca, păcat că nu vrei să ieși mai mult în lume, dar e bine și așa, ești doar a mea. Acum trebuie să mă ocup de Medici care văd că nu pierde vremea deloc, iată-l dansând cu Isabela! Se potrivesc și ei, fata e chiar de vârsta lui și se vede bine cât de mult o place Averado.

- E frumoasă, Catello, și e foarte independentă, completă Blanca. Mergi la Medici după finalul acestui dans, apoi vorbește cu Frescobaldi după cum ai procedat ceva mai devreme. Se pare că aceasta este menirea ta astăzi. Între timp mă voi ocupa de restul invitaților și voi aștepta bineînțeles o nouă invitație la dans de la tine. Uite, dansează și Constanza, o vezi? Era trist dacă n-ar fi participat și ea. La urma urmei e tânără, frumoasă, iar Corsini a lăsat-o și bogată.

Cele două femei își făcură semn din cap, apoi se pierdură în frenezia dansului. Bancherul își conduse la finalul dansului soția lângă Laura, după care începu să cerceteze cu privirea perechile care încă mai dansau. Îl zări pe Averado insistent pe lângă Isabela ce părea bine-dispusă de spusele lui Medici. „Încep să mă plictisesc...", își zicea Catello dându-și seama că Averado uitase cu totul de el. Îi prinsese totuși privirea, iar tânărul îl salută curtenitor. Lângă el tocmai se nimerise într-un mod cu totul fericit chiar Frescobaldi, cherchelit și foarte binevoitor.

- Messer Gianfigliazzi, este o seară minunată, îți mulțumim! Apucăm și noi să ne mai dezmorțim oasele și să ne mai întâlnim cu toții. Am doar o mare nedumerire, ce caută burtosul acela de episcop aici? Ne pețește femeile singure și frumoase de parcă n-ar fi cine s-o facă.

- Dragul meu, ele caută doar explicații spirituale, sfaturi, alinări, știi doar că văduvele sunt un soi aparte de femei, spuse Catello zâmbind. Frescobaldi începu să râdă zgomotos uitându-se ostentativ către episcop care nu observă deloc discuția celor doi, fiind cu totul absorbit de explicațiile pe care era nevoit să le acorde doamnelor din jurul său. Vino cu mine, prietene, spuse Catello luându-l de braț pe veselul Frescobaldi, să mergem în biroul meu pentru puțină vreme. Îi făcu de asemenea semn și lui Medici să-i urmeze după ce va termina dansul în care era pornit.

Înăuntrul încăperii, aerul fiind mai curat, Frescobaldi începu să-şi mai revină.

- Mă cam doare capul, bine că am ieşit de acolo. Femeile suportă mai bine asemenea petreceri, zise el. Eu nu aş fi putut să mă învârt atât timp cât a făcut-o draga mea Bela. Pare-mi-se că era cu Medici. Frumos bărbat...

- O iubeşte pe Isabela ta, îi spuse direct bancherul, de aceea te-am chemat aici. Sunt un fel de peţitor din partea tânărului Medici în această seară. Ar dori să le dai consimţământul tău, dragă prietene.

- Îl au de pe acum, îi răspunse jovial Frescobaldi, Bela are 18 ani deja şi stă toată ziua şi citeşte, ea spune că e liberă şi independentă, iar pentru ea n-ar fi o tragedie dacă ar rămâne nemăritată. Pentru mine ar fi, să ştii! Eu nu înţeleg treaba asta cu independenţa, pe maică-sa nu am auzit-o cu asemenea lucruri. Chiar mă gândeam să o duc la vreun doctor dar poate scap şi o mărit.

Între timp uşa se deschisese, apoi se închisese încet, Averado asculta distrat fără ca Frescobaldi să-l fi simţit, doar vulpoiul de Gianfigliazzi observase apariţia lui, dar nu făcuse nicio mişcare.

- Medici, continuă el, îmi place şi promite bogăţie multă în viitor, dar, sincer, dragă Catello, aş da-o şi după un căruţaş. Mă oboseşte să o văd toată ziua citind şi uitându-se lung la câte ceva, am crezut la început că e nebună, însă am primit răspunsul imediat când mi-a spus: „gândesc, tată drag". O iubesc din toată inima, dar prea multă deşteptăciune la o femeie strică, să ştii. S-o ia băiatul acesta pe care-l compătimesc de pe acum. Îi va da la cină vreo carte făcută ferfeniţă pe un platou dacă nu cumva preia el frâiele bucătăriei din disperare.

- Sunt în stare s-o fac să mă iubească, spuse serios Medici, înclin să cred că am şi început această minunată ocupaţie. Frescobaldi nu fu surprins de această apariţie fantomatică a lui Medici, zâmbi şi îi răspunse:

- E a ta, dacă o vrei, cheam-o să-i spun şi ei, încheie acesta cu oarecare sobrietate.

- Mă duc eu, sări binevoitor Catello.

Isabela apăru alături de mama ei şi primi cu bucurie vestea pe care i-o dădu tatăl său. Doamna Frescobaldi începu să plângă de bucurie şi să rostească rugăciuni de mulţumire.

- Vă veţi logodi peste două săptămâni acasă la noi, dragi copii, spuse fericitul tată, iar pe 30 septembrie vom da o mică petrecere în familie, iar la anul vă veţi căsători.

Nimeni nu fu uimit când viitorul socru se întinse apoi pe divan şi adormi liniştit. Ieşiră cu toţii în linişte, fiecare cu gândurile lui, însă cel mai mulţumit fu Catello care îşi încheia misiunea de a uni câteva destine ale unor tineri în acea seară.

După dans urmă o masă îmbelşugată pe care Frescobaldi o pierdu, căci dormi până dimineaţă liniştit, trezit fiind de gălăgia servitorilor. Îşi adusese însă bine aminte că Isabela urma să se logodească, scăpându-l astfel în ochii lumii de o ruşine nemaipomenită. Plecă acasă pe jos după ce uimi servitorii cu prezenţa lui în camera unde dormise. Nimeni nu-l petrecu, toată lumea dormea dusă şi fericită.

Fusese un bal minunat, aşa sunau ecourile pe care Catello le prindea din zbor prin oraş, se auzise de logodne, de căsătorii, iar casa lui ajunsese de bun augur pentru tocmirea unor asemenea uniuni, doar că Gianfigliazzi nu mai fu niciodată peţitor, îi ajunsese. Mare le-a fost însă mirarea când îl auziră pe fiul lor, Cafaggio, mărturisind inocent:

- Mamă, eu nu am dormit, când doica a crezut că noi visăm, s-a pus şi ea să doarmă. M-am dat atunci jos din pat şi am privit şi eu lumea, iar tu, mamă, erai tare frumoasă. Giacomina nu mă crede că am stat pe culoar până am îngheţat de frig şi dinţii începură a-mi clănţăni. Să nu o certi pe servitoare, e tare bună, dar nu putea să reziste dorinţei mele de a o păcăli, e tare slabă, iar eu foarte puternic.

Blanca se amuză copios la auzul acestei mărturisiri năstruşnice a fiului ei pe care îl cuprinse în braţe cu toată dragostea apoi îl răsplăti cu ceva dulce. Băieţelul fusese atât de sincer în destăinuirea făcută încât o iertă imediat pe servitoare pentru „truda" ei de a sta trează şi de a veghea. Îşi adusese aminte zâmbind cum şi ea la casa părinţilor ei făcuse la fel, păcălindu-şi doica nevinovată. Privirile ei scrutau trecutul de care se scutură imediat odată cu pletele ei minunate. Avea un viitor înainte şi era acasă, în Florenţa ei dragă.

Urmele petrecerii dispărură, căci servitorii trudiseră cu adevărat şi chiar avuseseră ceva de muncit, doar un uşor iz de aer încărcat mai persista, dar avea să se risipească curând prin ferestrele larg deschise. Era duminică, se puteau odihni în casa care acum părea pustie. Toată lumea încă dormea, doar Blanca se trezise să-şi vadă băieţelul care o binedispusese pentru toată ziua. Din camera de oaspeţi. episcopul scotea nişte sforăieli ostenite. dar oarecum mulţumite. Stăpâna casei zâmbi şi hotărî să meargă la bucătărie, îi era foame.

CAPITOLUL 6

~ după doi ani, anul 1268 ~

Am hotărât să trecem peste doi ani în care s-au produs doar evenimente fericite, copilaşul Laurei, o fetiţă frumoasă, a fost botezată, aşa cum îşi dorise mama ei, de către episcopul de Fiesole cu numele Bianca. S-au celebrat trei căsătorii: cea a fratelui Blancăi, cea a lui Averado şi cea a lui Boniface. Mai apăruseră şi doi copilaşi, iar Boniface îl aştepta şi el pe cel al Margarettei. Toată lumea spunea că nu greşiseră niciunul dintre ei în alegerile făcute şi chiar aveau dreptate.

Să ni-l imaginăm acum pe vicleanul nostru Catello, un bancher bogat de 38 de ani, aşteptându-şi nevasta de la liturghie. Era tot frumos, dar parcă şi grăsimea îi sporise odată cu bogăţia. În aceşti ultimi doi ani făcuse o avere imensă. Pe lângă toanele mănăstireşti şi episcopale, acesta împrumuta bani buni cu dobândă la fel de bună regelui Carol al Siciliei, bunul lui prieten care îl readusese în Florenţa după ce stătuse ani buni în Provenţa care îi aparţinea prin căsătorie tot lui. Cu banii lui Catello, Carol avea întotdeauna noroc, astfel că şansa nu îl părăsi nici în bătălia de la Tagliacozzo unde fusese nevoit să-l ucidă pe Conradin von Hohenstaufen, ultimul vlăstar al acestei case imperiale care avea pretenţii la tronul Siciliei, iar cum Papa îi dăduse lui Carol acest regat, acesta nu putea să îl cedeze Sfântului Imperiu Roman. Nicidecum! Astfel trebui să ucidă aproape un copil.

Gianfigliazzi nu avea mustrări de conştiinţă din cauza acestor fapte, nici pomeneală. Banii erau buni, iar dobânda lui uriaşă şi tocmai foarte bună pentru el. La biserică nu prea se ducea, însă avea obiceiul să dăruiască mănăstirilor din Fiesole şi Camaldolese bani pentru sufletul său. De al Blancăi nu se ocupa, ştia că va ajunge în rai fără nicio îndoială. Ea era tare bună şi neschimbată în blândeţea şi frumuseţea ei. Era doar un pic melancolică, sentiment apărut după plecarea Constanzei la casa ei. Se vedeau totuşi destul de des, însă se schimbase ceva între ele. Giacomina crescuse şi nu se mai juca la fel cu Cafaggio, mai degrabă se transformase într-o fată sfioasă de când se mutase la casa ei şi acum avea odaia ei. Blanca nu mai dorise o altă femeie pe lângă ea şi nici nu mai apăru la banchetele soţului ei. Se ocupa de organizarea lor şi nimic mai mult. Când începeau aceste petreceri, ea se retrăgea în camera în care zgomotul pătrundea cel mai puțin, însoțită uneori de băiatul lor, alteori singură. Catello mai urca uneori la ea, dar pleca repede la invitații săi. Știa că uneori mizeria și dezordinea de după petreceri erau teribile, dar nu cobora să cerceteze, știa că servitorii vor strânge și vor curăța totul la ordinele bancherului. Blanca avea 23 de ani și era mult mai tânără decât soțul ei. Acesta devenea tot mai înnebunit după banii lui pe măsură ce îmbătrânea, iar pe ea aproape că o iubea ca pe copila lui și nu ca pe soția lui. Blanca pricepu acest lucru și acceptă o perioadă de timp însă, după plecarea Constanzei, care se înnamorase subit de un cavaler frumos, o apucă melancolia din care doar Cafaggio o mai scotea. Soțul ei era bancher până în măduva oaselor, o iubea, dar simțea că munca lui era mult mai importantă. Mergea la fiecare sărbătoare alături de o servitoare și de Cafaggio, apoi la biserică și cam atât. Rar își vizita familia și se bucurase de nepoțelul pe care îl avea. Livia se simțea bine și gângurea ca o porumbiță în cor cu băiețelul ei. Nimic nu părea a o trezi pe Blanca din monotonia vieții ei, era parcă într-o reverie permanentă, în contrast cu rapacitatea și bogăția din ce în ce mai mare a soțului ei. Catello tresări când își văzu soția care revenea de la biserică. Îmbrăcată bogat, dar foarte simplu și decent, femeia își ținea copilul de mânuța făcută pumn în mâna ei. Îi zâmbi acestuia, iar Cafaggio se aruncă în brațele tatălui său care începu să râdă.

- Fiule, ce mai faci? Cum a fost? Blanca, ți-a prins bine plimbarea?
- Ne simțim bine, mulțumim! răspunse femeia pentru amândoi. Tu nu te-ai plictisit singur?
- Nu, deloc. Mă delectam privind grădina, nu cred să fie o alta atât de frumoasă în Florența, spuse cămătarul săltându-și fiul pe genunchi.
- Se spune că la vila Medici din Mugello Averado a făcut minuni în spatele casei, continuă doamna. Am auzit pe cineva spunând asta pe când ieșea lumea din biserică.
- Da, dar Mugello e departe, iar în afară de familie puțini merg acolo. Când primește pe cineva, Averado o face mai ales aici în oraș. Isabellei îi place mult acolo, iar copilașului lor îi priește de minune aerul de acolo și crește sănătos și viguros, spuse Catello.
- Îți pare rău că ai doar un fiu, soțul meu? întrebă fără ocolișuri Blanca privindu-și soțul cu ochi mari și pătrunzători.
- Nu, nicidecum. Unul și bun! Dacă ar fi mai mulți aș avea multe dureri de cap, averea s-ar împărți, iar tu ți-ai pierde frumusețea cu fiecare naștere, zise Catello pe un ton serios, luând-o de mâini pe Blanca care nu se împotrivi deloc. Copilul le fu luat de o servitoare și dus în camera lui pentru a se schimba, astfel că momentele acelea erau doar ale lor, deci permise. Femeia zâmbi abia zărit și cu multă blândețe, își puse mâinile pe fața soțului său, uimit oarecum de această întrebare.

- Mă voi duce să mă schimb, azi a fost destul de cald pentru luna septembrie, iar hainele mi s-au părut cam grele. Mă simt bine, nu-ți fă griji. A fost destul de multă lume azi la biserică și nu prea înțeleg de ce. Mă odihnesc puțin, apoi voi porunci să se pregătească masa. Vrei?

- Da, sigur că vreau asta, dar mai ales odihnește-te, ești puțin palidă, iubita mea soție, bea niște apă și udă-ți ochii și fruntea. Femeia încuviință și intră în casă foșnindu-și veșmintele grele pe dalele casei.

Intră în iatacul ei și se trânti zgomotos pe pat. Se lăsă să cadă precum o stâncă fulgerată de furtună în mare. Gemu și își ascunse frumoasa ei față în mâini. Catello văzuse bine că era palidă, însă jucase bine ca orice femeie și îl păcălise. Dar cu ce îl păcălise? Blanca oftă din greu și șopti pentru sine: „Păcătoaso! Nu am făcut nimic de fapt decât că am greșit cu gândul și cu omisiunea, precum spune și rugăciunea. Am s-o chem pe Constanza! Ba nu, am să merg eu la ea, trebuie să-i spun nenorocirea mea. Mă voi duce singură, acolo pereții au mai puține urechi. Mă voi duce chiar azi când Catello se va odihni după masă. Îmi arde inima...". Scoase din corsaj un bilet pe care îl sărută strigând: „pacostea mea", „amarul liniștii mele", precum și multe alte cuvinte neînțelese, înnecate în plâns.

- Ce fac? își zise ea. Trebuie să-mi șterg lacrimile și să mă ocup de masă. Lacrimile îmi vor curge când voi ajunge la casa Constanzei, e prima dată când mă prefac și îmi este tare greu, îmi este milă de Catello, dar nu am ce face. Iubesc cu adevărat pentru prima dată, este diferit față de ce am simțit când m-am căsătorit cu Gianfigliazzi. Nici tata nu a vrut să mă dea, însă Catello e meșter în tot ce face și mai era și războiul ăla blestemat cu ghibelinii.

Blanca termină cu lamentările, se îmbrăcă, se spălă, apoi se privi în oglindă. Cearcănele nu-i tulburau frumusețea acum marcată de tristețe. Fu în stare să iasă, să dea porunci tuturor servitorilor și chiar să zâmbească în timpul mesei. Catello bău cam mult, iar când ea îi spusese că ar dori să-și viziteze vechea și buna ei prietenă Constanza acesta nu se împotrivi.

- Mergi, dacă îți face plăcere și îți va aduce culoarea în obraji pe care acum nu o mai ai. Eu mă voi culca cum de altfel fac în fiecare duminică.

- Mulțumesc, soțul meu drag, de-abia aștept s-o văd. De când s-a mutat la casa ei îmi lipsește și nu mai vreau pe nimeni în loc. Îmi este tare dragă...

Blanca se gândi apoi cât de ușor îi ascunsese motivul acestei vizite pe care o aștepta ca pe o izbăvire. Chiar avu putere să-și sărute soțul înainte ca acesta să meargă în camera lui să se odihnească. Cum ajunse în odaia ei chemă slujnica să o îmbrace și să pornească cât mai repede către Constanza. Aceasta avea o casă frumoasă în care locuia doar cu fiica ei alături de o mână de servitori. Ajunse repede la poarta vilei Corsini și intră iute căci o găsi descuiată. Constanza era acolo pe un divan, plictisindu-se la soare, fiind chiar surprinsă, dar totuşi nu prea tare de sosirea Blancăi, singură şi vizibil nervoasă.

- Am găsit poarta deschisă, Constanza, ar trebui s-o încui, eşti o femeie singură, spuse Blanca sărutându-şi prietena. Am venit la tine într-un moment rău ales, te odihneai, dar crede-mă că dacă nu era atât de important pentru mine nu aş fi venit. Simt că mă sufoc şi nu am cui să-i spun ce am pe suflet.

- Blanca dragă, de ce vorbeşti aşa? Eşti binevenită oricând, iar ce-mi vei spune va rămâne pecetluit în inima mea. Dacă te pot ajuta sau dacă îţi pot da sfaturi bune o voi face din toată inima şi cu toată sinceritatea. Vrei un ceai? Poate te va linişti şi vei putea astfel povesti despre ce te macină. Haide, aşază-te, plimbatul acesta de colo-colo ar putea fi ciudat pentru servitorii mei.

- Ai dreptate, nu mi-am dat seama, draga mea prietenă. Am să încep simplu: iubesc. Am acest sentiment şi îmi dau seama că pe Catello l-am iubit altfel la 14 ani, acum sunt femeie, atunci eram o copilă neştiutoare. Cred că nici nu a fost dragoste, dacă stau să mă gândesc bine. De săptămâni bune ard în incertitudine şi în fiecare duminică mă întreb dacă el va veni la biserică. Soţul meu nici nu bănuie ce este în sufletul meu, el ştie că nu am contacte cu nimeni, doar cu tine şi acum mai rare, darămite cu vreun bărbat. Nici poveste! Astăzi însă acest „EL" mi-a strecurat un bilet în care îmi spune că mă iubeşte, că e nefericit şi că dragostea noastră e imposibilă, el fiind căsătorit, eu la fel, mi-a dezvăluit faptul că a observat în privirile mele aceleaşi sentimente. Uite bileţelul, dragă Constanza...

- E drept că nu am fost astăzi la liturghie, nu m-am simţit prea bine, zise văduva luând biletul şi tresărind. Cunosc acest scris! E scrisul lui Phillipe Cerchi! Soţia lui e bolnavă, săraca, de vreo jumătate de an.

- Taci! Vorbeşte mai încet, altfel voi leşina, spuse Blanca.

- Draga mea, acest om este cu mult mai tânăr decât soţul tău şi e un guelf alb, precum este toată familia ta. Are o singură fată cu soţia lui care, după naştere, a ajuns o legumă. Ea nu prea iese din vila Cerchi nici măcar pentru a se duce la biserică, iar pe lângă asta mai are şi limba ascuţită. Vă iubiţi, bag de seamă, dar e o iubire plină de pericol şi de venin. Am să vă ajut, dacă veţi dori, mă voi gândi eu la ceva, dar este foarte complicat. Nefericito! Blanca, iubeşti cu o dragoste de femeie iar nu de copiliţă iar asta e o otravă care te mistuie. Chiar îmi este teamă... Ce ai tu în căpşorul tău bălai, ce planuri ai?

- Vreau să-l întâlnesc la tine sau în altă parte. Vreau să-i scrii chiar tu. Catello pleacă săptămâna viitoare la Camaldolese la benedictini unde va şi înnopta. Eu voi dormi la tine şi îl voi lua şi pe Cafaggio. O să-mi dea voie. Ştie că nu pot sta singură. Constanza se ridică de pe divan şi veni lângă Blanca.

- E o idee. Şi pe urmă? Întâlniri clandestine şi din ce în ce mai pătimaşe? Apoi vei ceda şi ce te vei face dacă vei avea un copil? Ce nu ai de ani de zile de la Catello poate vei avea de la Cerchi din prima clipă. Îţi vei nenoroci viaţa, crezi că merită? Poate că pentru o clipă de iubire, da. Eu nu ştiu, dar te voi ajuta. Îi voi scrie un bilet şi voi aştepta răspuns. Mă voi duce ca orice clientă la el şi mă voi descoperi doar în cabinetul său. Părinţii tăi au fost la nunta lui, sunt guelfi albi. Ştii, uneori mă întreb dacă a fost bine să te căsătoreşti atât de tânără şi aproape cu un necunoscut. Catello e un om inteligent dar are 40 de ani în curând. Inima-mi spune: „iubeşte-l!" dar mintea mea îmi spune să te opresc. Simt că eşti nefericită şi că pe Catello nu îl mai ai la inimă...

- Nu l-am avut niciodată, o întrerupse Blanca, dacă nu era Philippe mureau o ignorantă fericită în grădina mea plină de flori. Acum îl am pe Cafaggio, dar mai târziu cine se va mai juca cu mine? Ştiu că peste câţiva ani o să mi-l ia şi o să-l trimită să înveţe şi voi avea parte de el doar în vacanţe. Mă voi topi de dorul lui...

- Îţi lipseşte o fetiţă! Ea nu pleacă decât atunci când se va mărita, spuse Constanza sărutând-o pe păr pe prietena ei. Mă voi duce mâine la Cerchi, să nu ai grijă. Cel mai rău lucru ce ţi se poate întâmpla e să te cerţi zdravăn cu bancherul. Nu-şi va permite nicio ruptură din pricina afacerilor sale, el trebuie să se arate curat măcar pe-o latură, căci pe cealaltă e negru din pricina dobânzilor uriaşe pe care le are. Pe tine însă nu te interesează acest lucru, zic şi eu ce discută lumea.

Cu adevărat Constanza gândea profund şi bine, Catello se mândrea mult cu viaţa lui liniştită de familie, ajunsese să se consoleze asupra faptului că Blanca nu-i mai dăruia copii mai ales că băiatul său era sănătos şi creştea fericit. Îl supărase situaţia la început, ascunzându-şi nemulţumirea faţă de Blanca, dar în timp îi trecuse cu adevărat această supărare. Banii şi afacerile sale îl preocupau zi şi noapte.

Femeile continuară să răsucească problema pe toate părţile, se încurajară în reuşita lor, apoi se despărţiră, nu înainte ca Blanca să-i lase prietenei sale un bilet care ar fi fost cu adevărat compromiţător dacă s-ar fi aflat în alte mâini decât ale Constanzei. Nu exista din fericire vreo umbră asupra acestui aspect, astfel că tânăra doamnă plecă acasă veselă, chiar dacă un pui de frică îi făcea inima să-i bată cu putere. Acum avea ce-i lipsea înainte de vizită: curaj. Aştepta cu nerăbdare vizita prietenei sale la cel pe care îl numea în gând iubitul ei. Seara fusese astfel plăcută, cu dulci speranţe în sufletul ei dar şi cu joaca băieţelului ei cu ea. Acesta, auzindu-şi tatăl spunându-i de câteva ori că e bărbat, încerca acum să-i demonstreze acest lucru mamei sale sărind în grădină de pe loc, apoi măsurându-şi cu satisfacţie săritura. Chiotele lui Cafaggio se auzeau clar în odaia tatălui său atunci când izbândea o săritură importantă. Cina decursese normal, Blanca se stăpâni din toată inima privindu-l pe Gianfigliazzi lângă care stătea de atâta vreme fără ură doar cu puțină nostalgie pentru că îi furase tinerețea și anii cei mai plini de speranță. Acum avea 23 de ani și toate rămăseseră în urmă. În camera ei se gândi că nu toate femeile se căsătoresc din dragoste ci din alte motive importante, mai ales pentru familiile din care provin. Trebuia să recunoască faptul că avusese parte de o viață plină de tihnă alături de bancher, cu prea multă liniște și siguranță. Avea nevoie să-i pulseze sângele în corp cu putere, s-o trezească din amorțeala acestor ultimi ani. Adormi gândindu-se la Constanza și la vizita de a doua zi a acesteia. De nevasta lui Cerchi nu-i păsa, iubirea este egoistă. O uitase de mult, știa doar că fusese o femeie frumoasă și că după naștere viața i se termină, rezumându-se doar la statul în pat și la calmante. Dacă avea să i se întâmple ceva, avea unde să meargă, casa prietenei sale îi era deschisă oricând. Dar Cafaggio?

CAPITOLUL 7

De dimineață Constanza se trezi cu sentimentul pe care îl ai în ziua în care trebuie să îndeplinești ceva măreț sau măcar ieșit din comun, din tiparele obișnuite. Se gândise mult la Blanca, iar până la urmă a înțeles-o pe deplin, merita să afle cum e dragostea. Ea știa, soțul ei îi fusese suficient, încă îl mai iubea și îi păstra în suflet un loc aparte, însă nu credea în văduvia ei până la moarte. Un bărbat acordă prin căsătorie un alt statut unei femei, iar ea și Giacomina aveau nevoie de așa ceva.

Se îmbrăcă cu mare atenție, își acoperi fața cu o mască și, când ieși pe ușa casei, se gândi că merge de-a dreptul la război, la unul dificil, împotriva celui în casa căruia stătuse mult și pe care îl urmase în Franța. Era înarmată cu biletul pe care Blanca i-l lăsase ca dovadă vie că vine din partea ei, apoi avea să-l ardă de îndată, nu trebuiau să existe dovezi. Nu încă.

Porni deci pe jos alături de o servitoare care mergea la câțiva pași în urma ei. Era frumos afară și nu prea cald, însă ea năduşise de emoție. Nu mai făcuse acest lucru niciodată, dar Blanca o merita cu prisosință. Ajunse la birourile de afaceri ale lui Cerdi și intră în încăperea în care se aștepta de obicei. Acolo găsi încă trei oameni ce așteptau. Toți se înclinară în fața măștii, iar secretarul o întrebă dacă nu dorea să fie lăsată în fața domnilor de față.

- Nu, mulțumesc pentru intenție, dar voi aștepta pe această banchetă, nu cred că va dura atât de mult. Spuneți-mi, doamna Cerchi cum se mai simte?

- Mulțumim de întrebare, doamna Cerchi, ruda mea, e în aceeași situație neschimbată de atunci, însă boala dumneaei nu dispare dar nici nu se agravează. Fetița o liniștește când îi este adusă. Lidia e sănătoasă și frumoasă și are acum aproape opt luni. Are chiar și un dințişor. În fiecare zi ne jucăm, să știți că mă recunoaște, iar astă mă încântă, spuse secretarul care era, așa cum se obișnuia pe atunci, rudă cu cel ce deținea afacerea.

- Cum suportă Phillipe totul? întrebă Constanza cu o voce care exprima compătimirea cea mai sinceră dar și cea mai prefăcută, am adăuga noi.

- La început, doamnă, a fost distrus să vadă că după nici un an de la căsătorie soția sa este condamnată la a sta doar în pat sau plimbată pe brațe la aer. Își spunea mai mereu că este voința Celui de sus, însă își adoră fetița, iar asta îl mai mângâie. Acum este mai împăcat cu sine și privește mai senin lucrurile, nu mai are acea atitudine de om dărâmat, parcă s-a mai schimbat puțin, poate că din cauza mersului regulat la biserică. E foarte grijuliu cu soția sa, Beatrice, și se străduie să nu-i lipsească acesteia nimic, însă eu cred că munca l-a ajutat cel mai mult, îl face să uite ce e acasă.

- Înțeleg, bunule copil, uite și timpul a trecut și urmează să intru în curând la Phillipe. Ne cunoaștem de atâta vreme... Se va bucura când îmi voi scoate masca.

- Da, aveți dreptate, cel care tocmai a intrat nu va sta mult, e o vizită obișnuită, aproape de rutină, spuse secretarul zâmbindu-i măștii care se ridicase și își mișca fustele cu zgomot. Ce v-am spus eu? continuă băiatul când cel de dinăuntru ieși condus de Cerchi. Doamna așteaptă de ceva vreme, messer Phillipe! Nu a vrut sub nicio formă să răspundă amabilităților domnilor care o lăsaseră înaintea dumnealor.

Constanza înclină din cap și făcu o reverență mică. Cerchi își dăduse seama imediat că nu e vorba de afaceri comerciale aici, ci de altele. O pofti pe doamna Corsini cu multă amabilitate în birou, fără a desluși însă cine este, lăsându-se condus de timp și împrejurări.

- Vă rog, stimată doamnă, intrați! Dacă vă pot ajuta cu ceva, nu voi pregeta în a o face, spuse Phillipe zâmbind ușor.

- O să mă poți ajuta cu siguranță, spuse Constanza ridicându-și vălurile. Mă cunoști de multă vreme, messer Cerchi...

- Doamna Corsini! iar Phillipe păli parcă în timp ce o urma. Femeia nu se așeză, ci veni lângă bărbat, punându-i mâna înmănușată pe braț și bătându-l ușor.

- Vin cu gânduri bune, dragule, nu te speria. O prietenă dragă m-a trimis la tine, mai bine zis expeditoarea acestui bilet, spuse Constanza scoțând din săculeț hârtiuța. O recunoști, așa este?

- Da, o recunosc, acum înțeleg, sunteți mesagera celei ce mi-a furat inima de când eram copil și m-a distrus măritându-se cu un guelf negru, dar desigur că ea nu are nicio vină. Avea doar 14 ani pe atunci. Ce mai face Blanca? Întotdeauna mi-a părut rău că nu am decât cu cinci ani mai mult decât ea, pe atunci eram la școală și am suferit că s-a căsătorit atât de tânără și naivă.

- Phillipe, ce vreți voi să faceți este o treabă cât se poate de riscantă, iar eu, nebună cum sunt, am să vă ajut pe cât voi putea, spuse văduva. Mă întrebi ce face Blanca? Iubește pentru prima dată, până acum ceva vreme credea că îl iubește pe Gianfigliazzi, dar a început să facă comparații și a ajuns la concluzia că a fost orice altceva decât iubire. Te rog mult să arzi biletul şi să nu-i mai dai altele, scrie-mi mie dacă vrei, dar nu o compromite pe ea, nu încă. Soţia ta este mai bine?

- Nu, din păcate pentru ea. Sănătoasă îi este doar gura aceea care scoate doar vorbe răutăcioase şi care-mi pune răbdarea la grea încercare, însă dacă mă întrebi de Lidia, ea înfloreşte şi îmi face viaţa senină. E mare de acum şi tare frumuşică. Sunt tare fericit că o am şi trăiesc şi eu pentru cineva. La vârsta mea nu mi se prea potriveşte situaţia aceasta nefericită. Când mă gândesc cât de minunată a fost Beatrice la nunta noastră, iar acum nici nu se poate mişca, parcă mi se pare că visez. Doctorii spun că slăbeşte mereu şi că n-o va mai duce multă vreme, cu multă clemenţă poate câţiva ani. Nu-mi permite să stau mult cu ea, seara uneori mă acceptă când iau o carte şi încep să-i citesc, dar simt că are dinţii încleştaţi. Mă crede vinovat pentru nefericirea ei, însă toţi oamenii aduc copii pe lume şi nu m-am gândit o clipă că ar putea fi ceva rău în asta. Nu are voie să se emoţioneze prea mult, astfel că prefer camera Lidiei. Ea gângureşte şi râde dând din picioruşe când mă vede. Doica e o femeie minunată pe care mă bazez foarte mult, uneori plec câteva zile cu treburi, dar nu am nicio teamă, stăpânele sunt îngrijite foarte bine. Beatrice suferă că i-am mutat camera la parterul casei, însă este mai uşor de adus afară scaunul în care o aşază servitorii. Doctorii spun că îi face bine soarele. Phillipe se opri brusc, întorcându-se către fereastră. Sunt un păcătos, ar trebui să vorbesc altfel despre Beatrice.

- Phillipe, zise Constanza, oare o iubeşti pe Blanca sau e doar un refugiu pentru nefericirea mariajului tău? Nu aş vrea să fie aşa, ea nu merită să fie doar o consolare, căci e o fiinţă tare bună.

- O iubesc de când era o copilă, aţi uitat ce am spus mai înainte? Ea a plecat însă în Franţa, iar eu a trebuit să rabd. De-abia m-am căsătorit, nu sunt nici doi ani de când am făcut acest pas. Nici nu mai ţin minte dacă se întorseseră ei atunci din pribegie sau nu, am făcut acest pas la insistenţele familiei şi m-am gândit că e o modalitate de a o uita. M-am înşelat! Ea s-a întors atunci în Florenţa, tocmai în acel an. Am recunoscut-o sub vălurile grele, eu însumi încercând să nu fiu văzut. Am rezistat o vreme, dar zilele trecute am riscat cu acel bilet pe care ea i l-a luat, înţelegând parcă zbuciumul meu lăuntric. În acest timp bărbatul se apropie de o lumânare şi arse biletul Blancăi.

- Phillipe, săptămâna viitoare messer Gianfigliazzi pleacă la mănăstire, drum de două zile la dus şi de asemenea două la întors. Blanca îi va cere voie să doarmă la mine cu băieţelul ei. Dacă doreşti să o vezi acasă la mine, anunţă-mă printr-un bilet sau mai bine vizitează-mă. Hârtiile compromit întotdeauna. Eu îţi voi transmite informaţii despre Catello, iar tu despre posibilitatea de a intra la mine în toate nopţile nevăzut. Plec acum, am stat atât de mult! Astăzi e miercuri, dă-mi un răspuns sâmbătă, iar tu o să ai sigur unul de la Blanca despre drumul soțului său.

- E minunat, voi fi cu băgare de seamă, nu aș vrea să se audă vorbe, spuse Philippe, de plecat pot pleca oricând din casă. Beatrice nu se poate ridica, iar odată așezată în pat, nu se mai ridică până dimineață. Doctorii îi dau niște prafuri pentru somn, căci durerile le simte mai puternic în oase atunci când stă întinsă. Am suferit și încă sufăr, pe cuvânt, dar nu trebuie să existe doi condamnați în aceeași familie, nu credeți? Sunt vinovat că n-am iubit-o și că ea e acum în situația aceasta dezastruoasă? Dacă nu erau familiile noastre, poate era alta situația, așadar ne-am supus dorințelor lor și ne-am distrus viețile amândoi. Beatrice va muri oricum ,dar eu trebuie s-o cresc pe Lidia și poate să-mi refac viața, am doar 28 de ani.

- Dragul meu, vrei să-ți refaci viața alături de Blanca? E adevărat că Gianfigliazzi are 40 de ani, dar pare în putere, poți aștepta până moare acesta? întrebă imediat Constanza.

- O voi duce la altar pe Blanca și la 100 de ani, credeți-mă!

- Te cred, spuse repede doamna Corsini. Acum chiar că voi pleca, afară încă așteaptă lume. Aștept răspuns de la tine sâmbătă, spuse Constanza așezându-și masca pe față. Pe curând!

Philippe o conduse pe doamnă promițându-și vise și gânduri pentru noaptea ce urma, acum avea de lucru și nimic nu se arăta pe fața lui frumoasă când clientela începu să intre rând pe rând. Era doar luni, iar orașul era aglomerat și nerăbdător să-și reia treburile după o zi de trândăvie. Constanza și servitoarea ei mergeau spre casa Gianfigliazi, doamna știa că bancherul e în birourile din față, astfel că putea intra liniștită pe partea din spate și străbate minunatele alei perfect întreținute. O găsi pe Blanca pe o bancă, iar pe Cafaggio la picioarele ei. Era foarte distrată, căci nu o zărise pe prietena ei în timp ce se apropia de ea. Tresări când o văzu lângă ea.

- Constanza! strigă ea ridicându-se brusc, nu te-am auzit intrând pe poartă.

- Cred și eu, la cât visezi... Ia seama și poartă-te natural, spuse doamna Corsini mângâindu-l pe Cafaggio care o luă în brațe și îi dădu un sărut pentru dulciurile primite. Băiețelul o zbughi apoi într-un loc doar de el știut pentru a savura în tihnă bunătățile aduse de mama Giacominei. Numai bine am zice noi.

- Vin de la domnul cel frumos, să știi că a ars în fața mea biletul tău. E fericit și te va aștepta chiar și o sută de ani ca să te ducă la altar. Beatrice se simte rău, iar doctorii spun că fiecare zi e o minune de supraviețuire. Fetița lor, însă, e singura lui consolare și, slavă Fecioarei, e sănătoasă și crește frumos. Mi-a destăinuit puțin despre iubirea lui pentru tine, se pare că te iubește încă de când te-ai căsătorit cu bancherul, doar că nu a putut face nimic pentru a te împiedica să te măriți cu el, erați amândoi niște copii, iar el cred că încă învăța, parcă așa îmi aduc aminte. A fost o fericire pentru el faptul că te-ai întors în Florența. Și el s-a căsătorit la dorința familiilor lor și probabil din disperare că nu te putea avea, dar uite și tu că îl pedepsește Dumnezeu cu necazul pricinuit de boala nevestei lui. Sâmbătă mă va vizita ca să-i pot da vești despre tine și mai ales despre plecarea lui Catello la mănăstire. Până atunci vorbește cu soțul tău și roagă-l să te lase să dormi la mine cu Cafaggio în lipsa lui. Fă-o firesc și ai grijă și nu te trăda singură. După ce copiii vor adormi, pavilionul din grădina mea vă așteaptă, apoi către dimineață tu te vei întoarce în cameră, iar el va pleca pe portița dosnică din spate pe care nu o știe nimeni. Casa lui Corsini e minunată datorită acestei portițe ascunse în tufe. Se va zgâria puțin, dar nu cred că îi va păsa. Constanza spuse totul dintr-o suflare și fără nicio ezitare.

- Ai vorbit atât de repede, draga mea, spuse Blanca luându-i mâinile într-ale sale, dar am înțeles totul. Voi vorbi cu soțul meu astăzi la prânz, suntem întotdeauna singuri și o să-ți dau de veste până sâmbătă. Nu văd niciun obstacol în îndeplinirea gândurilor noastre. Sunt fericită și uimită că Philippe mă iubește de atâta vreme, iar eu nu am știut nimic despre sentimentele lui pentru mine. Aveam 14 ani când am plecat, o copilă și cred că tata m-a dat prea ușor, poate din disperare. Tata mă iubea și sunt convinsă că a suferit că am plecat 6 ani de lângă el și mai ales cu un bărbat mult mai în vârstă decât mine. Mă voi stăpâni, n-avea grijă, draga mea, acum am pentru ce trăi. Îmi e teamă să nu mi-l ia pe băiat, iar asta mă amuțește. Cu toate acestea, însă, nu voi da înapoi. Oricum, Cafaggio va pleca peste vreo doi ani la o mănăstire să învețe și nu îl voi mai vedea atunci decât foarte puțin. Tu ești o norocoasă, ai o fată, o instruiești acasă și nici nu va pleca de lângă tine.

- Blanca, îmi este teamă să mai rămân, plec și aștept vești de la tine cel mai târziu vineri.

- Negreșit le vei avea, scumpă prietenă, spuse Blanca așezându-se pe bancă visătoare.

Constanza o sărută și plecă iute făcându-i semn cu mâna când ajunse la poartă. Blanca nu mai observă acest lucru, căci se cufundase iar în visele sale, având acum noutăți la care avea să se gândească și făcând-o totodată pe prietena ei să înțeleagă că iubea cu adevărat. Rămasă singură, doamna Gianfigliazzi începu să-și facă planuri despre cum avea să-i spună bancherului despre ideea de a înnopta la prietena ei cât acesta va lipsi și mai ales cum să obțină rezultatul scontat. Nu observă că dinspre casă venea Boniface.

- Mătușă dragă, ai o zi senină? Mi se pare că ești îngândurată, spuse el pentru a deschide discuția.

- Mă cunoşti bine, Boniface, sunt într-adevăr puţin dusă pe gânduri. Ce te aduce în grădină la ora asta? Vrei să vorbeşti cu mine?

- Ai ghicit repede, spuse bărbatul aşezându-se lângă Blanca, însă nu ştiu cum să încep, dar haide că îmi voi face curaj. E vorba despre un secret care explică mai multe lucruri. Ştii că de ceva timp unchiul meu şi-a schimbat atitudinea faţă de tine, te iubeşte, însă nu la fel ca şi la început, adică te vizitează mai rar la tine, spuse Boniface cu greu şi oftând.

- Am observat acest lucru, spuse Blanca, am trecut cu vederea ca întotdeauna acest aspect fără să mă gândesc prea mult.

- Ştii că unchiul e tare bogat, din ce în ce mai bogat şi e la vârsta aceea de mijloc când bărbăţia trebuie dovedită, căci altfel nu există. Cred că ai observat cât de dese sunt petrecerile în casă. Printre invitaţi sunt şi femei, dar asta cred că o ştiai. Se spune însă că bărbaţii au dreptul să mai calce strâmb, în schimb femeile nu au voie. Eu, personal, nu sunt de acord cu asta, o voi iubi pe Margaretta mereu şi la fel, dar noi suntem cam de aceeaşi vârstă, poate din acest motiv..., spuse Boniface trist.

- Nu cred că scumpul meu soţ te-a trimis să-mi spui toate astea, vrei să mă previi să nu sufăr, spuse Blanca şoptit.

- Nu, nu ştie, ne-ar biciui dacă ar şti, o bănuială e una, dar adevărul e alta, iar eu ţi-am spus adevărul. Nu are o amantă propriu-zisă, ci pe toată lumea şi în acelaşi timp pe nimeni. Sunt fericit că nu ştii. Am participat şi eu odată, dar am plecat repede, nu era de mine. De-abia am reuşit să mă stăpânesc în faţa Margarettei, căci ea nu ştie nimic din toate astea.

- Îmi aperi onoarea în faţa lumii, spuse Blanca pentru ea, gândindu-se la Philippe. E bogat, iar asta face parte din cununa bogăţiei, Boniface. Trebuie să aibă şi cuceriri cât mai multe, mai ales că eu sunt atât de retrasă şi nu-mi plac astfel de manifestări. Nu mă deranjează că nu mai trece pe la mine, să facă aşa cum pofteşte. Îţi mulţumesc că mi-ai spus! Du-te acum, poate te caută. Nu voi spune nimănui nicio vorbă, totul va rămâne în mintea mea. Promit!

Nepotul îi sărută mâna şi plecă iute. Blanca se ridică iute ca un arc atunci când uşa se închise după el. „Întrezăresc o ieşire! gândea ea. Chiar nu am niciun drept să mă folosesc de ea, dar bărbaţii sunt la fel cu toţii, iar Catello îmbătrâneşte odată cu averea lui din ce în ce mai mare şi mai blestemată. Are cele mai mari dobânzi şi totuşi e atât de căutat şi atât de puternic." Gândurile îi fură întrerupte de bucătăreasă care veni s-o cheme pentru a alege meniul pentru prânz. Plecă odată cu aceasta şi află şi de o nouă petrecere la vilă chiar în acea zi ce-şi urma nestingherită cursul. Nu arăta nicio nelinişte, servitorii ştiau cu toţii, doar ei serveau la masă şi încercau pe cât le stătea în putinţă să o protejeze cumva de păcatele soţului său. Acum, după ce Boniface îi deschisese ochii, vedea şi înţelegea fâstâceala oamenilor casei. Se stăpâni şi alese totul cu o linişte prefăcută, ca şi cum nimic nu înnoura atmosfera casei. Cafaggio se juca liniştit în grădină împreună cu grădinarul, iar ea se hotărî să se retragă în camera ei. Mai avea ceva timp până la întâlnirea cu soțul ei, atunci avea să-i ceară voie să meargă la Constanza întreaga săptămână ce va urma cât timp el lipsea. Se așeză în fața oglinzii și începu să-și aranjeze părul, privindu-și în același timp fața tânără și frumoasă. Își despleti cosițele și își legă părul doar cu niște panglici ce se asortau cu rochia pe care o purta. Se pieptănă și se întinse pe pat obosită. Ațipi și se trezi doar atunci când camerista deschise ușa pentru a o chema la masă. Catello o aștepta.

- Ai adormit, Blanca? o întrebă el fără să se ridice de la masă. Niciodată nu s-a mai întâmplat asta înainte de prânz, sper că ești sănătoasă.

- Sunt doar puțin obosită, dar altceva nu am, spuse ea luând loc la masa aranjată doar pentru două persoane. Te rog să nu te neliniștești din pricina mea.

În timpul acesta Catello, pe deplin liniștit, începu să mănânce cu poftă din tot ce poruncise Blanca să se pregătească pentru masă. Bancherul era întotdeauna mulțumit de cum conducea soția lui casa. Digestia lui era întotdeauna perfectă. Blanca mâncă și ea pentru că trebuia să aibă putere, dar și pentru a păstra aparențele așteptând desertul pentru a putea aduce vorba de Camaldolese. Nu mai tremura, simțea că își luase destinul în propriile mâini. Nu-i fu greu să aducă vorba atunci când Catello începu să-și mănânce prăjitura.

- Dragul meu soț, spuse ea cu o voce puțin tremurată, am o rugăminte la tine, aș putea, cât timp ești tu plecat, să stau la vila Constanzei cu Cafaggio? Nu m-aș mai simți atât de singură. A venit astăzi pe aici. M-ai face foarte fericită dacă ai accepta, băiatul nostru s-ar juca cu Giacomina. Ce spui? Catello era întotdeauna măgulit când Blanca venea la el să-i ceară câte ceva, niciodată nu o refuza, păstrându-i o blândă dragoste care se transformase în ultima vreme dar care își mai avea sâmburele bine înfipt în inima lui. Lăsă din mână paharul și începu să vorbească:

- Blanca, mama unicului meu fiu, cum ți-aș putea refuza acest lucru atât de mic? Te voi conduce chiar eu duminică seara la Corsini acasă. Nu are rost să te trezești luni de dimineață. Vom aranja lucrurile în așa fel încât totul să fie pregătit pentru plecarea mea, iar tu să nu ai nicio grijă din cauza aceasta. Poți să-i spui Constanzei că te voi duce eu, iar la întoarcere te voi lua tot eu de la ea.

Femeia bătu din palme fericită, iar brățările de pe mâninile ei frumoase zdrăngănirâ vesel. Doamna era îmbrăcată cu o rochie de un roșu închis cu mâneci largi pe încheietura mâinilor, iar când bătu din palme brațele i se dezgolirâ mai sus de cot, descoperind vederii o carnație albă și minunată.

- Îți mulțumesc din toată inima, Catello, voi schimba și eu locul pentru o săptămână, parcă aș pleca și eu undeva. Cred că și Cafaggio va fi fericit nevoie mare căci îi place grădina Corsini, e încă înflorită la timpul acesta, iar din vilă, de la etaj, se vede tare frumos cum curge Arno.

- Nu ai pentru ce să-mi mulțumești, draga mea soție, petrece mulțumită și apucă-te de pregătiri chiar de mâine, cred că și gazda ta va fi bucuroasă de companie. Stă singură mai mereu, chiar dacă se zvonește că ar primi vizita cuiva de alt sex, dar Corsini e mort de multă vreme, iar ea este încă tânără și frumoasă, are tot dreptul, este o femeie liberă și bogată.

Masa nu mai dură mult, iar fiecare era mulțumit în felul său. Blanca îi scrise un bilet prietenei sale în care îi expunea victoria obținută și o anunța de venirea ei chiar de duminică seara, însoțită fiind de soțul ei care urma să o depună ca pe o floare la vila Corsini. Pe Constanza o podidi râsul când auzi sau mai bine spus citi toate aceste noutăți.

- O aduce chiar el în brațele lui Cerchi, îmi vine să mă prăpădesc de râs, murmură ea, însă și eu voi avea companie, Ugo Gasparetto va face pereche cu mine, de fapt își dorește foarte mult să se căsătorească cu mine. Poate îi voi spune da, cine știe? Aș fi mai în siguranță cu un bărbat în casă.

Doamna oftă și se gândi la viitor, era hotărâtă de ceva vreme să-i acorde mâna lui Ugo, dar se gândea că n-ar fi rău ca barbații să fie fierți puțin la focul mic al așteptărilor. Îi scrisese un bilețel acestuia și îl expedie iute prin camerista ei de nădejde. Avea să-l aibă a doua zi la masa de prânz. Știa că e prieten cu Cerchi, așadar își puteau face destule confidențe. Crescuseră împreună și aveau aceeași vârstă.

Marți de dimineață, când Boniface intră în biroul său, îl găsi pe Catello așezat la masa lui de lucru. După ce își dădură binețe, nepotul văzu că bancherul cocea ceva și se aștepta să audă vreun plan bine ticluit.

- Boniface, Blanca pleacă duminică după slujbă la Constanza pentru o săptămână împreună cu băiatul nostru. M-am gândit la o petrecere înainte de a pleca la Camaldolese, scrie te rog niște bilete, știi tu cui și cheamă și doamnele. Mă voi distra pe cinste având în vedere ce mă așteaptă în săptămâna care vine. Oricum, voi pleca liniștit căci tu vei conduce afacerile pe aici și va fi ca un fel de test pentru tine. Te vei descurca, ai să vezi! Iar acum, la treabă, uite primul client! Va cumpăra stofe de la noi, ai să vezi, spuse Catello în timp ce intră la el în birou. Boniface era nemulțumit și trist, dar se așeză și își căută hârtie pentru biletele pe care avea să le scrie.

În acele zile fiecare aștepta și fierbea de nerăbdare. Blanca află de petrecerea ce urma să aibă loc în ziua plecării ei, simțea că se îndepărtează de tot de cel căruia îi fusese credincioasă, dar această senzație era reciprocă, am spune noi. Constanza, la rândul ei, îl pusese la curent pe Ugo în privința planurilor lui Philippe și îi transmisese acestuia un bilețel prin alesul ei. Cei doi bărbați își făcură confidențe, amândoi fiind fericiți din motive întemeiate. Se pare că doamna Corsini îi promisese mâna lui Gasparetto, speranțele acestuia căpătând viață după atâta timp de așteptare.

114

Philippe era fericit, căci îşi găsise un confident cu buzele pecetluite, care de fapt îi şi adusese biletul ce anunţa începutul fericirii sale.

- Îmi este milă de Beatrice, Philippe, dar tu nu ai nicio vină şi ai dreptul să iubeşti, iar să o iubeşti pe Blanca Gianfigliazzi e ca şi cum ai cuceri o redută. Gândeşte-te că ea nu a ieşit până acum decât până la biserică şi n-a participat niciodată la petrecerile revoltătoare ale soţului ei, apoi nu mai pui că vă cunoaşteţi de mici, familiile voastre sunt prietene de atâta amar de vreme. Chiar nici nu ştiu de ce Simonetti nu ţi-a dat-o ţie pe Blanca, putea să mai aştepte puţin...

Cât de bine intuise şi vorbise Ugo, Philippe era încântat de prietenul său, uitase cu desăvârşire de sfârşita lui soţie care se topea în pat pe zi ce trecea, chiar dacă în jurul ei roiau doctori care mai de care mai plini de sfaturi şi poţiuni. Ştia că nu putea s-o mai ducă mult, nu-i trebuiau vorbele niciunui medic pentru a înţelege acest lucru, vedea adevărul în fiecare seară în ochii tot mai stinşi ai soţiei sale.

Trecu astfel săptămâna cu aşteptările şi gândurile fiecăruia, Catello cu gândul la petrecerea lui, Ugo şi Philippe gândindu-se la doamnele lor, iar acestea, mai ales Blanca, tremurând de frică şi nerăbdare, aşteptau şi ele clipa întâlnirii cu cei pe care îi iubeau. Blanca nu se retrăsese din treburile gospodăriei şi nici nu afişa un aer melancolic care să-i trădeze adevărata stare, cel mai mult îi plăcea să stea cu băieţelul ei şi să viseze la lucruri frumoase fără să se gândească o clipă la riscurile la care se expunea din iubire.

Când bancherul îşi conduse cele două fiinţe dragi la vila Corsini, toată lumea îşi spunea în gând: „în sfârşit!". El dorea ca petrecerea să înceapă mai repede visând la unduirile femeilor tinere în timpul dansurilor şi parcă ameţea de plăcere. Boniface nu participa niciodată la petrecerile unchiului său, prefera casa lui, tihna acesteia şi pe draga lui Margaretta care era atât de drăguţă de când aştepta să vină pe lume copilaşul lor. „În sfârşit!" spunea şi Blanca tremurând de plăcerea riscului pe care-l trăia din dragoste sinceră şi împărtăşită. Aşteptase toată săptămâna momentul zilei de duminică şi nu-i păsa de petrecerea cu femei a soţului ei, nici măcar nu se considera că sunt în balanţă acţiunile lor adulterine. Când femeile se văzură singure, căzură una în braţele celeilalte.

- Constanza, sunt atât de emoţionată, uneori simt că fac ceva rău, dar pe urmă sentimentul trece. Sunt fericită, indiferent de consecinţele care vor urma. Am încercat să mă gândesc toată săptămâna la Beatrice şi uite că nu mă simt vinovată cu nimic, chiar dacă aşa ar trebui să mă simt având în vedere că sunt creştină.

- Draga mea, îţi faci prea multe probleme degeaba, uite ce frumos se joacă cei doi copii, s-au regăsit chiar dacă Giacomina are o atitudine puţin mai maternă. Philippe va veni cu Ugo care ştii că îmi face curte, sunt prieteni foarte buni. Va fi secretul nostru al tuturora. Vor veni prin portiţa din tufa aceea care o maschează foarte bine, Gasparetto are cheia. Cred că vor apărea după căderea nopții, după ce vor adormi copiii. Uite, aici este pavilionul pentru oaspeți, Corsini s-a gândit că e mai bine să avem o clădire separată pentru prieteni. Nu știu la ce s-a gândit atunci când a construit-o, dar în mod sigur nu o să vă deranjeze nimeni acolo. De asemenea, ai și în casă o cameră unde vei reveni în zori când bărbații or să plece. Mă voi căsători cu Ugo! Aproape că am fixat și data, în decembrie, și cred că voi primi cu siguranță bijuterii săptămâna aceasta. Am ales amândoi să avem o nuntă restrânsă, după cununia religioasă de la biserică ne vom aduna câțiva să sărbătorim, atâta tot.

- Mă bucur să aud că îți refaci viața, meriți s-o faci, iar Ugo te pețește de doi ani, spuse Blanca fericită. Ce spune Giacomina?

- Se bucură. Mi-a fost teamă de rezistența din partea ei, însă nici vorbă, e fericită că va fi un bărbat în casă și că poate va avea și ea un frățior. E singură, iar profesorul acela cu care studiază o plictisește destul de mult. A fost cam singuratică tot timpul acesta, însă mie îmi vine să râd, am 28 de ani și nu mă văd cu un prunc în brațe, dar poate de dragul lui Ugo, cine știe? Și, apoi, cred că și el își dorește un moștenitor.

- Sau mai mulți, râse Blanca cu poftă. Eu nu l-am putut face decât pe Cafaggio, e drept că și Catello mă neglijează în ultima vreme, însă și când nu o făcea nu era rost de alt copil. Vrei să-ți spun ceva, Constanza? Nu mă deranjează deloc faptul că evită să intre la mine în cameră. Boniface spune că la petreceri are tot felul de relații cu femei, nu e statornic uneia, la aproape 40 de ani a devenit un muieratic. Nu sunt geloasă deloc și nici nu mă revolt. Nu crezi că e ciudat? Mă bucur însă că nu are de hrănit și întreținut bastarzi, căci nu am auzit să aibă copii cu doamnele cu care se distrează. Nu știu cum aș reacționa dacă s-ar întâmpla acest lucru.

- Dar dacă ai avea tu un copil cu Philippe? întrebă brusc Constanza.

- E o întrebare grea, nici nu vreau să mă gândesc la o situație ca aceasta. Cum ar reacționa Catello oare? întrebă Blanca. Doamne, mi-l-ar lua pe Cafaggio! Îmi este frică... apoi m-ar trimite la tata, iar tata ar înnebuni. Sper ca Philippe, dacă ar fi cazul, să accepte repede căsătoria după ruptura mea cu Gianfigliazzi. Nu, e tare urât, e o pată neagră, nu pot să-mi încep noua viață așa. Mă voi feri de o sarcină, va trebui să o fac. Constanza, dar dacă tata nu mă va primi? Ce viață voi avea eu? Doamne, în ce m-am băgat și nu pot opri furia tinereții și a sentimentelor mele.

- Vei sta la mine aici, spuse Constanza cu calm, până când totul se va liniști, totul trece ca apa între maluri. Cafaggio oricum te iubește și te va iubi mereu, de la școală sau de unde va fi el. Vei vedea asta, însă nu e bine să gândim așa de la început. Ești mama lui și asta n-o poate schimba nimeni. Zâmbeşte-mi acum şi să ne facem frumoase, eu cred că fiecare merită eventuala suferinţă din viitor.

- Mulţumesc, draga mea, eşti mai mult decât o soră mai mare pentru mine, spuse Blanca. Ce bine că s-au întâlnit copiii noştri, se joacă tare frumos! Vor adormi buştean după cină.

- Păi să doarmă, ei trebuie să rămână neştiutori, nu trebuie să ne fie martori la nimic zilele acestea. De ce tremuri? întrebă doamna Corsini.

- De emoţie! Îţi dai seama că mă copleşesc emoţiile, dar pe de altă parte îmi vine să râd, Catello e acasă şi se distrează copios înainte de plecarea în călătorie. Fiecare are o activitate în afara căsătoriei noastre în aceste momente, de fapt eu încă nu o am, o aştept.

- Aşteapt-o căci va veni odată cu lăsarea serii, copiii vor fi adormiţi atunci şi nimeni nu ştie de portiţă, o vor descuia şi încuia fără niciun zgomot, am uns-o chiar eu.

Copiii veniră alergând către foişorul unde se aflau mamele lor, alergaseră, iar acum erau osteniţi. Râdeau şi erau bucuroşi că s-au regăsit, Giacomina uitase de aerele ei de domnişoară precoce şi redevenise copilul acela pe care Cafaggio îl adora. Stătură până băură ceva răcoritor, apoi plecară iute să zburde liberi prin grădina familiei Corsini. Puteau să se ascundă, căci erau multe locuri foarte bune pentru aceste îndeletniciri copilăreşti, apoi se regăseau cu chiote de bucurie şi cu râsete pline de seninătate. Doamnele erau încântate de joaca aceasta nevinovată, nici nu băgară de seamă când se făcu ora cinei, după care copiii adormiră imediat, fiind osteniţi. Momentul atât de aşteptat sosi, liniştea se lăsase peste grădină, iar femeile erau cu urechile şi privirile aţintite către tufa care masca portiţa. Orice scârţâit, orice foşnet aducea cu el o tresărire, un spasm. După o aşteptare de jumătate de ceas se auzi portiţa deschizându-se uşor, iar mai apoi se auziră cum cei ce intraseră întorc cheia în broasca proaspăt unsă. În gândul ei, Constanza mulţumi cerului pentru ideea pe care o avuse. Tufele fură date la o parte, iar cei mult aşteptaţi intrară în grădină, se îndreptară către pavilionul luminat, locul destinat primei întâlniri a Blancăi cu Philippe. Doamnele îi aşteptau, focul ardea în şemineu, iar masa era deja pusă. Când cei doi intrară în încăperea aceea cu o atmosferă atât de primitoare, Constanza se ridică să-i întâmpine ca o gazdă adevarată cu multă căldură.

- Bine aţi venit, domnilor! Vă aşteptam de mult! Blanca de-abia se ridică de pe scaun şi schiţă un zâmbet istovit, poate îi răsărise în minte ideea păcatului, dar cine poate şti ce gândeşte o femeie care înşeală pentru prima dată după o viaţă conjugală ireproşabilă. Ugo fu mai îndrăzneţ şi o luă pe draga lui Constanza în braţe. Philippe înainta uşor spre Blanca, privind-o ţintă.

- Regreţi întâlnirea? întrebă el şoptit.

- Nu, Philippe, nu, niciodată, doar că trăiesc o senzaţie ciudată. Soţul meu se distrează acum, eu de nu aş face-o? Însă nu mă distrez, ci iubesc, spuse soţia lui Gianfigliazzi încet, dar suficient pentru a fi auzită de Philippe care o luă de mâini şi i le sărută.

- Îţi mulţumesc! Te iubesc şi eu şi voi avea aceste sentimente până la moarte, Blanca, doar pentru tine. Cerchi se aşezase lângă ea pe scaunul pe care stătuse anterior Constanza.

- Gata cu şuşotelile, Philippe, atenţie la mine! spuse Ugo. Sunteţi martorii unui eveniment foarte important din viaţa mea pentru că mi se întâmplă pentru prima dată acest lucru. O luă apoi pe Constanza şi o aşeză pe divan, iar el se aşeză pe o pernuţă la picioarele ei şi o ceru în căsătorie. Constanza începu să râdă când Gasparetto începu să se caute prin buzunare.

- În sfârşit, spuse el scoţând o cutiuţă de catifea roşie. Am aici inelul de logodnă! Ieşi îndată la iveală un inel cu un safir minunat pe care Ugo i-l puse Constanzei imediat pe deget. Eşti a mea! mai spuse el. Ne vom căsători imediat, nu mai avem ce aştepta. Primeşti? continuă el căutându-se prin buzunare după o altă cutie pe care i-o dădu stăpânei casei fără să o mai desfacă.

- Primesc să mă căsătoresc cu tine, Ugo! spuse Constanza fără ezitări în timp ce desfăcea cutia ce i-o înmânase Ugo, decoperind nişte bijuterii ce-ţi luau privirea cu frumuseţea şi măiestria cu care fuseseră create.

- Voi sunteţi martorii noştri, spuse Ugo adresându-se celorlalţi doi, mai devreme sau mai târziu vă veţi căsători şi voi, iar atunci vă vom fi noi martori.

- Să te audă Dumnezeu, prietene, spuse Philippe, mă bucur pentru voi. Să fiţi fericiţi!

- Bucuraţi-vă de ce vă dă Dumnezeu, adăugă şi Blanca, e o şansă minunată. Să vă îmbrăţişez pe amândoi, mai spuse ea. E tare frumos inelul de logodnă, eu nu-l mai port pe cel dăruit de Catello de multă vreme, parcă nu-mi mai place.

- Poate degetul tău cere alt inel, spuse cu subînţeles Gasparetto.

- Poate, dar soţul meu trăieşte şi, cum spune el, e încă verde. Eu cred, continuă Blanca cea timidă, că petrecerile, băutura şi destrăbălarea îl vor distruge, însă nu curând, e un om puternic, iar viciile vor avea multă vreme de lucru până să-l poată doborî.

- Te voi aştepta până când îşi va da duhul în mâinile morţii, adăugă Philippe. Eu voi rămâne curând văduv, ştiu asta de la doctori dar o şi simt, Beatrice nu mai poate fi salvată, dar o am pe Lidia şi îmi ajunge. Nu mă voi mai căsători niciodată, voi visa doar la tine, draga mea Blanca, dragostea copilăriei mele.

- Cred că ar fi bine să lăsăm perechea aceasta singură, spuse Constanza mai mult pentru Ugo, au multe de povestit şi nu ştiu dacă le va ajunge această noapte. Să nu uiţi, Blanca, la orele cinci ale dimineţii revii şi îţi vei ocupa camera din vilă, iar voi doi veţi pleca aşa cum ne-am înţeles.

- Aşa va fi, am promis, spuse Ugo trăgând-o afară pe proaspăta lui logodnică şi închizând uşa după ei.

Rămaşi singuri, cei doi tineri se aşezară, Blanca pe un scaun, iar Philippe la picioarele ei. Multă vreme dragostea lor rămăsese mută, Blanca mângâindu-i bărbatului părul minunat ce-l avea de la natură. În toată acea noapte îşi declaraseră iubirea din toată inima unul celuilalt.

- Sunt supărată că m-am căsătorit la 14 ani cu Gianfigliazzi şi am plecat atâta timp, nu înţeleg de ce m-a dat tata! Dacă rămâneam acasă, chiar dacă trăiam într-o Florenţă învinsă, aş fi fost oarecum mai în singuranţă. Au mai rămas şi alţii şi au îndurat umilinţa, s-au căsătorit, au avut şi mici momente de bucurie, dar nu au dezertat ca mine ducând-o bine şi fără griji în Franţa. Am crezut că îl iubesc, aveam 14 ani, iar el era frumos şi priceput la sucit minţile femeilor, îmi dau seama că l-am plăcut, dar nu am simţit cu adevărat dragostea, de fapt eram un copil, încă îmi plăcea să mă joc. Nici nu ieşisem în societate, iar el probabil a profitat de acest lucru, eu nu eram prezentată în mod oficial pe vremea aceea.

- Nu îţi mai fă griji, Blanca, am pierdut într-adevăr timp, dar suntem uniţi. Îţi repet că vom fi căsătoriţi chiar dacă a doua zi ar fi ultima din viaţa noastră.

- Ştiu, Philippe, vom aştepta mult timp, cu siguranţă, dar voi fi a ta cu toate drepturile.

Noaptea trecu atât de repede în timp ce ei îşi aduceau aminte de trecut, vorbind de viitor, de copii, iar distanţa dintre ei dispăru când veni dimineaţa, neajunsurile trecutului lipseau din amintirea lor. Când Ugo bătu la uşă fu uimit să-i vadă în acelaşi loc pe amândoi, fericiţi, dar obosiţi nevoie mare.

- Haide, frate, să mergem căci e vremea, e timpul să-ţi laşi doamna să se odihnească. Ai ţinut-o toată noaptea pe acel scaun? Haide, acum, ia-ţi rămas bun şi ia-ţi promisiunea pentru ca noaptea următoare să vă puteţi odihni şi voi. Philippe zâmbi, Blanca de asemenea, îşi şoptiră un rămas bun duios, iar apoi bărbaţii ieşiră. Când auzi portiţa secretă închizându-se, Blanca tresări, apoi se îndreptă spre casă, camera o aştepta. Constanza o sărută pe frunte, iar ea adormi îmbătată de vise şi gândindu-se că acest septembrie 1268 îi va schimba viaţa.

Toată săptămâna fusese pentru cele două femei o perioadă nespus de fericită, dar mai ales pentru Blanca, fusese un fel de primăvară întârziată plină de parfumul florilor de cireş. Copiii nu bănuiră nimic, iar femeile erau întotdeauna ziua singure cu ei. Totul luă sfârşit sâmbătă când

Catello, fericit că-şi îndeplinise visele de afaceri la mănăstirea lui fra Simone, îşi luă odoarele acasă fără a simţi ceva schimbat în viaţa lor. Blanca era mai melancolică, avea să se întâlnească cu Philippe doar la biserică, iar în cazul în care bancherul pleca, în pavilionul Constanzei. Catello vorbi atât de mult despre bucuriile lui încât nu observă paloarea de pe obrajii soţiei sale, iar aceasta se obişnuise să audă fără să înţeleagă. Cafaggio era şi el trist căci îi plăcuse să se joace cu Giacomina, dar primise promisiunea mamei lui că vor mai merge în vizită la ea.

Zvonurile logodnei Constanzei Corsini umpluseră oraşul, iar felicitările curgeau ca apa izvorului de munte. Ugo era invidiat că pusese mâna pe o asemenea femeie încă tânără şi frumoasă şi pe deasupra şi bogată. Era şi el suficient de bogat, dar nimic nu e suficient în mintea oamenilor când e vorba de avere. Pentru el Constanza era tânără şi frumoasă, iar Giacomina îi plăcea tare mult, era ca şi copilul lui. Ştiuse de suferinţa Constanzei după moartea lui Corsini şi mai ştia că anii au trecut, iar inima ei îi aparţinea doar lui acum. Îşi dorea copii şi ştia că îi va avea. Îi respecta de asemenea întru totul dorinţa Constanzei cu privire la discreţia căsătoriei lor, după cununie aveau să se mute în casa lui singuratică, iar vila Corsini intra iarăşi în conservare, perechea hotărându-se să lase acolo vreo trei servitori pentru a o întreţine curată şi în bună stare.

Ugo era în febra pregătirilor din casa lui, Giacomina şi-a ales o cameră pentru ea, iar acum o decora, întreaga clădire căpătase un aspect pe care nu-l mai avusese niciodată. Se vedea că la mijloc e o mână de femeie, iar toate aceste schimbări îl distrau nespus pe Ugo. Naşi fuseseră puşi soţii Gianfigliazzi care nu putură refuza această propunere.

Până în decembrie, când avu loc cununia, întâlnirile clandestine din casa Constanzei continuaseră, spre fericirea tuturor. Timpul se mai răcise, dar lemne erau destule, astfel că acest lucru nu-i împiedică deloc pe îndrăgostiţi să se întâlnească. Nunta Constanzei fusese hotărâtă pentru sfârşitul anului, după Crăciun. Blanca hotărî să doarmă cu fiul ei acolo cu o zi înainte de nuntă pentru a o aranja pe Constanza şi pentru a mai vorbi cu ea, astfel îşi adusese şi ea toaleta impresionantă din timp în camera ei atât de dragă din vila Corsini. Arăta palidă şi preocupată, iar asta îi atrăsese atenţia viitoarei ei fine care o şi întrebă dacă se simte bine. Blanca îi răspunse blând:

- Sunt însărcinată, aşa cred, nu e mai mult de o lună de când bănui acest lucru, e copilul lui Philippe. Îmi este teamă de tot, mă frământ mereu şi îmi este frică să nu leşin în biserică. Catello nu mai este al meu de multă vreme, înţelegi? O viaţă nouă pulsează în mine, mă gândesc ce va spune Beatrice din patul ei de moarte despre acest lucru. Nu vreau să mi-l ia cineva pe Cafaggio şi nici nu vreau scandal! Îmi este teamă, Constanza!

- Să nu-ţi fie teamă, soţul tău este un desfrânat nenorocit. O scoatem noi la capăt cumva şi bătu din palme fără să se mai uite la gătelile pregătite pentru festivitatea de mâine. Intră în acest timp o servitoare ce fusese trimisă apoi în grabă la logodnicul ei. Spune-i să vină degrabă la mine, este ceva foarte important, iar tu grăbeşte-te, să mi-l aduci aici de îndată! Femeia se înclină şi plecă repede. Norocul era că Gasparetto nu stătea prea departe şi veni imediat cum fusese chemat, găsind-o pe Constanza plimbându-se de-a lungul camerei Blancăi.

- Ce s-a întâmplat? întrebă el căzând transpirat pe un scaun.

- S-a întâmplat că Blanca, după atâţia ani, aşteaptă un copil care nu este al cămătarului. Vreau să-l chemi pe Cerchi aici într-un mic consiliu, repede, pentru că până mâine trebuie să avem un plan, spuse repede Constanza. Deocamdată Catello nu trebuie să ştie nimic, însă trebuie încolţit şi contrâns să nu facă tărăboi, habar nu am cum, dar trebuie să fie linişte.

Ugo îşi luă viitoarea soţie de mâini şi apoi ieşi iute precum intrase. Alergă la Cerchi acasă şi, luându-l pe sus din camera fetiţei, coborî cu el şi îl făcu să se îmbrace din mers. Philippe nu pusese nicio întrebare pentru că prietenul lui îşi pusese degetul la gură în semn de tăcere. Ştia unde merge fără a întreba, însă nu înţelegea graba. Când ajunseră la Constanza, urcaseră repede în camera unde se aflau cele două femei. Constanza îl luă cu ea pe Ugo şi ieşi lăsându-i singuri pe cei doi îndrăgostiţi nefericiţi.

- Vom găsi o soluţie la toată povestea, Blanca trebuie să fie liniştită, spuse Constanza, o voi ajuta din toată inima, o voi ocroti şi adăposti la nevoie.

Revenind la cei doi tineri frumoşi, putem spune că Blanca stătea senină pe pat când intră scumpul ei Philippe care i se aruncă la picioare, întrebând-o din priviri ce s-a întâmplat? Blanca îi sărută părul şi îi spuse dulce:

- Aşteptăm un copil, rodul iubirii noastre, iar de aici cred că vor apărea atâtea probleme cât nu-şi poate imagina mintea mea acum, însă vom răzbi pentru că nu ne vom lăsa doborâţi.

- Blanca, ce fericit sunt! Dar ce zile ne aşteaptă... spuse Philippe. Îţi promit că voi cere divorţul soţului tău, Beatrice nu o mai duce mult, iar atunci ne vom putea căsători. Este exact ce îmi doresc.

- Dar Cafaggio? Oare o să mi-l ia? întrebă femeia.

- Cred că nu, băiatul va pleca la studii pentru a nu vedea şi auzi ceva, chiar dacă are doar şase ani, cel puţin ăsta e cel mai urât lucru pe care se poate să-l îndurăm împreună, căci nu te voi lăsa acum când eşti a mea.

- Nu veţi îndura nimic amândoi, intră spunând acest lucru Constanza urmată de Ugo. Ţine-te tare la nunta mea şi nu mărturisi nimic până în ianuarie, până atunci nu se va vedea nimic, purtaţi-vă firesc o perioadă. Am ceva în cap, iar Ugo e de acord cu mine. Eu îi voi spune lui Catello, eu îi voi cere divorțul și copiii, el e doar un mizerabil afemeiat, iar de ceva vreme e căsătorit doar cu banii lui, s-a îngrășat peste măsură și a descoperit femeia ușoară.

- Constanza, draga mea, spuse Blanca, m-am gândit și eu, iar din frământarea minții mele a reieșit că eu voi face acest pas: destăinuirea. Sunt liniștită acum cu voi lângă mine, sunteți un sprijin neasemuit și de nădejde și vă mulțumesc! Voi avea încă un copil, dacă ați ști cât l-am așteptat! Voi lupta să-mi am copiii lângă mine, iar voi îmi veți sta alături. Mâine mă voi îmbărbăta la cununia voastră, voi avea sticluța cu săruri la îndemână și nu voi arăta niciun fel de suferință.

Se vede că Blanca se schimbase odată cu acest copil al ei care apăruse atât de târziu după primul, se transformase dintr-o femeie pasivă într-o leoaică și asta în câteva momente. Poate din cauza acestui fapt se spune că toate femeile sunt la fel, au toate o latură comună care, mai devreme sau mai târziu, este scoasă din cufăr și de obicei această metamorfoză are legătură cu copiii săi, căci doar pentru ei ar face o femeie totul.

- Am să-i vorbesc în ianuarie direct, continuă ea, chiar în biroul lui, în mod serios și hotărât. Îl cunosc destul de bine, nu cred că va face tărăboi, cel mai mult mă gândesc la Beatrice și la fiul meu, însă am stat cam mult închisă între petalele florii mele. Trebuie să mă deschid și să trăiesc la lumină, să simt cum arde soarele sau cum plouă, să simt vântul și frigul. Trebuie s-o fac eu însămi pentru mine. Ne vom gândi la multe în perioada următoare, dar în niciun caz la vreo situație de condamnare pentru mine. Cumva voi avea totul și nu voi pierde nimic, termină ea, apoi începu să plângă. Philippe! mai spuse ea sărutându-i mâinile și încercând să nu plângă dar stăpânindu-se cu greu.

- Cel de sus ne va ocroti iubirea, spuse el, vom vedea calea în curând, trebuie să rămânem calmi.

- Acum, voi doi trebuie să plecați, spuse Constanza privindu-i pe cei doi bărbați, nu se cade ca mirele să stea în ajunul nunții cu aleasa lui, fie ea și o văduvă ca mine. Avem timp. Ne vedem mâine, precum și cu alte ocazii după acest eveniment. Un copil este întotdeauna o binecuvântare, iar eu cred cu tărie că așa este pentru oricare om. Blanca are dreptate, ne frământăm degeaba, totul se va aranja, vom înnebuni dacă ne vom gândi o lună întreagă doar la acest lucru. Va veni momentul potrivit luna viitoare, Blanca e o curajoasă care acum își dă seama de acest lucru. Haideți să vă conduc! Cei doi bărbați, păstrând secretul în tainițele cele mai adânci ale sufletelor lor, îi sărutară mâinile frumoasei Blanca și ieșiră așteptând cu nerăbdare a doua zi.

Mireasa se întoarse în camera Blancăi, găsind-o pe aceasta stând la fereastră și privind în întunericul de afară. Constanza o luă de după umeri şi o îmbrăţişă. Blanca îşi sprijini capul pe braţele prietenei sale şi nu spuse nimic.

- Ar trebui să ne culcăm, spuse Constanza.

- Da, chiar acum am să mă bag în pat, spuse doamna Gianfigliazzi docilă, atâtea emoţii trebuiesc scufundate în vise frumoase.

- Haide, să te ajut să te culci, draga mea, totul va fi bine începând chiar de mâine, eu aşa simt, continuă Constanza.

Blanca se înveli făcându-şi loc în pat, iar Constanza o sărută pe frunte. Femeia adormi imediat după ce-şi mângâiase pântecele încărcat cu o nouă viaţă. Stăpâna casei mai rămase puţin s-o contemple pe draga ei prietenă, apoi ieşi şi se îndreptă către camera ei. În curând totul adormi în casa Corsini pentru a se trezi a doua zi la viaţa activă, dar din acel moment nicidecum monotonă.

Lumea a spus despre această nuntă că nimeni nu a zâmbit în biserică şi că naşii au fost foarte sobri, în special doamna cea frumoasă şi palidă. Parcă nu era o sărbătoare, doar bancherul mai zâmbea din când în când în atmosfera aceea mult prea serioasă. Toaletele însă nu au fost criticate deloc, aici aprecierile au curs din partea martorilor la eveniment, toată lumea dovedise mult bun gust. Giacomina dusese la altar inelele promisiunii eterne, era tare frumoasă şi semăna foarte mult cu răposatul ei tată. Intimitatea fusese cheia micului banchet dat de miri unde Catello nu îi deranjă prea mult căci se îmbătă repede. Ugo a fost nevoit să-l ducă în dormitorul pentru oaspeţi unde îl şi culcă, îmbrăcat cum era, bancherul dormind tare mulţumit în aceste condiţii. În biserică, Philippe se ţinu cât de departe îi îngăduia inima de iubita sa şi de soţul acesteia, însă când îl văzu pe Catello sforăind în pat după ce fusese cărat beat de-a binelea în camera de oaspeţi se apropie timid de Blanca. Aceasta stătea la masă obosită, dar în acelaşi timp liniştită.

- Nu am avut nevoie de săruri, am putut suporta totul cu bine, spuse ea. Ce bine că nu mai este multă lume, din cauza lui Catello vom înnopta aici. E ruşinos ce a ajuns să vadă Florenţa din partea lui, e atât de disgraţios când bea, ochii i se înroşesc, iar obrajii îi strălucesc de parcă ar fi unşi cu grăsime. Îmi este milă de el, nu-i înţeleg decăderea târzie, nu a fost aşa. L-a văzut şi Cafaggio odată şi m-a întrebat ce este cu el, nu am ştiut ce să-i răspund, dar de atunci evit cât pot să-şi mai întâlnească tatăl beat. Uite că pleacă toată lumea, mergi şi tu la fetiţa ta. Şi eu vreau să mă odihnesc, sunt obosită.

Într-adevăr lumea, şi aşa puţină, plecase cu totul, se ştiuse dinainte că petrecerea nu va dura foarte mult. Philippe putu astfel să-şi ia rămas bun nestingherit de la iubita lui. A doua zi, fiind duminică, nuntaşii se treziră târziu şi mâncară mahmuri, mai ales Catello. Era treaz şi parcă semăna cu ce fusese înainte. Doamnele plecaseră la slujba de la biserică, urmând ca naşii să plece acasă după prânz. Era o zi călduţă la Florenţa pentru acel sfârşit de decembrie, a fost o plimbare binevenită pentru doamne, se întoarseră înviorate de afară. Mâncară de prânz doar tinerii căsătoriţi alături de naşi într-o atmosferă cu adevărat destinsă, după care naşii îşi luară rămas bun plecând către casă.

- Mi-a plăcut nunta aceasta simplă, spuse bancherul pe drum, nu au cheltuit foarte mult, iar Constanza a arătat foarte bine, de fapt ea este mai tânără decât soţul ei cu vreo doi ani.

- Tu nici în momentele fericite nu uiţi de bani, râse Blanca în timp ce-şi aranja haina, îţi curg banii prin vene, mai adăugă ea.

- Banii şi onoarea casei mele monetare, întotdeauna sunt treaz la birou, iar munca mi-o iau în serios, în rest omul se poate distra, are voie, nu-i aşa, draga mea?

- Da, se poate distra, cine sunt eu să judec? îi răspunse Blanca. Doar Cel de sus o poate face.

- Îmi place cum gândeşti, spuse Catello, ar trebui să ieşi mai des în lume, nu doar la biserică. Mi-ai părut frumoasă, de o frumuseţe diferită de cea pe care o ai de obicei, dar uite că am ajuns. Ne putem odihni, mâine e luni şi viaţa continuă.

De partea cealaltă, Philippe plecă de la nuntă cu inima frântă, îşi lăsase iubita şi viitorul copil acolo şi cu greu putea îndura asta. Se linişti puţin când intră în camera Lidiei care dormea cu pumnişorii strânşi, asemenea unui micuţ îngeraş. Beatrice dormea greu cu o respiraţie puternică datorită prafurilor cu care se îndopa pentru a nu mai simţi durerea şi pentru a se putea odihni. Philippe ieşi din camera ei oftând, închizându-se apoi în apartamentul său aflat deasupra, la etaj. Nu se culcă, ci stătu la masa de scris şi se părea că gândea profund. După toate semnele, lua o hotărâre grea pentru el, însă faţa i se lumină şi i se linişti în acelaşi timp. Se dezbrăcă încet, apoi stinse lumânarea, era obosit şi dorea să adoarmă, avea de făcut ceva important în acea duminică dimineaţă.

Casa familiei Cerchi era una foarte liniştită, nici măcar gemetele de la începutul declinului sănătăţii Beatricei nu se mai auzeau. Lumea se împăcase cu situaţia aceasta nefericită, iar servitorii îşi compătimeau profund stăpânul şi pe micuţa Lidia, nearătându-şi nefericirea în faţa stăpânei. Philippe, ca şi stăpân, se dovedise pe placul supuşilor săi care îl iubeau şi îl respectau pentru bunătatea şi corectitudinea lui. Când Beatrice era sănătoasă, aceasta era severă, iar slujitorii se supuseseră toanelor ei din dragoste faţă de stăpân. Şi acum, în această situaţie nefericită, gândul lor era întâi la stăpân şi fetiţa lui, iar mai apoi la Beatrice pe care o îngrijeau, o respectau, însă nu o iubeau deloc.

În dimineaţa de după nuntă stăpânul ceru micul dejun pe care îl luă singur, Beatrice mânca în pat, ajutată de camerista pe care şi-o adusese din casa părinţilor. După ce termină, Cerchi hotărî să treacă pe la soţia lui să-şi ducă la îndeplinire misiunea la care se gândise după ce venise de la nuntă.

Ar fi putut să mai amâne, dar ceva în el îl oprea. Trebuia s-o facă acum când avea curaj. Plecă aşadar de la masă şi se îndreptă spre camera soţiei sale, bătu la uşă şi un glas stins îi răspunse că poate intra. Intră închizând uşa încet în urma lui.

- Bună dimineaţa, Beatrice, spuse el încet, cum te simţi astăzi?

- La fel, dragul meu, m-am consolat să-mi aştept moartea în fiecare zi, ştiu că nu am s-o mai duc mult. Îmi este milă de tine şi de Lidia, dar mai ales de tinereţea mea pierdută.

- Nu vorbi aşa, poate că Dumnezeu are o altă misiune pentru tine, nu Îl mânia, îi răspunse Philippe.

- Poate, dar am obosit să stau doar în pat, la început mă mai ridicam, apoi mă aşezam în fotoliu, dar acum nu mai am aceste perspective. Doctorii mă amorţesc cu prafurile şi alifiile lor, dar nu-mi vorbesc niciodată de speranţă, de minunea însănătoşirii. Trupul meu se împuţinează, dar Dumnezeu mi-a lăsat mintea întreagă şi nu înţeleg de ce! Toate femeile nasc de mai multe ori în viaţă şi nu păţesc nimic, iar eu se întâmplă să mor din acest lucru, mor lent şi mi-e tare greu.

- Iar eu vroiam să-ţi vorbesc, mai bine zis să te supăr, dar să fiu corect şi sincer, aşa cum am fost întotdeauna cu tine, spuse soţul aşezându-se şi făcându-i semn cameristei să iasă.

- Nimic nu poate fi mai rău pentru mine decât moartea, nu ştiu cu ce te-aş putea ajuta, sunt soţia ta, dar aste e ca şi cum nu aş fi. Vorbeşte, te rog, descarcă-ţi sufletul, iar eu voi avea la ce mă gândi. Beatrice zâmbea strângându-i uşor degetele soţului.

- Beatrice, începu el puţin încurcat, ţi-o mai aduci aminte pe Blanca Gianfigliazzi? Fata lui Simonetti?

- Da, cea pe care ai iubit-o când erai copil? Cum să nu o ştiu? Se aude că e nefericită din cauza aventurilor şi a beţiilor dese ale tot mai bogatului ei soţ, spuse Beatrice încet.

- De o bucată de vreme nu mai e nefericită, oftă Philippe... şi nici eu, adăugă el abia şoptit, făcând-o pe soţia lui să tresară.

- Tu şi Blanca? Şi nu ştie nimeni? întrebă Beatrice încet dar liniştită.

- Doar Constanza şi Ugo. Din toamnă ne-am regăsit, iar ea aşteaptă un copil care e al meu. Îmi este tare greu să-ţi spun toate astea care mi-au atârnat de gât de ceva vreme... şopti Philippe. Mă simt foarte vinovat faţă de tine...

- Să nu mai simţi asta, eu oricum voi muri curând, tu trebuie să fii mult mai nefericit decât mine, habar nu ai ce vei face în viitor, pe când eu m-am consolat de mult cu ideea morţii. Nu sunt supărată pe tine, mă bucur că eşti sincer cu mine, niciodată nu mi-a plăcut minciuna. Vom găsi o soluţie să îndreptăm cumva lucrurile în favoarea voastră, chiar dacă vei suferi poate ani la rând, cred că până la urmă tot te vei căsători cu Blanca

Simonetti, soţul ei este mult mai în vârstă decât ea, iar la excesele pe care le face ne putem închipui că nu va trăi o sută de ani. Mă gândesc că vreo zece ani tot va mai trăi şi asta cu îngăduinţă din partea mea pentru că se hrăneşte destul de bine.

- Cum poţi fi atât de bună cu mine, Beatrice?

- Sunt bună pentru că ai fost sincer, iar eu sunt cu un picior în groapă. Acum, însă, te rog să pleci, am să mă gândesc la aţa aceasta încâlcită. Nu sunt supărată pe tine, ţi-o jur, vei avea o viaţă mai grea decât a mea, dar te voi ajuta. Sunt obosită, povestea ta m-a tulburat, iartă-mă şi tu că te alung. Mă doare destul de rău capul, îi mai spuse femeia repezit.

- Mulţumesc, Beatrice, spuse Philippe sărutându-i mâinile şi udându-i-le cu lacrimile sale sincere.

- Du-te, du-te, te rog, mai spuse ea după care capul îi căzu pe pernă.

Philippe ieşi năuc, dar totodată fericit că nu mai avea acea piatră pe suflet, soţia lui îl iertase. Beatrice avea lacrimi în ochi, iar mintea ei gândea frenetic, îşi dădea seama ce bărbat îi oferise soarta, sincer şi minunat, iar ea trebuia să moară în curând. Avea însă să-l ajute, îi datora asta pentru momentele ei de fericire şi pentru fetiţa pe care o născuse. Îi ceru cameristei să-i fie adusă Lidia pe care o luă imediat în pat lângă ea. Lidia avea să facă un anişor de viaţă în ianuarie 1269. Fetiţa îşi ridică mânuţele grăsuţe către mama ei, iar aceasta i le sărută frenetic.

- Pentru fiecare an în care nu-ţi voi fi alături, şopti ea ca pentru sine peste capul fetiţei sale, dar poate că vei avea o mamă mai târziu în timp, pe Blanca... În ea am încredere, nu e altă mamă mai bună pe care să mi-o doresc pentru tine.

După ce fetiţa îi fu luată, Beatrice închise ochii şi se gândi la ce ar putea face în situaţia lor. Aşa îi veni o idee.

- Da, ştiu ce voi face după ce vor trece toate sărbătorile în ianuarie, o voi face acum când încă mai pot vorbi curat şi sunt cu toată mintea întreagă.

Apoi îi ceru cameristei să-i fie îndreptate pernele şi ceru să fie lăsată singură. Dimineaţa aceasta fusese prea plină pentru ea, schimba destine mai devreme sau mai târziu.

Anul Nou trecu zgomotos la Florenţa, aşa cum se întâmpla să fie în fiecare an. Cei doi îndrăgostiţi se vedeau la biserică şi uneori în casa lui Ugo şi a Constanzei. Cerchi îi mărturisi Blancăi despre discuţia sa cu Beatrice, despre care Blanca nu spuse nimic, i se păru chiar firesc şi o binecuvântă pe aceasta pentru atitudinea ei firească. Îi plăcu şi ideea de a se gândi chiar ea de pe patul ei de suferinţă la un sfat ori rezolvare a încurcăturii. Puteau ele deveni prietene? Doar de la distanţă. Blanca simţea superioritatea morală a doamnei Cerchi faţă de ea, superioritatea omului aflat lângă Dumnezeu. Ar fi vrut să poată face ceva să o readucă mai aproape de oameni, dar Dumnezeu alesese, avea să fie a Lui, iar lumea trebuia să primească hotărârea şi să i se supună.

Lidia împlinise un an şi venea singură la patul mamei sale, îi înveselea pe toţi din jurul ei cu năzbâtiile pe care începuse să le facă, iar ea le zâmbea apoi arătându-şi dinţişorii aceia ca de şoricel abia ieşiţi. Îşi aducea cu ea diverse jucării şi le suia pe toate lângă mama ei. Rămânea astfel multă vreme în acelaşi loc, spre deliciul mamei sale care o iubea mai presus de orice pe lume. Fusese o fetiţă dolofană la naştere, tocmai de aceea oasele mamei sale fuseseră deteriorate definitiv. Fata îşi privea mama cu seninătate, nu ştia sau nu înţelegea suferinţa mamei, nu o întreba niciodată de ce stă mereu culcată, Lidia se urca pur şi simplu în patul mamei sale şi începea să se joace. Începea să cunoască lucrurile şi să-şi dezvolte autoritatea, cu greu se lăsa dusă din camera mamei sale. Acum Beatrice se gândea la ea, la Blanca, la Catello şi la soţul ei, începea să aprobe şi să-i placă ideea ca Blanca să-i fie mai apoi mamă Lidiei sale dragi, ştia că Philippe ar aştepta-o oricât, nefiind în stare să se căsătorească cu altcineva după moartea ei, mai ales acum că îi unea un copil ce avea să se nască în curând. Mintea ei frământată trebuia să pună totul la punct înainte de a pleca de pe pământ şi, slavă Domnului, îi veniseră ideile destul de repede, dar aşteptase să treacă sărbătorirea zilei de naştere a Lidiei pentru ca fetiţa să poată fi îndepărtată mai lesne de lângă ea. Blanca, pe de altă parte, hotarâse şi ea să-i mărturisească soţului ei situaţia, îşi făcuse curaj când tocmai primi o scrisoare de la Beatrice în care aceasta îi spunea că Philippe are cunoştinţă de acest mesaj şi că a încuviinţat să o lase pe ea să depene mai departe şirul lucrurilor ce vor urma. „Nu sunt supărată pe nimeni, draga mea Blanca, din contră, doresc să fii mama fiicei mele mai târziu. Legătura dintre Philippe şi tine este foarte strânsă şi ştiu că el nu se va căsători mai târziu cu nimeni altcineva în afară de tine. Voi muri împăcată pentru că nu multor femei le este dat să cunoască viitorul. Philippe te iubeşte, altfel decât pe mine, am simţit-o şi mă bucur din toată inima. Înainte de a mă duce vreau să fie linişte, astfel că te rog să mă laşi pe mine să vorbesc întâi cu soţul tău, voi şti să-l înduplec să nu facă scandal şi să poată avea puterea de a găsi o cale favorabilă acestei situaţii. Singura problemă ce va putea fi după moartea mea este mândria soţului meu care îi va cere cu siguranţă lui Gianfigliazzi divorţul, pe tine şi pe copilul vostru. Eu aş dori, totuşi, să nu o facă, să aibă puterea să aştepte moartea bătrânului tău soţ, ros de altfel de atâtea patimi. Acum te las, draga mea, am obosit. Arde, te rog, scrisoarea aceasta şi aşteaptă să vină soţul tău la tine. Beatrice Cerchi"

Cu mâna tremurândă, Blanca arse imediat scrisoarea aruncând-o în şemineu, o privi până se făcu scrum în vâlvătăile flăcărilor. Beatrice era cu adevărat o sfântă pentru ea, poate era mai bine să aştepte întâlnirea celor doi, pântecul ei nu putea fi văzut de nimeni, iar Catello habar nu avea, el se îngrăşa din ce în ce mai mult odată cu banii lui şi averea colosală pe care o deţinea. Relaţiile dintre ei erau ca dintre tată şi fiică, bancherul căuta femeia în femeile uşoare care-i călcau pragul casei sau la care se ducea el. Boniface era singurul care ştia de drumurile unchiului său, dar tăcea precum pământul, oftând şi ocolind orice discuţie cu mătuşa lui.

Beatrice se hotărî să-i scrie o scrisoare bancherului către sfârşitul primei luni a anului. Avu o după-amiază în care se simţi mai bine şi ceru pană şi hârtie pe o măsuţă special făcută pentru nevoile ei. Nu fu o misivă lungă, dar cuprindea exact ce trebuia, îl chema la ea într-o anumită zi şi la o anumită oră, îi prezenta situaţia ei şi faptul că nu se putea decât o astfel de primire în camera ei. Îi mai spunea că ştia că o să vină şi că nu va aştepta un răspuns înainte. Catello rămase puţin surprins când citi scrisoarea nefericitei doamne Cerchi, aducându-i-o mirat la prânz şi Blancăi s-o citească. Aceasta de-abia se stăpânea în timp ce o citea, puterile o lăsau, căci cei doi aveau a se întâlni în cursul zilei următoare după prânz, atunci când afacerile bancherului se mai linişteau. Nici nu mai putu mânca şi nici sta locului la masă, abia aştepta să ia sfârşit calvarul cotidian şi să-i scrie lui Philippe. Aveau un mesager secret care ducea scrisorile către Constanza, iar aceasta mai departe către Ugo şi astfel ajungea mesajul în final la Cerchi. Spre seară primi un răspuns calm de la Constanza: „Stai liniştită, toată lumea cunoaşte toate aceste lucruri, nu te lăsa doborâtă de slăbiciuni, Beatrice e o femeie înţeleaptă şi are puterea şi îndemânarea de a găsi un drum bun pentru voi, iar cel mai bun lucru este că îţi este aliată! C."

Cu greu putu să doarmă Blanca în acea noapte, ea care trebuia să stea liniştită mai tot timpul. Adormi către dimineaţă, nu datorită voinţei sale, ci mai mult datorită epuizării prin care trecea. Se trezi târziu, ameţită şi speriată, zicându-şi totuşi că „ce o fi să fie, să fie" şi se aşeză la măsuţa de toaletă. Când se simţea doborâtă de tristeţe se aşeza în faţa oglinzii şi rămânea multe minute în şir privindu-şi faţa. Aşa făcu şi acum, tresărind când servitoarea îi aduse dejunul. Apucă să mănânce totuşi ceva, îşi impusese de fapt acest lucru de când aştepta un nou copil să vină pe lume. Se dusese apoi la Cafaggio care stătea mai mult în casă, căci era frig acum afară. Acesta se juca cu tot felul de bucăţi de lemn pe care grădinarul i le cioplea. Catello îşi vizita rar băiatul care nu întreba nici el prea des despre el, se obişnuise să stea doar cu Blanca, cu frumoasa lui mamă pe care o iubea cel mai mult. Ştia că peste câţiva ani avea să plece să studieze şi să vină acasă doar în vacanţe, tatăl lui îi aducea mereu aminte că avea să-i predea lui afacerea şi că trebuia să fie demn de ea. Cafaggio însă nu avea firea tatălui său, era mai degrabă un visător şi mai ales frumos, asemenea mamei sale, nu era o felină aprigă, adora compania mamei şi discuţiile simple cu ea, iubea să stea cu capul în poala ei, să fie mângâiat şi sărutat fără ca vreunul să scoată vreun sunet. Tatăl vedea uneori aceste manifestări, iar ochii lui vorbeau chiar dacă gura îi rămânea închisă, ştia că va pleca la studii, toţi băieţii o făceau, dar cât mai avea de copilărit lângă mama lui avea să aibă aceleaşi deprinderi pe care le dobândise de mic. Lui Cafaggio îi plăcea Boniface care mai urca din când în când la el în cameră, pe el îl întreba uneori de şcoală, iar acesta îi povestea cam ce urma să i se întâmple, îi amintea că avea de învăţat multe aşa cum a făcut-o şi el cu mulţi ani în urmă. Îl consola în final că va putea veni săptămânal acasă să-şi vizitze familia, iar vacanţele vor fi adevărate izbăviri de suferinţă pentru el. Îi mai amintea totuşi că îi va fi greu lângă atâţia necunoscuţi, lângă alţi copii la fel de bogaţi ca şi el şi la fel de îndrăgitori de studii.

- Nimănui nu-i place şcoala, Cafaggio, spuse Boniface cu sinceritate, dar este un mod de a te desprinde de copilărie, e calea către maturizare. E totuşi un pas bun în viaţă, nu-ţi fie teamă, vei înfrunta cu bine toate problemele, nu mă îndoiesc de acest lucru. Oricum, mai este ceva timp până atunci, anul acesta împlineşti şapte ani, cel mai devreme la anul te va duce tatăl tău, dacă va dori. Cafaggio rămânea oftând, dar resemnat asupra viitorului său, toată lumea trecuse prin aşa ceva, aşadar acum era rândul lui.

Să revenim însă la acea zi pe care Blanca o aşteptase ca pe un inevitabil eveniment nefericit din viaţa sa. Prânzul fusese un chin pentru ea, căci trebuia să rămână calmă, lucru deosebit de greu de realizat. Mâncă, zâmbi, chiar îi căută soţului ei haine de vizită, dar numai ea ştiu cum, îi aranjă acestuia ţinuta, iar când îl văzu că pleacă spre vila Cerchi rămase fără vlagă din cauza fricii. Rezistase până în acea clipă, dar cedă în acele momente. Se duse în camera fiului ei şi începu să-i citească acestuia o poveste, pe măsură ce citea reuşi să se calmeze, iar o stare de linişte inexplicabilă puse stăpânire pe ea, speranţa apărea la orizont cu cât Gianfigliazzi întârzia mai mult în timp ce vorbea cu Beatrice.

Catello, aranjat cum nu mai fusese el de multă vreme, ajunse la timpul stabilit la întâlnirea cu Beatrice. Fu primit imediat în camera doamnei care se aranjase şi ea puţin, atât cât îi dădu voie situaţia în care se găsea. Cei doi se priviră scurt şi profund, fiecare cu întrebările lui în minte.

- Poftiţi şi luaţi loc, messer Catello, slavă Domnului că astăzi mă simt mai bine şi putem vorbi liniştiţi despre motivele pentru care v-am rugat să veniţi şi pentru care vă rog, de asemenea, să mă ascultaţi. Catello nu prea înţelegea ce doreşte doamna de la el, dar se înclină şi se aşeză aproape de patul acesteia pentru a o asculta şi pentru a fi atent la toate. Curiozitatea pusese acum stăpânire pe el. Mulţumesc că aţi venit, spuse doamna Cerchi. Sunteţi cu siguranţă uimit pentru că v-am chemat, dar veţi afla şi motivul în curând, nu vă fie teamă. E foarte important pentru mine ca, înainte să mor, să las pe cât îmi stă în puţinţă lucrurile în ordine în urma mea.

- Sunt gata să vă ascult, doamnă Cerchi şi dacă ceva depinde de mine...

- Totul depinde de dumneata, messer, îl întrerupse Beatrice, nu v-aş fi chemat în camera mea dacă nu ar fi fost o situaţie atât de importantă, continuă aceasta cu ochii scăpărând.

Atunci vă ascult fără să vă întrerup. Îmi pot da seama de pe acum că e ceva nu tocmai plăcut în ceea ce îmi veţi spune, pare a fi mai mult o catastrofă din ce pot vedea eu în privirea dumneavoastră.

- Dumneavoastră, spuse şi ea acelaşi apelativ, sunteţi singurul care o poate evita, o catastrofă înseamnă distrugerea a tot ce s-a clădit până acum în familia mea şi a domniei tale.

- Dar începeţi odată, spuse Catello începând să transpire de nerăbdare.

Voi începe cu o introducere şi vă rog tare mult să nu mă întrerupeţi, trebuie să rezist la toată această pledoarie, spuse Beatrice, iar Catello dădu din cap a încuviinţare. V-aţi căsătorit cu o domnişoară foarte tânără şi neştiutoare acum mulţi ani în urmă, cu o fată dintr-o familie de guelfi albi. Blanca, la cei 14 ani câţi îi avea atunci, a fost cucerită şi poate că v-a plăcut, însă nu cred că v-a iubit cu adevărat, dragostea o simţi la o vârstă mai coaptă. Împrejurările în care Simonetti v-a dat-o le ştiţi, cred că nu ar fi cedat atât de uşor dacă nu ar fi fost cumva strâns cu uşa de groaznicul război care ne-a robit şase ani. Ceea ce nu a ştiut nimeni este că un tânăr frumos o iubea pe Blanca din toata inima, plecarea ei fiind ca un cuţit în inimă pentru el. Beatrice se opri puţin pentru a-şi trage sufletul, obosise. Acest bărbat de care vă vorbesc este soţul meu, Philippe. M-am căsătorit cu el, dar nu cred că el m-a iubit, ci a făcut doar un pas normal în viaţă. Am născut, iar oasele mi s-au distrus pentru totdeauna, putrezesc în patul acesta şi îmi aştept moartea în fiecare zi. Dar eu încă îl iubesc şi de aceea vă vorbesc cu ultimele puteri. Blanca şi Philippe s-au întâlnit, s-au regăsit, messer Catello. Soţia dumneavoastră aşteaptă un copil, al soţului meu. Nu sunt revoltată, vreau doar linişte, de aceea v-am chemat. Am totuşi un plan: dumneavoastră nu o mai iubiţi, iar ea nici atât, faceţi bani, cuceriţi femei pentru că vă permiteţi, dar vă sugerez să recunoaşteţi copilul şi să nu divorţaţi, un scandal ar dăuna afacerilor pe care le aveţi. Sunteţi uimit, o văd în ochii domniei voastre, dar gândiţi-vă şi la mine, eu am vorbit cu Philippe şi l-am iertat. I-am scris şi Blancăi ca să fiu eu lăsată prima să vorbesc, ea ştie că sunteţi aici. Acum urmează să iertaţi şi dumneavoastră, aşa cum am făcut-o şi eu, voi muri curând, aşadar este ultima mea dorinţă. Eu am fost rea, dar m-am schimbat.

Catello se vede treaba că nu se aşteptase la un asemenea subiect de discuţie şi nici la detaşarea calmă şi aproape firească cu care fusese relatat. În primele momente de linişte, după ce Beatrice isprăvi de povestit, bărbatul începu să se plimbe prin cameră fără să-şi mai dea seama. Apoi, după multe momente de tăcere, începu să vorbească.

- Îmi dau seama că am neglijat-o pe Blanca, dar la cele ce mi-aţi spus nu m-aş fi aşteptat niciodată, mai ales că sunteţi soţia lui Philippe. Vreţi să nu am nicio reacţie şi să lăsăm timpul să treacă, vreţi să recunosc acest copil... sunteţi inteligentă, aşa este, mi-ar dăuna afacerilor un scandal pe acest motiv, iar alungarea Blancăi ar fi un dezastru, copilul meu nu s-ar putea adapta la o viaţă fără mama lui. E surprinzător că nu văd ceva atât de defăimător pentru soţia mea, nu o pot condamna până la capăt. Mă uit la dumneavoastră şi vă văd în ochi iertarea pentru cei ce v-au greşit. Sunteţi o sfântă, mi-ar plăcea să pot ierta şi eu.

- Faceţi-o pentru mine, messer Catello, pentru o muribundă! În curând fetiţa mea nu va mai avea mamă, nu-l lăsaţi pe fiul dumneavoastră fără mamă şi pe copilul lor fără părinţi, spuse Beatrice cu capul pe pernă. Promiteţi-mi că veţi fi bun, veţi ierta ca eu să pot muri fericită. Nu cred că vă mai iubiţi soţia, păstraţi aparenţele şi fiţi un martir, aşa vă veţi spăla păcatele. Puteţi duce aceeaşi viaţă gri de până acum, dar nu schimbaţi nimic în casa pe care o conduceţi. Vă implor! Se vedea bine că doamna Cerchi era epuizată, iar Catello era doborât de veste.

- Vă promit că voi face exact ceea ce doriţi, iar pe Cerchi am să-l ignor. Dacă se vor întâlni, nu voi riposta sub nicio formă, voi închide ochii aşa cum o faceţi şi dumneavoastră, soţia lui. Vom păstra aparenţele, iar după ce voi muri nu mă mai interesează ce vor face.

- Se vor căsători imediat, spuse Beatrice încet.

- Da, să se căsătorească, însă atât timp cât voi trăi nu voi divorţa de Blanca. Catello spuse aceasta dintr-o suflare, aşezându-se epuizat şi el pe un scaun şi acoperindu-şi faţa cu mâinile. Cred că este mai bine să plec, spuse el. Vă jur că totul va rămâne între noi. Am obosit, iar asta se vede şi pe trăsăturile dumneavoastră. Le binecuvântez păcatul, iar copilul va fi al meu, mai adăugă el.

- Cu bine, messer Catello, spuse Beatrice întinzându-i mâinile, nu ne vom mai vedea niciodată, poate la înmormântarea mea...

- Nu aş vrea să fie prea devreme, iar Cerchi nu ştie ce pierde, spuse bărbatul.

- Pierde şi găseşte, de fapt a găsit-o pe soţia dumitale. Păcătuieşte şi tu, dar jură-mi că îi laşi şi pe ei să fie împreună...

- Jur! răspunse bancherul şi ieşi apoi împleticindu-se din camera bolnavei, nu mai avea aer. Se sprijini de capătul balustradei în faţa cameristei doamnei Cerchi.

- Stăpâna mea este o sfântă! spuse ea înclinându-se în faţa lui Gianfigliazzi. Veniţi să vă dau apă, dar uitaţi-l pe Antonio, o să vă ajute el. Camerista făcu un semn către un bărbat pentru a-l lua în grijă pe oaspete până ce acesta avea să-şi mai vină în fire. Catello ocoli scările şi intră în salon unde se sprijini de şemineu. La îndemnul lui Antonio, se aşeză şi bău apă, apoi îşi umezi tâmplele şi îşi lăsă capul pe spate.

- Lasă-mă puţin singur, mă simt bine, nu avea grijă. Stăpânul tău unde este? întrebă Catello.

- La ora aceasta este în camera fetiţei, doriţi să-l chem? întrebă slujitorul.

- Nu, deloc, am întrebat doar aşa... Lasă-mă singur acum pentru o clipă.

Rămase singur în salon unde observă imediat portretul Beatricei pe când aceasta era sănătoasă. Închise ochi şi îşi întoarse mintea în trecut, nu simţea nicio trădare din partea soţiei sale, era doar vina lui. Doamna Cerchi avea dreptate, liniştea trebuia cumpărată cu suferinţă, iar el jurase să se ţină de cuvânt. Se ridică mai apoi, îşi aşeză hainele sale frumoase şi ieşi din salon.

- Acum plec, îi spuse el slujitorului, trasmite-i salutări doamnei.

Gianfigliazzi ieşi din casa lui Cerchi un alt om, fără să observe că Philippe îl privea din capul scării.

- Deci s-a făcut, îşi şopti el, Beatrice l-a înduplecat. Coborî scările şi merse în cabinetul său unde avea să aştepte mesajul Blancăi. Nu voia să urce la el şi să se gândească şi nici pe Beatrice nu dorea s-o vadă, era obosită cu siguranţa.

În timpul acestei întrevederi Blanca trăia de cealaltă parte într-o tensiune continuă. Cafaggio dormea încă şi era fericită că nu bâzâia pe lângă ea aşa cum obişnuia. Privea cu încordare la covorul pe care călca fără milă de minute bune încercând să-şi găsească liniştea, linişte care sălăşluia în toată casa. I se păru că discuţia celor doi durează prea mult şi, cu auzul încordat, încerca să audă orice sunet. Neliniştea şi încordarea o doborâseră, astfel că îşi chemă de îndată servitoarea.

- Aranjează-mi, te rog, patul, nu mă simt prea bine, vreau să mă întind, spuse ea.

După ce fata plecă, doamna se aşeză pe o canapeluţă unde îi plăcea să stea întotdeauna cu copilaşul ei. Deodată liniştea înserării timpurii de iarnă fu străpunsă de două glasuri. Blanca le recunoscu: erau soţul şi nepotul, vorbeau calm despre ceva din care ea nu auzea decât un murmur puţin mai accentuat. În mintea ei se bucura că nu era mânios şi nici prea beat, dacă totuşi băuse ceva. Râsetele acelea hidoase ar fi confirmat acest lucru. Mai auzi uşa de la birou închizându-se, precum şi obloanele pregătindu-se pentru noapte. Boniface plecă spre casa lui liniştit, iar în curând avea să audă şi uşa care despărţea casa propriu-zisă de birourile bancherului. După ceva timp, însă, uşa despărţitoare se deschise şi se încuie ca în fiecare zi la sfârşitul programului. Catello ceru unui servitor ce apăru prin preajmă să nu fie deranjat de nimeni, avea el să sune dacă va avea nevoie de ceva.

Blanca simţi o undă de oboseală combinată cu puţină plictiseală în vocea soţului său, apoi zgomotul altor uşi, după care se lăsă o linişte deplină. Cafaggio se trezi şi se duse direct în camera mamei unde începu să se joace în faţa şemineului cu fel de fel de lucruri pe care le adusese cu el în iatacul Blancăi. Mama lui stătea la fereastră unde întunericul era din ce în ce mai dens, la fel ca şi gândurile sale. Îi promisese lui Philippe un mesaj după discuţia cu soţul său, dar îşi dădu seama că amantul ei avea să stea pe ghimpi toată acea noapte. Reuşi să-i scrie doar Constanzei că soţul ei a venit şi a intrat la el fără să o vadă la ochi, cerând doar linişte şi să nu fie deranjat. Cerchi fusese la rândul lui anunţat de Ugo, care se nelinişti din cauza acestei amânări. După ce prietenul lui plecă, urcă la Beatrice şi îngenunche la patul acesteia.

- Beatrice, şopti el, nu au vorbit în seara aceasta...

- Nu fi neliniştit, totul va fi bine, dragul meu soţ, spuse ea mângâindu-i fruntea, mi-a jurat şi îl cred. Probabil se gândeşte, vei primi veşti mâine de la Blanca, e mai bine să lăsăm o noapte între două acte ale piesei, nu crezi, Philippe?

- Poate că ai dreptate, iar eu sunt doar nebun... Nu ar trebui s-o fac în faţa ta, îi răspunse el cu capul în aşternut.

- De ce? Îţi sunt prietenă şi aliată, soţul meu bun, eşti tatăl fiicei mele, frumoasa mea Lidia, am trăit alături de ea un an minunat, nu am a mă plânge, apoi încă unul la fel înainte de a naşte. Uneori şi doi ani sunt prea mult, iar eu am obosit foarte tare. Curând, însă, liniştea o să-mi aline durerile. În seara asta nu mi-am luat încă prafurile, ştiam că ai să vii, acum însă te rog să pleci. O să dorm ca să nu mai simt durerile acestea care-mi macină şoldurile rupte. Domnul m-a pedepsit pentru gura mea aprigă. Philippe îşi sărută soţia ca pe o soră şi, aranjându-i puţin perna, o lăsă alături de credincioasa ei cameristă. Urcă scările, îşi sărută copila şi merse la el în cameră. Beatrice îl liniştise, credea în cuvintele ei până la capăt.

- Mâine..., spuse el.

A doua zi era un frig cam ciudat pentru Florenţa, chiar dacă era totuşi iarnă. Vântul bătea cu putere, iar grădina casei Gianfigliazzi arăta dezolant, nici că se putea o atmosferă mai închisă pentru discuţia dintre cei doi soţi pe care Blanca o aştepta la micul dejun. Nu putem descrie şi nici şti ce era în sufletul ei în timp ce se îmbrăca şi apoi ieşi din camera ei. Catello era deja în sufragerie în acest timp.

- Ai întârziat exact 10 minute, Blanca, spuse el venind către ea şi luându-i mâna. Blanca trebui să se sprijine de masă ca să nu leşine. Nu arăţi prea bine, continuă el trăgându-i scaunul ca în fiecare dimineaţă. Aştepţi ceva? întrebă el calm.

- Nu aştept nimic, soţul meu, vorbi ea abia auzit.

- Nici eu nu aştept astăzi pe nimeni pe vremea asta urâtă, poate doar vreun nebun să-mi deschidă astăzi uşa. Vom sta împreună şi vom vorbi. Eu nu am dormit deloc, continuă el. „Nici eu!" îi veni Blancăi să-i spună, dar se abţinu. Dar uite mâncarea, spuse bancherul, trebuie să mâncăm, nu-i aşa?

- Da, trebuie să mâncăm, îi răspunse maşinal Blanca. Cafaggio încă doarme, continuă ea absorbită cu totul de jocul cu furculiţa sub privirile pătrunzătoare ale soţului său care începu şi el să mănânce, dar fără pasiunea pe care o punea la masă indiferent de oră.

Blanca începu să mănânce simţind parcă fier între măsele iar nu pâiniţele cu unt pe care bucătăreasa le făcea atât de bine. Terminară într-un sfârşit şi această corvoadă, iar femeia se ridică pentru a ieşi.

- Aş vrea să vii peste o jumătate de ceas în bibliotecă, auzi ea şi simţindu-şi mâna în cea a soţului ca pe o flacără puternică. Blanca făcu doar un semn de încuviinţare şi ieşi îndreptându-se spre camera fiului ei. Se auzeau voci, deci se trezise.

- Mamă, strigă acesta vesel când o văzu, vino şi mănâncă, te rog, cu mine. M-am uitat puţin afară şi cred că nu pot ieşi, mă voi juca iar pe aici. De-abia aştept primăvara! Amândoi începură să mănânce, iar femeile putură să se mai destindă puţin.

- Dragul meu, tatăl tău m-a chemat în bibliotecă, cred că am stat cam mult la tine şi mă cheamă, dar nu-ţi fă griji, mă voi întoarce imediat ce el va pleca la birou.

Copilul încuviinţă din cap şi începu să se joace cu lucruşoarele lui. Blanca intră încet în frumoasa cameră plină de manuscrise şi tot felul de documente. Observă că focul ardea, deci Catello dăduse poruncă din timp pentru această întrevedere.

- Apropie-te, soţia mea, ia te rog loc lângă foc, eşti palidă, îi spuse soţul luând-o de mână... Nu ai de ce să te temi, crede-mă... Femeia îşi ridicase ochii frumoşi şi întrebători către faţa soţului său, însă rămase la fel de tăcută. Voi intra în subiect... ieri am fost la o martiră, ceea ce nu este şi cazul meu, bineînţeles, iar în această noapte nu am putut adormi, căci aveam să iau o hotarâre importantă... pe care am luat-o! Nu are rost să ne ascundem, de aceea îţi voi vorbi deschis. Vei avea un copil cu soţul Beatricei Cerchi, un om care te-a iubit din copilărie şi se pare că i-am stat în cale atunci prin maturitatea şi banii mei. Nu te-am mai vizitat de mult pentru că de ceva vreme am şi eu un comportament pe care îmi dau seama că tu îl înduri acceptându-l. Nu-ţi pot reproşa absolut nimic... Acest copil îţi provoacă o spaimă imensă, Blanca, spuse el ridicându-se, dar îţi repet... nu ai de ce să te sperii. În felul meu, încă te mai iubesc, chiar dacă patima a trecut de mult, mă distrez cu altele, dar nu le iubesc, sper că îţi dai seama de acest lucru, aici femeia dădu din cap strângând braţele jilţului în care stătea. Prima mea reacţie în casa acestei doamne a fost de revoltă, de uimire, dar apoi mi-am dat seama că greşeam. Aveam în faţă o femeie care pierdea totul, dar nu şi admiraţia soţului ei pentru sacrificiul pe care îl făcea transformându-se în ambasadorul lui. Şi eu vreau recunoştinţa ta, Blanca! Astfel că am hotărât să nu te alung şi să nu ţi-l iau pe Cafaggio, iar asta nu doar pentru că mi-aş păta numele, ci şi din alt sentiment, ceva transmis de Beatrice. Toată noaptea am scris o scrisoare către soţia muribundă a lui messer Cerchi, cu ea am vorbit, deci cu ea trebuie să continui să o fac. În mare parte lucrurile nu se vor schimba, voi recunoaşte acest copil, îi voi da deci numele meu, nu te voi alunga, deci nu vei fi liberă. Te voi lăsa din când în când să îţi vezi amantul, însă nu prea des, şi mai ales fără ca inima mea sau Florenţa să o simtă. Vei fi a mea cât voi trăi, e ca un fel de pedeapsă. Vom avea acelaşi comportament unul faţă de celălalt, însă niciodată nu ne vom mai întâlni la tine. Pentru mine, din seara ce a trecut, eşti doar mama fiului meu. Totuşi, roagă-te să fie fată, altfel îţi voi lua copilul şi îl voi da la o doică pe care o vei putea vizita doar la ea acasă. Vreau să spun că nimeni nu se va atinge de drepturile lui Cafaggio, dacă va fi fată, iar Philippe văd că face fete, o voi înzestra cât de bine voi putea. Blanca scoase un ţipăt şi leşină, fusese prea mult şi prea direct discursul soţului ei. Acesta ştia că soţia sa avea întotdeauna în corset săruri, astfel că scoase flaconul şi o atinse aşa cum spusese că nu o va mai face niciodată, ceea ce îl făcu să tresară şi să se gândească cu uimire că încă o iubeşte. Îi dădu aceste săruri care o făcură să tresară cu un geamăt scurt şi să-şi revină. Blanca deschise într-adevăr ochii şi văzu iubire în ochii soţului ei, chiar dacă acesta încercă să ascundă acest lucru. Îşi dădu şi el seama că femeia îl dibuise şi că nu era totul ca în scrisoare: rece şi calculat. Doamna Gianfigliazzi începu să plângă tare în timp ce Catello se ridică de lângă ea şi se duse lângă foc.

- Blanca, zise el, a fost nevoie să te ating doar o singură dată când am căutat după săruri ca să-mi dau seama că mă mint... Te iubesc, dar te-am pierdut. Mă voi cufunda în petrecerile mele şi mai mult pentru că atunci uit. Eşti o otravă cu care un bărbat nu poate trăi. Bietul Philippe, cât a îndurat, cât a aşteptat această otravă! Şase ani am stat doar în Franţa... Am jurat muribundei şi am să mă ţin de cuvânt! Am să-i duc chiar eu scrisoarea, chiar dacă este o vreme mizerabilă. Blanca se ridică în acest moment şi veni către Catello pe care îl atinse uşor. Nu mă atinge! Mă otrăveşti, ţi-o repet! Voi scoate din mine demonul care mă usucă şi nu-mi mulţumi. Sper să fie fată ca să poată sta lângă tine. Când un bărbat îşi alege o nevastă nu trebuie să fie şiret şi să-şi strângă cu uşa viitorul socru care încă nu e convins, căci se va întoarce împotriva lui. În afaceri mi-a mers bine, însă cu tine am parte după atâţia ani de revers, poate că trebuia să te las guelfilor tăi albi cum e şi Philippe. El a fost corect, eu nu. Dumnezeule, încă te iubesc! mai spuse el luând scrisoarea de pe masă.

Blanca rămăsese cu mâinile întinse lângă foc, auzind perfect cum soţul său îşi ceru hainele şi calul, apoi auzi uşa trântindu-se după care liniştea reveni. Ştia unde se duce Catello, avea să-i dea personal scrisoarea doamnei Cerchi iar apoi, cine ştie, poate avea să se întoarcă acasă sau nu. Încet, Blanca începea să se liniştească, chiar dacă acum se ruga să fie fată copilul ce-l aştepta. În vila Cerchi Catello fu primit imediat, sărută mâna doamnei şi, vizibil răvăşit, se retrase la fel de repede cum venise. Blanca, spre uimirea ei, auzindu-l venind acasă, se întrebă care o fi motivul acestei iuţeli. Doamna Cerchi citi scrisoarea pe care apoi i-o înmână lui Philippe.

- Eşti mulţumit? întrebă ea.

- Sunt fericit, dar parcă starea ta nu mă lasă să mă bucur cu totul.

- Ce se va întâmpla cu mine este inevitabil şi nu ţine de fericirea ta, răspunse înţelept Beatrice, vei avea de aşteptat mult şi bine până va muri Catello, de asta poţi să fii sigur. Viaţa lui vă este cruce vouă, mai spuse ea. Păstrează scrisoarea la tine, e documentul prin care Catello recunoaşte adevărata paternitate a copilului Blancăi.

- Mulţumesc, o voi păstra ca pe un lucru sfânt ce vine de la tine, Beatrice, am s-o sărut până la moarte.

- Am obosit rău de tot, Philippe, am dureri pe care le îndur cu greu, căci prafurile nu-şi mai fac efectul, am luat prea multe. Vreau să mor cât mai repede, când îmi pun mâinile pe mijloc mă arde şi am ajuns să strâng din dinţi. Medicul vine diseară, dar nu are ce să-mi mai facă, îl văd că e neputincios.

Cerchi ieşi din cameră cu lacrimi în ochi şi se duse în camera lui. În acest timp Gianfigliazzi adunase tot personalul casei şi, stând lângă Boniface, le aduse la cunoştinţă marea veste: soţia lui aştepta un copil. Blanca simţi acest anunţ ca pe o răzbunare, de-abia putu face faţă bucuriei sincere a tuturor celor de faţă. Catello era felicitat, iar el reuşea totuşi să zâmbească, apoi plecă imediat în biroul său alaturi de nepot.

- De aceea era atât de palidă în ultima vreme doamna, vorbeau servitorii la bucătărie, sărmana nu se simte prea bine...

Blanca îşi reveni după primul şoc şi urcă scările spre camera ei. Se aşeză apoi la fereastră gândindu-se la această „bunăvoinţă" a soţului ei. „Chiar şi în aceste momente delicate voi avea multe de îndurat din partea lui. Îmi arată astfel că am căzut în dizgraţie şi că lui nu-i pasă. Dar nu-i nimic, am terminat cu plânsul, a promis ceva şi se va ţine de cuvânt..."„Aş vrea să fie de faţă..." mai gândi ea punându-şi mâinile pe pântec. „Tu eşti forţa mea, copile!" mai adăugă ea. „Tu şi Philippe! Voi aştepta oricât!"

CAPITOLUL 8

Trecu iarna cea urâtă cu vânturile ei care scuturau chiparoşii Toscanei ca pe nişte beţe subţiri şi înalte înfipte în pământ. Veni apoi primăvara promiţătoare asemenea vieţii când speranţele tuturor înviară, veselia se pornise din case odată cu creşterea zilei şi sporirea căldurii. Grădinile începuseră să arate ca înainte de venirea iernii, grădinarii având mult de lucru în această perioadă şi fiind foarte căutaţi în toată Florenţa.

În casa bancherului tăcerea apăsătoare luase locul atmosferei de dinaintea momentului naşterii unui copil. Blanca lua masa singură mai tot timpul, căci Catello îşi găsi alţi prieteni cu care să mănânce. Se ţinea de cuvânt, era respectuos şi păstra toate aparenţele. Această situaţie îi convenea femeii care trebuia să-şi păstreze puterile pentru copilul ce avea să vină la vară. Cafaggio era încântat că va avea un frăţior sau o surioară, uneori când îşi prindea tatăl acasă îşi exprima bucuria într-un mod atât de sincer încât acesta era nevoit cumva să-i ţină isonul. În aceste momente Blanca nu ştia ce să facă, să plângă sau să zâmbească. Se făcuse atât de frumoasă, această aşteptare o făcu parcă mai frumoasă, lăsându-i un zâmbet permanent şi tainic pe obraz. În tot acest timp Constanza află şi ea cu uimire că aştepta copilul lui Ugo care, evident, era tare fericit şi îşi asalta doamna cu fel de fel de atenţii, sufocând-o uneori. Aveau un mariaj fericit, Giacomina se adaptasefoarte bine şi începuse să-i placă viaţa alături de tatăl ei vitreg care mai tot timul era grijuliu cu ea. Catello decise ca în anul ce urma, 1270, Cafaggio să intre la şcoală după ce avea să împlinească 8 ani. Se interesase şi aranjase deja acest lucru cu foarte multă atenţie. Când află că mai are de stat doar un an acasă, copilul se bucură tare mult, Blanca fiind la fel de fericită.

- O să-mi văd frăţiorul, mamă, spunea el bătând din palme bucuros, nu vei fi singură, căci văd că tata lipseşte atât de mult. Te voi ajuta eu cu tot ce voi putea.

Blanca îşi stăpânea cu greu lacrimile în timp ce îi mângâia buclele minunate, aşa cum se purta pe atunci. Acum îşi recăpătaseră grădina, loc unde Cafaggio se juca bucuros lângă frumoasa lui mamă. Bancherul nu intra niciodată în grădină, era doar paradisul lor. Se schimbase de când îi promisese Beatricei Cerchi să aducă pace, iar nu război în familii după moartea ei. Nu mai era frumos deloc, atunci când nu era la birou chefurile din taverne se țineau lanț cu un așa oaspete. Banii de cheltuială pentru casă îi înmâna Boniface Blancăi, la fel de mulți, căci se vede bine cum Catello păstra cu dibăcie aparențele. Acum, însă, stăpâna casei punea bani deoparte, fiind mai atentă la orice lucru, era mai bine să aibă o sumă pusă bine în scrinul ei, îi dădea o anumită siguranță.

La sfârșitul primăverii, după două luni de suferință cumplită, Beatrice își simțea cu adevărat sfârșitul în camera ei. Philippe nu putea s-o aline sub nicio formă, iar fetița nu-i mai fusese adusă, căci gemetele mamei o puteau speria. Blanca se hotărâse să-și ceară iertare de la aceasta și, însoțită de camerista ei, plecă la casa Cerchi cerând să fie primită. Muribunda, care când era conștientă, când nu, nu o recunoscu de prima dată, dar însă când își dădu seama cine este ceru tuturor să rămână singură cu doamna Gianfigliazzi.

- Iartă-mă, Beatrice! spuse Blanca așezându-se în genunchi lângă pat, sărutându-i mâinile scheletice și udându-i-le cu lacrimi. Beatrice dădu ușor din mâini înțelegând tot ce i se spusese.

- Te așteptam, spuse ea șoptit, știam că vei veni până la urmă. Rabdă-l pe Catello, căci vei fi a lui Philippe oricum. Ieri seară m-am spovedit și am luat împărtășania... De-ai ști ce liniște m-a cuprins! Cuvintele i se întretăiau de o respirație când puternică când stinsă, dar totuși continuă. Nu am făcut rău când am vorbit cu soțul tău și i-am cerut ceea ce i-am cerut, știu asta, am simțit-o aseară mai mult decât altădată. Să-ți fie binecuvântat rodul, Blanca Simonetti... Acum pleacă, îți mulțumesc pentru că ai venit! Ai grijă de Philippe, te iubește.

Blanca se înclină cu lacrimi în ochi și se ridică de lângă patul femeii care nu mai recunoștea pe nimeni din nou. Ieși ca un val-vârtej dându-și frâu liber lacrimilor. Se întâlni cu Philippe care o opri puțin, dar îi dădu drumul însă repede.

- E o martiră, dragul meu, du-te la ea cât mai trăiește, spuse aceasta desprinzându-se de iubitul ei, du-i fetița, trebuie să o vadă cât încă mai poate.

Blanca plecă spre casă nefericită, intră prin față fără să-și dea seama că se putea întâlni cu soțul ei, cum de fapt s-a și întâmplat. Acesta era mirat că Blanca uitase regula de a nu intra prin birourile de comerț în casă.

- Vin de la Beatrice Cerchi, o martiră, a vrut să mă vadă, spuse repede Blanca înainte ca bancherul să o întrebe de ce e în starea aceasta.

- Va muri în câteva zile, spuse Catello, am fost și eu acolo aseară la venirea preotului, nu sunt chiar atât de odios. Soția lui tresări de uimire și zâmbi abia deslușit uitându-se în ochii soțului ei.

- Deschide-mi te rog ușa, nu trebuia să vin pe aici, îmi pare rău.

- Nu-i nimic, Blanca, îi răspunse Catello deschizând uşa cea solidă. Cum îţi merge?

- Îmi merge bine, păcat că sunt atât de singură, spuse Blanca.

- Du-te la Constanza sau invit-o pe ea aici, ştiu că îl face şi ea fericit pe Gasparetto. Oare era vreo aluzie? se întrebă Blanca ajunsă în cealaltă parte a casei şi auzind uşa închizându-se în urma ei. Uită însă repede de această impresie când băieţelul ei coborî în fugă scările venind către ea.

- Mamă, uite ce căluţ de lemn am! Îmi place mult!

- E frumos, dragul meu băiat, doar că mama e tare obosită şi o să meargă în camera ei, spuse Blanca sărutându-şi băiatul.

- Vin şi eu cu doica cea nouă, n-am să fac gălăgie, îţi vom veghea doar somnul.

- Bine, veniţi dacă doriţi, se dădu bătută Blanca.

Beatrice muri a doua zi şi fu plânsă de toată lumea, cunoscuţi şi necunoscuţi. Multe flori se ofiliseră în salonul principal al casei Cerchi. Lidia nu era prezentă, aşa ceruse mama ei, Beatrice nu dori ca fiica ei să se sperie de trupul ei schilod şi împuţinat. Nu mai exista plapumă să-l acopere, chiar dacă rudele o mascaseră foarte bine cu voaluri scumpe şi grele pentru a umple coşciugul. Chipul doamnei Cerchi îşi căpătase liniştea mult dorită, nu mai exista durere sau lacrimi. Gura, care îi era puţin întredeschisă, lăsa să i se vadă părţi din dinţii altădată albi. Mâinile, subţiri ca nişte vergi, erau puse una peste alta deasupra giulgiului care o acoperea. Dungile sădite de durere pe fruntea martirei se destinseră, nemaifiind vizibile ca pe timpul vieţii. Ce frapa în toată această orânduială era lipsa bijuteriilor, moarta nu purta nici măcar inelul cu care îşi dăruise inima lui Philippe. Erau însă multe flori şi lumânări la tot pasul. Beatrice ţinuse să-i dea inelul soţului ei înainte de a închide ochii pentru totdeauna. Cerchi îl luase şi îl ascunsese într-o cutiuţă, alături de bijuteriile dăruite de el la logodnă. Fusese o despărţire înduioşătoare în care Beatrice îl îndemna către Blanca din lumea cealaltă. Îi dăruise lui ultimul ei zâmbet şi îi ceruse ca atunci când va fi mare Lidia să afle despre ea şi despre dragostea ce i-a purtat-o, iar ea o va veghea din cer.

La înmormântare participase multă lume, însă la sfatul Constanzei Blanca nu se arătă. Catello însă veni şi fu primit cum se cuvine. Doamna Gasparetto avu ce să-i povestească prietenei sale după acest trist eveniment. Gianfigliazzi, spre onoarea lui, nu era beat, ci chiar se vedea că îl macină acest eveniment. Îi strânse mâna lui Philippe, acum liber, iar dacă a vrut să spună ceva a spus cu privirea. Fusese atât de cald la Florenţa în acea zi de mai, însă preoţii o cinstiseră pe Beatrice din toată inima, neţinând cont de zăpuşeală. Ultimul drum fu transformat în speranţă, iar punerea sicriului în mormânt ca o făgăduinţă spre înviere. Philippe stătea în genunchi în faţa gropii cu mâinile pe faţă. Fu primul care aruncă pământ peste soţia lui. Şi Catello o făcu după rude.

- Mărturisesc, Blanca, îi spuse acesta soţiei sale când ajunse acasă, că am avut un sentiment ciudat. M-a cutremurat moartea acestei femei puternice. Cerchi a trebuit să fie ridicat de acolo de rudele sale. Nu a iubit-o niciodată, dar cred că în ultima perioadă a admirat-o şi respectat-o. Însă ea l-a iubit, sunt sigur. Păcat că el te-a iubit pe tine. Dar aceasta este o altă poveste. Când naşti? Pentru mine e nostim să fiu felicitat.

- Peste două luni, Catello, răspunse Blanca rămasă tăcută până atunci. Eşti bun cu mine şi îţi mulţumesc.

- Nu ai pentru ce. E vorba de Beatrice aici. Nu de tine. Recunosc că nu te pot uita, indiferent de câte femei aş avea, dar îmi urmez drumul şi încerc să mă consolez. Deţinem un secret pe care o să-l ducem în mormânt, asemenea lui Beatrice. Am jurat, aşa că eu sunt tatăl, chiar dacă Philippe a făcut toată tevatura şi el este, în fapt, părintele acestui copil.

- Poţi să vorbeşti despre altceva? Te rog din suflet. Dacă tot păstrăm aparenţele, fă-o aşa cum trebuie, spuse Blanca întorcându-şi privirea către fereastră de unde se auzeau râsetele băiatului.

- Scuză-mă, Blanca, dacă te-am înţepat puţin cu acul meu. Nu se va mai repeta. Tu eşti a lui Philippe, iar eu aparţin tuturor femeilor care mă vor.

După ce spuse aceste cuvinte, Catello se înclină ca la teatru în faţa soţiei sale, apoi ieşi. Fiecare mergea pe drumul său, amândoi ştiau aceasta foarte bine. Ea aştepta un copil al altuia, pe când bancherul, în contrapartidă, se destrăbăla cum puţini o făceau.
Uneori, atunci când soţul său o rănea, Blanca uita de credinţa ei şi îi dorea moartea: „ar fi cu Philippe atunci?" Imediat se speria şi alunga aceste vorbe făcându-şi cruce. Însă cei doi soţi se vedeau puţin, se evitau pe cât posibil. Astfel trecură primele două luni de doliu pentru Cerchi şi ultimele până la sorocul Blancăi.

Ca un tată model, când durerile soţiei sale începuseră, Catello nu mai ieşi atât de mult. Trebuia să arate că îi pasă de „copilul său". Philippe, anunţat de Constanza, suferea cumplit că nu este el cel prezent, dar răbda. După ceasuri de chin, Blanca născu o fetiţă, aşa cum îşi dorise. Catello râse cu poftă când intră în camera soţiei sale.

- Nu te supăra pe mine, draga mea, dar Cerchi face doar fete, iar tu ai noroc, o să ai copiii lângă tine. Blanca zâmbi, frumoasă după atâta efort, dar nu putu să-i răspundă. Îi ura săgeţile veninoase cu care nu se obişnuise de-a binelea.

- O să-i punem numele Catella. Pentru ca toţi să fie siguri de stima şi dragostea mea pentru familie, continuă soţul zâmbind.

- Fie, Catella, spuse Blanca. Acum, te rog să ieşi, cheamă-l pe Cafaggio să-şi vadă sora.

- Da, ai dreptate, ți-l trimit imediat, spuse Gianfigliazzi ieșind din cameră. Băiețelul fu încântat de copilașul din brațele doicii, de surioara lui Catella. Se gândi că se putea găsi un nume mai frumos, dar nu o spuse niciodată cu voce tare. Numele lor încep amândouă cu C și astfel se consolă repede.

- Catella se născu la sfârșitul lui iulie, când căldura aducea neplăceri florentinilor. Era o nădușeală continuă. Arno era luat cu asalt de mulți oameni care doreau să se scalde, să scape de arșița nemiloasă. Fetița fu botezată imediat ce mama ei s-a pus pe picioare. Toată lumea bună a fost invitată la petrecere, chiar și Philippe care, în doliu mare după Beatrice, nu putu răbda să nu-și vadă fiica. Sarcastic, Castello chiar îl duse la micuța.

- Vino să-mi vezi fetița, Cerchi, spuse el.

Philippe, aproape mort, se duse după el, fără să țină cont cât de crud era bancherul. Blanca era gata să leșine când îi văzu pe cei doi în ușă.

- Nu te speria, mămico, o opri soțul ei, Cerchi nu vine decât s-o vadă pe Catella. E un copil minunat Vă las un pic singuri acum. Să văd cum stăm cu băutura.

- Blanca!

- Philippe!

Cei doi își împreunară mâinile lângă copil.

- Îți seamănă foarte tare, spuse Blanca. E un copil minunat, iar Cafaggio o adoră. Nu am nicio neplăcere, îți jur, doar mici înțepături. Catello își joacă bine rolul de tată printre atâtea petreceri. Pleacă acum, ăsta e un fel de test din partea soțului meu. O să-ți scriu la Constanza.

- Nu pot să mă desprind atât de ușor. Dar o voi face totuși. Avem un copil binecuvântat. Îl iubesc din toată inima, chiar dacă de la distanță. Lidia și Catella vor fi surori cu adevărat când vor crește, îți jur.

- Du-te, Philippe, pentru numele Fecioarei, spuse Blanca încet. Cerchi se smulse cu greu, sărutându-și copilul și iubita. Ieși amețit din cameră. Hotărî să nu mai stea mult la această petrecere scandaloasă, când văzu că într-adevăr Gianfigliazzi cercetase bine vinul și se aprinsese. „Doar să nu facă vreo indiscreție", își spuse el.

În o așa destrăbălare trecură patru ani în care fiica Blancăi se atașă de Catello, uimindu-l și pe acesta care dorise inițial să nu aibă nicio atitudine paternală față de ea. Însă era imposibil, Catella învățase să intre în biroul „ tatălui său" și să i se suie pe genunchi. Reuși cu nevinovăția ei să-l înmoaie pe Catello care se hotărî să-i spună soției sale.

- Blanca, fetița ta mă iubește și sunt mândru de asta. Și eu o iubesc, în ciuda eforturilor pe care le-am depus pentru a împiedica acest lucru. O iubesc de parcă ar fi a mea. Eu sunt tatăl ei.

- Catello, tu ştii că nu eşti tatăl ei, iar ea va afla într-o zi, habar nu am când. Bucură-te de ea, nu mă deranjează. Şi Philippe o iubeşte, cu toate că nu e lângă ea. Fetele, Lidia şi Catella, se întâlnesc la Constanza şi se joacă alături de fiul lui Ugo. Sunt bune prietene şi se înţeleg de minune. Până la urmă e bine că are doi taţi. Îi lipseşte Cafaggio de când e la şcoală. Şi mie îmi este atât de dor de el. Aştept vacanţele cu nerăbdare.

- Îmi place Catella, e ca o maimuţică, se caţără peste tot şi face lucruri pe care Cafaggio nu le-a făcut niciodată. Cred că mi-ai cocoloşit băiatul, răspunse bancherul.

- Eu cred că nu, Catello. Fiecare are alt caracter. Fetiţa e mai iute, pe când Cafaggio e mai liniştit. M-am ocupat de amândoi la fel, zise Blanca.

- Să lăsăm copiii, e clar că fata seamănă cu Cerchi. Brunetto Latini dă un bal şi o să mergem împreună. Vreau să fii cea mai frumoasă femeie de acolo. Am primit chiar azi invitaţia. Distracţia îmi place, mai ales pe banii altora.

- Bine, o să merg cu tine, cu toate că nu-mi place. Ştii că sunt retrasă. O să-mi fac o rochie minunată pentru a-ţi fi pe plac. Dar nu cred că o să stau o noapte întreagă, o să mă întorc după miezul nopţii. Peste o lună vine Cafaggio şi număr zilele.

- La jumătatea aşteptării e balul, aşa că o să treacă repede, spuse bancherul ridicându-se şi ieşind din încăpere fără alte vorbe.
Blanca se obişnuise cu toate felurile de comportament ale soţului său. Nici nu clipi când acesta trânti uşa după el. Se gândea la Philippe şi la Lidia. Îi întâlnise la Ugo Gasparetto cu o zi în urmă. Ce frumos se jucaseră copiii în grădină! Iar Emmanuele era atât de drăguţ încercând să ţină pasul cu fetele. Giacomina avea 15 ani şi era de pe acum o frumuseţe. Peţitorii băteau deja la uşa familiei Gasparetto. Giacomina Corsini însă nu se grăbea să aleagă, spre bucuria familiei. Nu venise încă prinţul care să-i fure inima, spunea ea tuturor. Aştepta şi ea balul, primul din viaţa ei. Era atât de emoţionată şi în acelaşi timp atât de ascunsă şi stăpână pe sine. Semăna mult cu tatăl său, bunul Corsini.

CAPITOLUL 9

Brunetto Latini, om blând şi reconciliant, iubit de toată Florenţa, dădea acest bal pentru că era de datoria lui să mulţumească Republicii. Aceasta îl alesese Secretar al Consiliuliu. Mare funcţie, după atâţia ani de zbucium în încrengătura ce se numeşte politică. Problema dintre membrii Partidului guelf se acutizase, iar Florenţa avea nevoie de un om paşnic, cu experienţă şi împăciuitor. Invitase la acest bal magnific, cum îl numea el, după pregătirile pe care le făcuse, membri şi negri şi albi ai acestui partid.

Aşa cum ştim, guelfii erau împărţiţi în două tabere: guelfii albi iar de cealaltă parte erau guelfii negri, la fel de bogaţi, însă cu mult mai apropiaţi de Papă, tolerându-i şi recunoscându-i amestecul în treburile Republicii de pe Arno.

În casa lui Latini, balurile erau rare, de aceea acestea trebuiau să aibă ecouri în toate zările. Noul secretar avea obligaţia morală de a uni partidul pentru binele Florenţei, măcar de ochii aparenţelor. Şi se puse serios pe treabă. Îşi pusese băieţii să ducă invitaţiile acasă la cei chemaţi, spre a se înţelege şi din această activitate patosul lui în a linişti şicanele din partid. Bianca, fetiţa botezată de Gianfigliazzi, era prea mică, avea doar şase ani, însă băieţii erau mai mari decât surioara lor şi fuseseră încântaţi de însărcinarea dată, mai ales că aveau să fie gratificaţi pentru ea. Câţiva florini aveau să poposească în pungile lor pe care mama le cususe pentru ei. Până la bal, toată Florenţa era o alergătură, croitorii îşi puneau mâinile în cap încercând să refuze munca în plus, dar tarifele crescuseră în aşa măsură încât au luat toate cererile tocmind alţi ucenici pe lângă cei vechi. Bogaţii scoteau banii fără să se uite când era vorba de etalarea averii în totală opoziţie cu sărmanii de la periferiile Republicii, la fel de florentini, care şi ei îşi etalau ceva: sărăcia, mizeria şi bolile. Însă nobilii nu doreau să ştie despre aceşti nenorociţi şi nici cei din urmă nu prea aveau de-a face cu cei norocoşi. Poate doar când se organizau serbări în aer liber şi se întâlneau pe acelaşi câmp, unul în calitate de prădat, celălalt în calitate de hoţ. Nimeni nu-i putea prinde pe sărmani, aveau mâinile lungi, şarlatanii. Când erau percheziţionaţi, nu se găsea nimic asupra lor, doar găurile buzunarelor.

Dar să revenim la balul secretarului. În seara cu pricina, vila acestuia era luminată ca ziua. Grădina, ca şi casa, strălucea din cauza torţelor şi a lumânărilor înşirate din belşug peste tot. Uşile către terasă erau date lângă pereţi, iar scara care făcea legătura dintre casă şi grădină era împodobită magnific. La acea vreme Latini avea cam 53 de ani, iar Laura, doamna lui, avea 33. Diferenţa se vedea, 20 de ani era un număr suficient pentru a o evidenţia. Latini slăbise şi albise aproape de tot. Se vedea că Laura nu mai era tânără, însă frumuseţea nu i se ştersese încă. Avea şi un avantaj, rămăsese suplă. Doamna Secretar era ca un trandafir care înfloreşte toamna târziu. Gata să se piardă, dar în acelaşi timp gata în fragilitatea lui să înfrunte primul frig şi orice ar putea să-i distrugă corola. Era tot retrasă, se mulţumea cu copiii săi şi cu discuţiile cu soţul său. Întotdeauna îl asculta, chiar dacă nu-l înţelegea şi uneori avea gândurile aiurea. Iar asta adora Brunetto la ea. Ştia să-l asculte. Era martorul durerii gândurilor sale, al bucuriilor lui şi al marii sale izbânzi acum la bătrâneţe.

Doamna Latini alesese o rochie de un roşu stins pentru această seară pe care o pregătise cu multă atenţie. Îşi strânsese tot părul la spate, iar fruntea îi rămăsese liberă. Purta pe cap doar o bonetă micuţă din dantelă albă. Arăta bine alături de soţul său, însă Blanca, la cei 28 de ani ai săi, strălucea la braţul lui Gianfigliazzi. Se despărţise cu greu de Catella care îi înconjurase gâtul cu mânuţele, cât pe ce să-i strice aranjamentul părului. O lăsase plângând în braţele doicii, cu un şirag de perle, scos la repezeală de la gât, pentru a o alina puţin. Catello era gras şi nu mai avea nimic din frumuseţea care cucerea în trecut femeile fără ajutorul banilor, ca în prezent. Erau o pereche opusă, nu se potriveau deloc. Blanca, în minunata ei rochie albă cu o cingătoare ţesută cu fir de aur, lua ochii tuturor celor care se întâlneau cu familia Gianfigliazzi, bărbatul însă îţi crea repulsie, îmbrăcat ca o pasăre viu colorată. Întorceai repede capul de la bancherul putred de bogat.

Blanca o zări pe Constanza şi se duse imediat la ea. Era singură, bărbaţii adunaţi în grupuri vorbeau de ale lor până serbarea avea să înceapă cu adevărat. Se auzeau acorduri din sala de dans, afară fumul de la proţapuri se ridica ademenitor spre cer, vinul era deja pe tăvile servitorilor, deci totul pregătit. Cu toate că uşile erau deschise, persista un miros închis, de la prea multe flori aranjate în casă. Se simţea moartea lor în fiecare vas cu apă.

- Iubito, vino lângă mine, te aşteptam, spuse Constanza sărutându-şi prietena şi făcându-i loc. Arăţi atât de bine, mă faci să mă simt grasă.

- Tu, grasă? Nici poveste, îi raspunse Blanca râzând şi aşezându-se. Cine a venit până acum?

- Cam toată lumea din Florenţa, albă sau neagră. Acest ospăţ e un fel de canon de împăcare, zise Constanza. Însă persoana pe care o aştepţi tu se lasă aşteptată. Dar uite că soţul tău a început deja să râdă. E cu totul al lui Bacchus acum. Uneori îmi pare rău pentru tine. Au trecut patru ani şi încă se ţine verde.

- Să se ţină. Va pica fulgerător. Nu o să mă chinui deloc cu el. Dar e o prostie obsesia aceasta. Hai să mergem la aer. Florile de lângă canapeaua aceasta mă înnăbuşă cu mirosul lor dulceag.
Apoi, am putea vorbi liber. Ne întoarcem când începe dansul. Dar uite-o pe Laura, vine către noi.

- Bună seara, doamnelor, vă place? E mult de când această casă nu a mai fost deschisă în asemenea fel. Îmi face plăcere, însă simt că mă oboseşte. E atât tineret şi mă face să mă simt trecută precum o frunză. Vroiaţi să ieşiţi la aer?

- Arăţi minunat, Laura, îi răspunse Constanza. Da, doream să ne plimbăm. E multă lumină în grădină. E minunat cum aţi reuşit să decoraţi totul. Bărbaţii cred că se simt de pe acum bine. Văd servitorii cu ulcelele deşarte.

- Da, aşa este, până va începe dansul se vor chercheli, din păcate, spuse Laura discret, protejând-o într-un fel pe Blanca.

- A venit toata lumea? întrebă Constanza cu un scop bine ţintit către inima prietenei sale.

- Da, cam toată lumea, cred că pe Cerchi nu l-am văzut, dar va veni, a dat bilet de confirmare. Uite-l, acum intră. Mă duc să-l întâmpin, mai spuse Laura, scuzându-se şi plecând spre Philippe.

- Ce bine ar fi fost dacă l-aş fi putut întâmpina eu, spuse Blanca uitând de plimbare şi aşezându-se. Să-i ies în cale într-o căsuţă cât o nucă alături de copii. Voi răbda şi asta va face şi el.

În acest timp, Gasparetto veni către ele. Nu se atinsese de băutură, nu-i stătea în fire.

- E un bal foarte animat, este un bărbat care adoră vinul lui Brunetto Latini în seara aceasta. Pentru el totul este minunat. Mie îmi lipsesc mânuţele lui Emanuelle înainte de a se băga în pat. A adormit fără să-l mai sărut. Doica a luat totul în seara aceasta.

- Te referi la soţul meu? întrebă posomorându-se Blanca.

- Ai ghicit, spuse Ugo, îmi pare rău pentru tine. Are o forţă de taur în el, nimic nu pare să-l doboare, chiar dacă pentru un doctor pungile alea mari şi lăsate de sub ochi cred că ar avea o explicaţie. Dar uite-l pe Latini, îşi va ţine cuvântarea.

Într-adevăr, proaspătul secretar, încadrat de familia sa, dorea să spună câteva cuvinte de mulţumire. Printre altele aminti de dorinţa de reconciliere dintre fraţii aceluiaşi partid.

- Să fim puternici, spuse el, duşmanul nu este înăuntru, ci în afară şi nu a murit. Să nu uitaţi niciodată de Montaperti.

- Cu toţii suntem guelfi, nu ne permitem să călcăm strâmb. Republica este a noastră şi aşa va rămâne.

Se auziră urale de încuviinţare a vorbelor venerabilului domn şi stăpân al casei. Albii şi negrii îşi zâmbeau teatral, găsind petrecerea prea minunată ca să o poată strica, chiar dacă în gândul lor s-ar fi gâtuit măcar puţin, dacă nu s-ar fi mulţumit doar cu mici înţepături.

Latini fu aplaudat şi dansul începu cu el şi soţia sa. Ugo o luă la dans pe soţia lui, iar Blanca rămase singură. Minunat moment pentru Philippe să se apropie, dar cu un pas mai iute şi mai împleticit i-o luă înainte Catello. Se aşeză cu neruşinare aproape beat criţă lângă soţia lui cu ţinuta în totală neorânduială, contrastând cu fineţea albului îmbrăcăminţii Blancăi. Încercă să-i sărute mâna, femeia respingându-l cu dezgust. Hohote de râs se auziră din gura bancherului, spre disperarea doamnei care se înroşise de indignare şi ruşine.

- Nu te salvează nimeni de mine, iubito, spuse Catello ridicându-se cu greu, doar moartea care nu o să vină curând, am vorbit eu cu ea. Mă scuzi, nu te mai deranjez. Poate că te va consola altcineva, eu plec la masa aceea. Dansează, fă ce vrei, nu îmi pasă, sunt otrăvit şi imun în faţa ta, dragostea mea.

Philippe auzise tot şi scrâsnea din dinţii lui puternici. Se apropie puţin, iar când îi zări pe soţii Gasparetto se făcu vizibil cu totul.

- Vreau să plec acasă, spuse Blanca. Îmi este ruşine aici.
- Te conduc eu, spuse Philippe. Nu ne va vedea nimeni, vom ocoli.

Blanca se gândi puţin şi spuse :
- Bine, aşteaptă-mă, o caut pe Laura, îi voi spune că plec, să rămână Gianfigliazzi pavăză în urma mea.
- Ce s-a întâmplat cât am dansat? îşi întrebă Ugo prietenul.
- Ce să fie altceva decât Catello beat, spuse trist Philippe. Dar uite-o pe Blanca, plec cu ea. O oră este a mea.
- Duceţi-vă, prieteni, şi fiţi cu băgare de seamă, spuse Ugo.

Cei doi ieşiră nevăzuţi din vila secretarului, iar întunericul le acoperi urma.

- M-am săturat să îndur toate astea, spuse Philippe luând-o de mână pe iubita lui. Îmi este frică de bancher. O să trăiască mai mult ca mine, e un munte de neînvins.
- Nici mie nu-mi vine uşor să-l am alături. Iar Catella chiar îl ia ca pe tatăl său adevărat. Ţin unul la altul şi mi se strânge inima. Mă rog în fiecare zi să mă slobozească Domnul, dar încă trebuie să-mi port povara în spinare. Am crezut că o va urî, dar nu, nici pomeneală. E singura cu care discută, dacă pot spune aşa. Se închid în cameră şi râd mereu, continuă Blanca tristă.
- Iar eu trebuie să-mi văd fata doar la Ugo, fără să o pot săruta cum aş vrea, raspunse Philippe. Consolarea mea e că fetele sunt prietene.
- Da, zise Blanca, oprindu-se în faţa porţii. Ajunseseră la casa bancherului.
- Aş putea să o văd cum doarme? Te conjur, lasă-mă, plec repede.

- Philippe, iubitule, ce spui? E riscant.

- Doar o clipă, Blanca, spuse bărbatul strângându-şi iubita în braţe sub portic.

- Bine, zise oftând doamna, dacă îmi promiţi că doar pentru o clipă.

Intrară încet în grădină şi mai apoi în casă. Era linişte. Toată lumea dormea. Doar în căsuţa grădinarului se vedea lumină, dar acest om nu era periculos. Odaia Catellei era lângă cea a mamei sale. Urcară ţinându-se de mâini, la lumina lunii, fără zgomot. Fetiţa dormea cu faţa către fereastră, cu o mânuţă grăsuţă sub cap. Tatăl era gata să o cuprindă cu braţele, dar Blanca îl opri.

- Să fim înţelepţi, Philippe. Nu suntem copii.

- Ai dreptate, iartă-mă, iubito. Să plecăm până nu o răpesc pe fiica mea care în acte aparţine altcuiva. Ieşiră şi coborâră scările casei spre grădină. Un sărut pecetlui despărţirea şi o făcu dulce-amară. Blanca încuie poarta şi se duse tremurând către o bancă. Răcoarea şi emoţiile nopţii o făceau să tremure. Şalul cu care se apăra de noapte şi de ea nu o ajuta deloc. Intră în casă. Căsuţa grădinarului tocmai ce rămăsese în beznă, omul se culcase exact la timp.

Ajunsă în cameră, se dezbrăcă şi se băgă în aşternut unde adormi imediat încălzindu-se, iar emoţiile şi tremuratul dispărură în noapte. Philippe ajunse şi el ca un năuc acasă. Urcă scările să-şi sărute fiica. Lidia dormea ca şi sora ei, însă doica se trezise. Îi făcu semn că nu vrea nimic şi plecă la el în iatac. Nu adormi decât târziu, după ce epuizarea pusese stăpânire pe el.

La bal bancherul constată într-un târziu că soţia lui nu e de găsit. Era beat, dar încă se ţinea pe picioare nesprijinit. Dădu într-un târziu de Constanza pe care o întrebă de Blanca.

- Blanca? Doarme de mult timp acasă. Nu a rezistat, messer Catello, să te vadă aşa. A plecat printre primii. Cred că şi dumneata ar trebui să pleci şi să te culci. Nu am dreptate?

- Ba da, spuse Catello. Voi pleca la culcare dacă îmi spui unde este Cerchi.

- Cerchi e cu Ugo, ştii că sunt prieteni. Eu am obosit şi aştept să vină. Vreau să plec acasă, spuse Constanza înfiorată de minciună.

- Bine atunci, vise plăcute, salută Catello şi plecă să-şi ia rămas bun de la Brunetto.

Cum ajunse în stradă o luă imediat spre casă. Totul era adormit şi liniştit. Noaptea ştersese urmele lui Philippe, nimic nu dovedea vizita aceea. Bancherul deschise uşa camerei soţiei sale. Privi înăuntru. Totul era aranjat şi neschimbat. Nu mai intrase demult aici. Nici acum nu o făcu. O văzu pe Blanca dormind şi închise uşa rânjind şi şoptind pentru sine: „şarpe, otravă ucigătoare". La el în cameră era o dezordine în care găsise un înțeles. Nu așteptă să se dezbrace, se culcă așa cum era, doar cizmele și-i le scoase. Adormi imediat.

Într-un final, așa adormiră toți florentinii guelfi invitați la balul secretarului.

Arno, neobosit, le veghea somnul.

CAPITOLUL 10

Politica următorilor ani a fost precum secretarul Florenței. Brunetto Latini, un om cu deosebite capacități politice, a făcut ca atmosfera în Republică să fie cât de cât respectabilă măcar la suprafață. Partidul guelf, din care făcea parte, păstra ceremonios eticheta pe străzile din centrul orașului, ciocnirile dintre membri făcându-se prin invitații elegante pe maidanele de la capătul orașului. Însă în acea vreme aceste antipatii nu aveau amploarea celor de la sfârșitul secolului de care vorbim. Încă îi mai țineau în frâu pe guelfi ura și râca permanentă pentru ghibelinii cei credincioși Sfântului Imperiu Roman, o ruină care încă mai respira. Cred că asta îl preocupa într-o mai mare măsură pe Latini.

- Guelfii, spunea el, sunt frați certăreți, dar sunt frați la urma urmei. Într-o eventuală confruntare cu ghibelinii uită de șicanele dintre ei, care, recunosc, m-au scos și pe mine din sărite de multe ori. Scopul meu în acești ani, de când am primit cu plăcere mandatul de secretar, a rămas același și sper să mi-l îndeplinesc. Dorința mea este ca toți florentinii să se înțeleagă, trăim cu toții sub acoperișul aceluiași oraș și ne adăpăm din același râu, mâncăm cu toții aceeași pâine de pe câmpiile acestea. Deci, doresc reconcilierea dintre cele două partide. Dintre guelfi și ghibelini, dintre Papă și Sfântul Imperiu.

Dezastrele dintre frați au distrus orașul, au făcut femeile și copiii să plângă și niciunul dintre noi nu-și mai dorește vărsare de sânge în Florența. Suntem, înainte de toate, copiii acestui oraș, spunea el în Consiliul Florenței.

Notabilitățile din sală au ascultat uimite, la început, discursul secretarului albit de ani și încoronat cu aura lui de noblețe întipărită pe față. Apoi, însă, i-au dat dreptate și l-au aplaudat cu toții. Latini era mândru, în sfârșit izbutise să aducă vorba despre ceva imposibil în Florența până atunci: o eventuală reconciliere în viitor dintre cele două partide, visul său pentru iubita lui Florența. Minunata Republică pentru care și-ar fi dat și viața.

Ar fi imposibil să afirmăm că Latini ar fi avut în munca lui doar adepți. Erau persoane care nu uitaseră de plecarea lui alături de familia

Gianfigliazzi şi de văduva Corsini în Franţa. Însă glasurile lor nu se auzeau atât de tare şi, mai ales, îmbătrâniseră şi ele. Mai lăsau să se audă ecouri uneori, însă generaţia mai tânără nu le simţea atât de tare pentru că nu trăiseră din plin anul 1260. Erau copii pe atunci. Nu uitaseră de Montaperti, dar se cicatrizase. Iar odată cu prosperitatea lumea uită mai lesne. Iar Florenţa era bogată, din ce în ce mai prosperă şi mai opulentă. Probabil pe această situaţie se baza venerabilul secretar când spunea în faţa tuturor care îi era cea mai fierbinte dorinţă. Florenţa era doar a florentinilor şi din asta rezulta cumva inevitabila reconciliere dintre cele două partide.

Visul i se îndeplini în 1278 când reuşi să-i aducă la aceeaşi masă de nogocieri şi tratative şi pe unii şi pe alţii. Vorbise la fel de frumos, însă pentru a le arăta că nu se lasă păcălit, le spuse tuturor:

- Ştiu că este o împăcare pe hârtie. Ştiu că mai este mult până fiecare să simtă în suflet ceea ce s-a semnat aici şi acum. Dar până şi faptul că stăm cu toţii la aceeaşi masă este un pas mare. Acest an, 1278, nu-l voi uita, pentru mine este important. Şi pentru cei cu sânge florentin la fel. Cred că nu greşesc când mă repet că Arno ne curge tuturor prin vine şi că respirăm acelaşi aer. Cum putem fi puternici când ne batem noi între noi? Priviţi câte războaie şi câte răfuieli sunt în jurul nostru, trebuie să fim puternici în interior pentru orice eventualitate care ar bate din exterior în zidurile cetăţii.

Fu aclamat, iar respectul se citea în ochii tuturor, muncise mult, se zbătuse pentru Florenţa lui, iar Laura Latini organiză în onoarea lui o cină intimă, doar între prieteni: Gianfigliazzi, Gasparetto şi Cerchi. Toţi îl iubeau pentru credinţa lui în uniunea de idei dintre cele două partide.

Trecuseră 5 ani plini între numirea în funcţia de Secretar al Republicii şi această reconciliere, recunoscută de toata lumea ca firavă, dar totuşi reconciliere. De aceea doamna Casei Latini nu şi-a dorit decât prieteni adevăraţi în jurul soţului său cu prilejul acestui eveniment.

Îmbătrâniseră unii lângă alţii, Giacomina se măritase de un an de zile, avea 20 de ani acum şi locuia în Fiesole. Dar nostalgia pierderii tinereţii trecuse de mult. Acum la masă erau şi fiii lui Latini care aveau 18 ani, Cafaggio era de asemenea prezent. Ceilalţi copii, mai mici, luau masa şi se jucau într-un salonaş separat, aproape de sufragerie. Erau cu toţii: Catelle, Emanuelle, Lidia şi mezina Latini, Bianca. Erau copii cuminţi, spre bucuria doicilor cu care fuseseră lăsaţi.

De partea cealaltă, în sufragerie, atmosfera nu era deloc încărcată, chiar dacă doamnelor le-a fost teamă de vreo vorbă urâtă iscată dinspre Catello către Philippe. Doamnele cu pricina, Constanza şi Blanca, se liniştiră când îşi dădură seama de inexistenţa unui real pericol. Bancherul se întreţinea cu Latini, bunul său prieten, iar ca secondant avea paharul, vinul oferit cu multă dărnicie era excelent. Mâncarea încununa cu succes savoarea licorii din care Cerchi abia gustase. Acesta o privea fericit pe

Blanca, fiind întotdeauna prin preajma ei sau încercând măcar să fie de la distanţă. Privea de asemenea din când în când la rivalul său cu drepturi depline şi nu înţelegea de unde atâta vitalitate. Nu-i dorea moartea neapărat, însă era o piedică pentru el, una pe care nu ştia cum s-o îndepărteze. Trebuia doar să aştepte şi se făceau acuşi 10 ani, nu dorise o altă căsătorie, o altă mamă pentru Lidia. Beatrice avea dreptate de acolo din ceruri, Blanca era perfectă pentru fiica ei, iar acest lucru se vedea din întâlnirile lor: Lidia îi sărea în braţe, iar Blanca o săruta matern pe frunte. O zărise odată pe Blanca cu ambele fete lângă ea, copilele erau aşezate jos cu capetele unite în poala iubitei sale, pletele lor erau una şi se revărsau pe toată fusta doamnei. Blanca le mângâia pe amândouă cu atâta duioşie şi dragoste în priviri, încât el se retrăsese imediat pentru a nu strica momentul acela atât de de neaşteptat pentru el. I se întipărise atât de bine în inimă emoţia aceea, căci acum când o vedea cu ochii minţii vedenia îi provoca aceeaşi senzaţie pătimaşă de iubire şi durere în acelaşi timp. Durerea îi survenea din cauză că această scenă nu se întâmpla acasă la el, alături de Blanca lui, fără vreo urmă a lui Catello. În timpul cinei bancherul îşi lăudă fiul din toată inima:

- Cafaggio s-a deprins cu afacerile familiei, a învăţat foarte repede totul şi cred că va fi un bancher strălucit. Îmi seamănă! Boniface îmi confirmă mereu acest lucru, iar eu sunt tare mândru, mai ales că are doar 16 ani. Eu am deja 48 de ani şi sper s-o mai duc...

- De ce să n-o mai duci, Catello? îi răspunse Brunetto cu o întrebare. Eu am mai mult decât tine! Toţi plecăm puţin câte puţin din viaţa aceasta cu fiecare zi ce trece, toţi avem copii frumoşi şi deştepţi şi ne vor înlocui cu cinste. Nu mă îndoiesc de asta nicio clipă! Uite pactul semnat astăzi, nu mă încred cu totul în el, dar în copiii mei oricând. Nici nu ştiu cât va ţine, dar măcar tot va dăinui puţin.

- Ai dreptate, prietene, spuse Catello umplând pahar după pahar, spre disperarea Blancăi care din palidă devenise stacojie. Ura ruşinea pe care o îndura mereu, de aceea nu-i plăcea să iasă în lume alături de soţul ei.

Ugo şi Philippe vorbeau şi ei ceva, dar glasurile lor nu se ridicau deasupra beţivanului bogat şi plin de vin. Ei se întreţineau şi cu Laura, frumoasa şi discreta soţie a lui Latini care rămăsese aceeaşi femeie plăcută prin trăsăturile blânde şi fine ale feţei. La finalul seratei, Catello nu mai avea sânge în trupul său masiv, ci doar vin curat astfel că trebui dus acasă pe sus împotriva voinţei lui de a dormi acolo unde se afla. Blanca era tare mâhnită şi se străduia să se stăpânească. Ugo şi Cafaggio îl târâră până în camera lui, dezbrăcându-l şi scoţându-i cizmele. Acesta adormi imediat.

- Mulţumesc, Ugo, pentru ajutor şi îmi cer iertare din toată inima.

- Nu trebuie să te ruşinezi, Blanca, şi nici să-ţi întuneci chipul tău frumos. A adormit. Aşa este el de ani buni, iar noi nu suntem străini. Ştiu că ai obosit, dar trebuie să accepţi, spuse Gasparetto luându-i mâna într-a lui.

- Mama este atât de bună, spuse Cafaggio, chiar nu-l înţeleg pe tatăl meu, iar cel mai rău lucru este că nu pot face nimic.

- Trebuie doar s-o iubeşti tinere, îi răspunse Ugo când băiatul îl conduse până la poarta grădinii. Îţi urez noapte bună!

- Şi noi cu toţii vă urăm la fel. Salutări doamnei Constanza şi lui Emanuelle!

Ugo făcu un semn cu mâna şi dispăru în noapte. Cafaggio încuie poarta şi, după ce străbătu grădina lui minunată, intră în casă. Mai urcă la tatăl său care dormea, nemaiavând nevoie de nimic, şi apoi intră la mama sa. Camera era goală, însă la Catella era lumină, le găsi pe amândouă pe pat. Catella era în haine de noapte şi se lăsa pieptănată de mâinile minunate ale Blancăi.

- A plecat Ugo? întrebă Blanca.

- Da.

- Mergi atunci să te odihneşti şi tu, copilul meu. Imediat mă voi duce şi eu.

- Aş vrea să vorbesc cu tine, mamă, doar puţin, apoi mă voi culca şi eu, nu avea grijă.

Blanca îşi sărută fata cea frumoasă şi o înveli cu drag, binecuvântând-o. Stinse lumânarea şi ieşi urmată de Cafaggio. Intrară în camera doamnei, închizând uşa în urma lor. Blanca aprinse două lumânări care făcură imediat o atmosferă minunată prin lumina jucăuşă pe care o împrăştiau.

- Mamă, de ce suporţi atâtea? o întrebă frumosul Cafaggio aşezându-se pe pat. Mă bucur că şcoala s-a terminat şi că pot să-ţi fiu alături căci tata e din ce în ce mai neruşinat.

- Dragul meu, spuse Blanca, nu sunt o martiră. Departe de mine această stare. Tu nu ştii un secret mare între mine şi tatăl tău. Aşa cum este, tatăl tău mă iubeşte, însă urăşte această slăbiciune şi din cauza acesteia se poartă aşa. Îmi spune că sunt otrava de care nu poate scăpa sângele lui. Poate că e mai bine să auzi secretul din gura mea, înainte de a ţi-l spune el, cu toate că nu mă tem de nimic rău din partea lui. Femeia veni lângă fiul său şi începu să povestească.

- Când erai doar un copilaş, tatăl tău a început să-şi caute alinare în vin şi în alte case, nu tocmai curate şi cinstite. Dar o femeie trebuie să îndure multe şi nu m-a durut atât de tare. Tu te-ai născut în Franţa, când eu eram doar o copilă. M-am măritat cu tatăl tău la 14 ani. El e cu mult mai mare decât mine ca ani şi tu ştii acest lucru. Însă, când am fugit în Franţa, nu am ştiut că las în urmă un suflet rănit, un suflet care mă iubea. L-am urmat pe tatăl tău crezând tot timpul că sentimentele mele pentru el sunt de iubire. Dar m-am înşelat. Acest bărbat care mă iubea se căsătorise între timp şi avea o fetiţă. Ne întâlneam la biserică, dar eu nu ştiam nimic. Eram foarte retrasă şi consacrată doar ţie. Nimeni nu mă mai interesa. Până într-o zi când acest bărbat a reuşit să-mi strecoare în mănuşă un bilet în care îmi povestea ce fusesem şi ce eram pentru el, dar mai ales ce îşi dorea pe viitor să fiu. Astfel începusem să îmi aduc aminte de copilăria mea, acasă la părinţi. Tatăl tău era din ce în ce mai ataşat de doamnele şi ospeţele sale şi am căzut în ispita câtorva întâlniri. De atunci ne iubim şi tatăl tău o ştie. Catella nu este fata lui, dar a recunoscut-o pentru că a jurat s-o facă în faţa unei martire, a unei muribunde care îşi sacrifica soţul şi copilul. Îţi dai seama că e vorba de Philippe Cerchi a cărui soţie a murit după ce a născut-o pe această fetiţă, pe Lidia.

Deci, Cafaggio, îmi port crucea pentru păcatele mele, nu sunt deloc ceea ce crezi tu. Nu îl iubesc pe tatăl tău, mă dezgustă mizeria în care trăieşte printre munţii lui de aur. Are cele mai mari dobânzi şi totuşi cei mai mulţi muşterii. El spune că acest lucru se datorează riscurilor de piaţă şi circulaţiei destul de restrânse a florinilor. Tu trebuie să înţelegi mai bine.

Judecă-mă dacă vrei, nu mă ierta dacă nu poţi, dar măcar înţelege-mi comportamentul. Îi sunt credincioasă căminului său atât cât va trăi. Mă bucur că eşti mare, curând o să-l poţi înlocui cu totul pe tatăl tău. Boniface este un partener minunat, însă Catello, cu fiecare zi ce trece, e parcă mai nebun după chefuri. Nu-ţi urî sora după mamă, dacă vrei poartă-mi mie această ură. Ea este nevinovată şi, culmea, Catello o iubeşte.

- Sunt uimit, mamă, spuse tânărul, dar o să te iubesc la fel. Nu m-am aşteptat la aşa un secret. Erai prea tânără pentru a te căsători. Te-a păcălit cu banii lui şi cu experienţa lui, iar Cerchi a picat la mijloc. Şi e liber. Pe Catella o iubesc pentru că, orice s-ar spune, este sora mea. Aşteptaţi cam de multişor să fiţi împreună, dar vă împiedică tata.

- Un jurământ mă împiedică. Eu nu-mi pot părăsi soţul, iar în schimb el nu a făcut scandal şi a recunoscut-o pe fiica lui Philippe. Există o scrisoare trimisă de tatăl tău Beatricei Cerchi pe patul de moarte. Cerchi mă va aştepta până în ultima clipă a vieţii sale. E fericit când ne întâlnim, când fetele se joacă împreună şi se bucură din toată inima când te vede. Nu va face nimic în favoarea lui. Tatăl tău va muri când va vrea Dumnezeu, iar eu voi fi a lui doar dacă tot El o va dori. Îl iubesc şi îmi ajunge. Îţi multumesc pentru că nu-mi porţi pică, te admir pentru nobleţea ta. În mod normal ştii că nu ar fi trebuit să mă căsătoresc cu un guelf negru cum este tatăl tău, eu aparţinând, ca şi Cerchi, laturii albe a partidului, însă împrejurarea războiului a făcut ca tata să cedeze uşor. Asta ştiu că nu poate fi luată după atâţia ani ca o scuză, însă am ţinut totuşi s-o ştii.

- Nu cred în niciun fel de reconciliere pe care o tot blagosloveşte Latini şi de efemeritatea căreia îşi dă şi el seama, spuse Cafaggio. Mă bucur că ai descoperit dragostea şi că iubeşti. E păcat când omul nu cunoaşte dulceaţa ei. Şi tata iubeşte, dar altfel. Această mărturisire nu a scăzut cu nimic în ochii mei persoana ta sau a surorii mele. E un secret şi îl voi păstra. Te iubesc, mamă!

Cei doi se îmbrăţişară, iar lacrimile lor se împletiră în mod firesc. Blanca se simţi mai uşurată pentru că îşi destăinuise taina. Se despărţiră bucuroşi şi se culcară, fiecare gândindu-se la ale lui. Blancăi nu-i scăpă unda de amăraciune din glasul fiului său când îi vorbise cu dreptate de necesitatea ca fiecare om să iubească în viaţă cu adevărat. Însă aştepta de la el mărturisirea tristeţii sale, aşa cum şi ea începuse destăinuirea secretului său.

Nimic nu se întâmplă nefiresc nici în întâlnirile ulterioare ale lui Cafaggio cu Cerchi. Băiatul îi dădu a înţelege că ştie şi că acceptă relaţia dintre mama lui şi el. Tatăl Catellei pricepu şi el şi de atunci relaţia dintre cei doi se strânse mult mai mult. Cafaggio chiar îl vizita pe Cerchi, fără ştiinţa cuiva. Se lega de el ca de un prieten vechi, ca de cineva care ar putea să-i înlocuiască tatăl care era aproape absent.

Din păcate reconcilierea dintre cele două partide era aşa cum preziseră cu toţii: şubredă şi de suprafaţă. De la şicanele de la început nu a urmat decât un singur pas spre bătăi, dueluri în toată regula şi capcane de toate felurile. Însă guelfii conduceau Republica. Ar fi trebuit un război pentru schimbarea politică şi nimeni nu şi-l dorea din toată inima. Erau incidente destule, dar cam atât deocamdată. Nici Papa şi nici Sfântul Imperiu Roman, aliaţii distincţi ai celor două partide, nu aveau în plan aşa un eveniment covârşitor din punct de vedere uman si financiar. Florenţa era un centru stabil financiar şi o alunecare ar fi făcut să derapeze şi alte state, Republica trăgându-le după ea inevitabil.

CAPITOLUL 11

După această ultimă petrecere, Catello se hotărî să facă o călătorie de afaceri la sucursala lui din Pisa. Acolo deținea o casă încăpătoare unde se gândi să rămână mai mult, să se gândească la ale lui, departe de familie și de prieteni. Însă aceste gânduri, cu adevărat bărbătești, fură uitate repede când, ieșind din clădirea băncii sale, zări o frumoasă tânără, care cutreiera prăvăliile alături de servitoarea sa.

Până seara aflase deja cine era acea femeie care-i luase mințile. Era mulțumit de cum îi mergeau treburile în oraș, așa că se considera îndreptățit la distracție. Era o nobilă bogată, rămasă văduvă cu un copil. Numele ei era Benedetta Abatino și locuia în capătul Pisei, într-o minunată și plăcută vilă. Mulți bărbați o curtau pentru căsătorie, dar ea încă aștepta. Era frumoasă și încă tânără. Catello se gândi să-i trimită flori și dulciuri doamnei, alături de o cutiuță cu o bijuterie minunată a cărei piatră strălucea sângeriu. O făcu printr-un curier secret pe care îl tocmise. Benedetta le primi din mâna curierului, citind bilețelul care însoțea lucrurile. Șireată, aceasta îi răspunse curierului mulțumind celui din partea căruia venea. După plecarea acestuia, izbucni în râs. La auzul glasului, o femeie la fel de tânără deschise ușa și intră zicând:

- Ce s-a întâmplat, Benedetta? un nou răvaș ?

- Draga mea, doi nebuni bogați din Florența zic că mă iubesc. Închipuie-ți ce am primit de la Catello Gianfigliazzi, și frumoasa îi arătă darurile și biletul puse pe masă.

- Dar cum se poate ca și Averado Medici și Catello Gianfigliazzi să fie îndrăgostiți de tine?

- Emilia, eu nu sunt vinovată cu nimic, sunt o biată văduvă cu un copil mic și Benedetta izbucni în râs.

- Iar eu sunt sora ta, venită ca să te consolez cât mai grabnic după moartea lui messer Abatino. Atunci, cea care îi era rudă văduvei râse și ea. De aici o să iasă sânge, crede-mă, surioară, continuă Emilia. Trebuie să te descotorosești de amândoi. Sunt și căsătoriți, nu vrem să se abată blestemele femeilor lor asupra ta. Benedetta deveni serioasă o secundă, însă tonul vesel al discuției nu se schimbă.

- Ce-ar fi să ne jucăm o perioadă cu focul şi apoi să-i chem pe amândoi la masă ca din întâmplare? Cred că m-aş distra repede, cu toate că scurt. O să dau o masă cu mulţi invitaţi la care o să vină şi părinţii noştri. Le trebuie o lecţie la amândoi. Sunt nişte fustangii, după câte se aude, continuă femeia.

Toată discuţia dintre cele două era adevărată. Fără să ştie unul de celălalt, Medici şi Gianfigliazzi erau în acelaşi oraş, primul venit mai din timp, iar cel de-al doilea de abia sosit, însă amândoi puseseră ochii pe văduva Abatino care ieşea în fiecare zi să se plimbe pentru sănătate pe străzile Pisei. Biata femeie, veritabilă odraslă a vremii sale, începu să primească multe atenţii acasă, întâi de la Averado şi apoi de la cei doi florentini deodată. Mulţumea frumos întotdeauna, mânca dulciurile, dar nu se atingea de bijuterii. Ştia că avea să le dea înapoi curând. Cei doi continuau s-o asalteze pe frumoasa Benedetta, însă aceasta nu se hotărâse să facă vreun pas în favoarea vreunuia.

- Adevărul este, surioară, spunea ea, că nu-mi place niciunul ca să comit păcatul. Gianfigliazzi e aproape bătrân, iar Medici, e drept mai tânăr, are ceva drăcesc în ochi care mă înfioară. Iar tu trebuie să te căsătoreşti peste câteva luni şi familia trebuie să fie fără pată. Mă mir că în plimbările lor pe sub ferestrele mele nu s-au întâlnit. Va trebui să ascult de tata şi să mă mărit după ce se termină doliul acesta după bunul meu soţ, odihnească-se în pace.

Benedetta se înşela, cei doi bancheri se întâlniseră de multe ori pe strada cu pricina. Intraseră chiar la bănuieli fără să şi-o arate. Averado era nervos din cauza concitadinului său care pusese ochii, era evident, după atâtea întâlniri „întâmplatoare", pe aceleaşi ferestre care ascundeau aceeaşi femeie. Până la urmă şi Emilia îi zărise. Doamna se miră puţin, apoi hotărî să nu mai iasă la plimbare.

- Îmi ajunge grădina, surioară, până organizăm cina aceea pe care ei tot o aşteaptă, intimă şi în doi. Să se ducă la Florenţa şi să mă lase în pace. Să mă căsătorească tata, sunt cinstită, vezi şi tu. După tine, bineînţeles.

Catello fu nevoit să plece pentru scurt timp cu treburi la Florenţa, lăsându-i locul lui Averado. Femeile ferecaseră şi mai bine uşile dinspre stradă, casa părând pustie, doar după draperii, nevăzute, stăteau ochi ageri care-l priveau cum se plimbă în sus şi în jos şi cum cercetează casa. Reveni apoi şi Gianfigliazzi, fericit, şi îşi reluăplimbările. Cei doi rivali văzuseră trăsura familiei intrând în curte şi nu înţelegeau nimic, adică dacă doamna fusese sau nu acasă, dacă fuseseră sau nu păcăliţi.

Mare le fu mirarea celor doi când primiră invitaţii pentru o mare serată dată la finalul doliului pe care văduva îl afişase. Mirarea lor se îngemănase cu nemulţumirea atunci când, odată cu misivele, primiseră înapoi bijuteriile, ăsta fiind semn rău de refuz. Dar se hotărâseră să meargă să încerce să cucerească mintea femeii, dacă nu cu podoabe scumpe, atunci prin ei înşişi. Primiseră amândoi cea mai mare lecţie din viaţa lor de la frumoasa doamnă care strălucea de tinereţe în rochia ei deschisă la culoare. Se treziseră amândoi la masă, înţelegând astfel că Benedetta pricepuse totul şi că nu era cale de întoarcere. Înţeleseseră însă rivalitatea dintre ei care nu se oprea aici. Aşa că, atunci când ieşiseră de la văduvă, îşi promiseseră unul altuia un duel pe cinste, dar nu la Pisa, ci peste o săptămână în Florenţa, la ei acasă. Parcă înnebuniseră amândoi, însă nu au putut fi opriţi de nimeni pentru că nimeni nu le ştia planurile.

Aşteptaseră amândoi să treacă Anul Nou, familiile rămânând la fel de neştiutoare ca şi mai înainte. Însă, imediat cum a început 1279, îşi căutară martori în ascuns şi, într-o dimineaţă urâtă, luară hotărârea să se dueleze la capătul Florenţei. Fiecare veni cu un echipaj bogat, menit să fie invidiat de adversar. Începură să înjure şi să se încaiere, Gianfigliazzi strigându-i lui Medici că el i-a făcut cunostiinţă cu soţia lui după care acum nu mai tânjea. Martorii îi despărţiră ferm pe cei doi:

- Gata, domnilor, duelul va rezolva totul. Nu are rost să vă mai înjuraţi. Vă pierdeţi puterea de stăpânire. Cei doi se opriră şi ascultară de cei din preajma lor.

Sabiile luciră în razele palide ale soarelui de dimineaţă şi lupta începu. Catello, aşa cum era el ramolit de desfrâu, se ţinea bine pe picioare, fiind primul care îl împunse pe Averado. Acesta, urlând, se aruncă asupra rivalului său şi reuşi să-l înţepe şi el. Lupta dură până când înţepăturile se înmulţiră de ambele părţi, curajoşii luptând aproape în genunchi. Atunci când cei doi picară unul lângă altul, vii dar leşinaţi de la pierderea de sânge, martorii considerară că e destul.

- Cred că e de ajuns, spuse medicul, celor două părţi.

- Da, să-i transportăm la trăsură pe amândoi şi să-i ducem acasă. Tare se vor mai bucura nevestele, de abia trezite din pat, de imaginea soţilor lor.

Fură puşi în aceeaşi trăsură, după ce li se luară armele şi medicul îi cercetă cât de cât. Erau leşinaţi bine, aşa că nu aveau cum să se mai revolte.

- Au pierdut mult sânge, spuse medicul, pentru Medici nu mi-e teamă, e tânăr, dar pentru Gianfigliazzi nu mă pronunţ. Întotdeauna am urât duelurile pentru femei.

Panica puse stăpânire pe casele de abia trezite când dueliştii au fost căraţi înăuntru.

- Cu cine s-a duelat? întrebă fiecare dintre femei. Iar martorii provocau mirare când doamnele aflau cine era celălalt duelist.

- Pentru o femeie, cu siguranţă, spunea Blanca, iar medicul încuviinţă dând din cap.

- Pentru vreo doamnă sulemenită, zicea şi Isabella. Iar martorii, buni prieteni în viaţa de zi cu zi, dădeau a înţelege că da.

Nici un gând de milă faţă de Averado din partea soţiei acestuia. Medicul casei îi pansă rănile, iar servitorii se ocupară de rest. Copiii nu au înţeles nimic şi nici nu li s-a spus adevărul.

În casa Gianfigliazzi rănile lui Catello erau mult mai grave şi necesitau îngrijire. Putea muri, fiind mult mai bătrân, medicul martor nu răspundea cu speranţă la întrebările Blancăi. Cafaggio află însă despre ce este vorba şi se enervă. Plecă la birou trântind uşa, lăsându-si tatăl inconştient, o legumă. Catella fu trimisă la Constanza care o primi cu braţele deschise şi unde Lidia o vizita în fiecare zi.

Zvonul se răspândi în tot oraşul, dar nu afectă cu nimic mersul lucrurilor în afacerile lui Gianfigliazzi. Toţi se obişnuiseră cu Cafaggio şi cu Boniface. Averado se însănătoşi mai repede, putea să-i facă în ciudă astfel soţiei sale care îl vizită doar după ce se ridică din pat. Doar ochii Izabellei reproşau această situaţie, gura ei rămânea mută, spre enervarea soţului său. Catello, de partea cealaltă, salvat din ghearele morţii, era îngrijit cu devotament de Blanca, cea care crescuse din nou în ochii fiului său. Seara, ostenită, ieşea din casă doar până la Constanza unde îşi găsea fiica şi pe Philippe.

Bancherului îi trebuiră multe luni până să poată spune că totul e aproape în regulă. Însă, peste un an, în 1280, Catello putea umbla firesc pe picioarele sale, fără un slujitor de popă în urma sa.

În acel an, 1280, Cafaggio era un tânăr minunat de 18 ani, uns cu toate alifiile şi cu multe din greutăţile la care un om de vârsta lui nu ar fi trebuit să se gândească. Durerea lui cea mare era destrăbălarea făţişă a tatălui său. Ştia că bărbaţii Florenţei consideră normal să aibă distracţii şi în afara iatacului conjugal, dar să te baţi degeaba pentru o femeie din Pisa cu un prieten fusese prea mult, chiar şi pentru el. Afacerile le ţinea el din scurt, iar muşteriii deja tratau cu el nevoile cu care intrau în birourile afacerii Gianfigliazzi. Avea un alt secretar acum, Boniface era partener, nu mai era un novice de mult timp. Chiar dacă dobânzile casei erau mari, clientela era atrasă ca un magnet de casa cu leul cel frumos pictat deasupra uşilor. Cafaggio era mai blând decât tatăl său, chiar dacă la fel de ferm în decizii. Însă era frumos din cale afară, semăna mamei sale, era înalt şi bine făcut, contrastând puternic cu ceea ce devenise tatăl său, acum când împlinise 50 de ani, uimindu-i pe toţi pentru că încă mai trăieşte după aşa o viaţă. Afacerile chiar crescuseră în aceste timpuri, poate şi din cauza motivelor de mai sus, poate şi din cauza pieţei. Cine poate şti?

Când frumosul Gianfigliazzi împlini 20 de ani, în 1282, tihna vieţii lui se zdruncină, având vârsta potrivită pentru însurătoare. Era râvnit de toate mamele bogate pentru fiicele lor. Toate o curtau pe Blanca, iar aceasta le zâmbea mereu primindu-le în casă, dar spunându-le că decizia îi aparţine copilului ei. Nu se băga pentru că ştia că inima lui Cafaggio ascunde o taină pe care era încredinţată că o va afla în curând.

Blanca era fericită şi liniştită pentru că nu mai purta în mintea şi inima ei niciun secret, Catella avea să afle şi ea, dar ce fusese mai greu trecuse. Fata era uimită şi îngrozită de tatăl ei, evita pe cât posibil să-i iasă în cale, iar la masă era tare tăcută. Era frumoasă ca o cadră şi semăna foarte mult cu Philippe, cu adevăratul ei tată, însă acest amănunt nu îl ştia. O iubea mult pe Lidia, dar ca prietenă şi nici nu i-ar fi dat vreodată prin cap că ar fi surori. În tot acest timp, nimeni nu a scăpat nicio aluzie la acest fapt.

Cele două familii, Medici şi Gianfligliazzi, rămăseseră într-un fel de armistiţiu tacit şi oarecum impus pe parcusul întregului an, nicio ciocnire nu se mai ivi între cei doi bărbaţi. Catello, mai bătrân, văzuse moartea cu ochii, iar timpul cât a stat la pat l-a făcut mai înţelept. Nu am putea spune că s-a cuminţit, dar lăsase femeile pe planul secund.

În una din zilele de sfârşit de mai 1283 Cafaggio stătea alături de mama sa în grădină, era duminică astfel că nu avea afaceri de rezolvat. Tatăl lui se odihnea, iar sora lui citea singură în iatacul ei.

- Eşti trist, dragul meu, începu Blanca cu vocea ei blândă şi pătrunzătoare care era în stare să facă să vibreze orice suflet. Cafaggio îi sărută mâna încă frumoasă şi îi zâmbi, apoi îi răspunse:

- Tu întotdeauna citeşti în inima mea, mamă. Sunt trist pentru că toate visele şi iluziile mele s-au spulberat odată cu duelul dintre tata si messer Averado. O iubesc pe Francesca, însă nu văd cum m-aş putea apropia de ea, o simt pierdută pentru mine în viaţa aceasta şi mă pregătesc să sufăr văzând-o în curând cu altul.

- Sau poate că acesta este un motiv de împăcare între cele două familii, ai observat şi tu că Isabela ne salută la biserică. Dacă vrei, pot vorbi eu cu Averado, e tânăr şi va înţelege ce te doare. Nu i-ar displăcea un mariaj atât de înfloritor, crede-mă, spuse Blanca zâmbind. Femeia avea 38 de ani în acel an 1283 şi era frumoasă cum este un trandafir ce înfloreşte la sfârşitul toamnei.

- Poţi face tu asta, mamă? întrebă Cafaggio sărind de pe bancă.

- Da, fiule, tatăl tău nu ar face el primul pas niciodată. Aşteaptă, vei vedea mâine când îl voi vizita.

- N-am să pot închide un ochi, mamă, cum poţi tu să îmi dai speranţă cu câteva cuvinte şi să cred că mai pot avea o şansă?

- Linişteşte-te, ai să te lămureşti curând, după ploaie întotdeauna se arată curcubeul.

Blanca îi întinse mâinile fiului său care i le sărută cu ardoare. Era deja fericit. Cât de mult poate face o discuţie scurtă şi la locul ei. Într-adevăr, în următoarea zi, o zi de luni plină ca de fiecare dată după liniştea duminicii ce îi urma, Blanca porni spre casa familiei Medici. Îşi aduse aminte de Constanza care făcuse același lucru cu mulți ani în urmă și zâmbi, era rândul ei acum.

Averado fu destul de uimit s-o vadă, era una dintre puținele femei care-i inspirau respect. Bărbatul se dovedi înțelept și nu refuză propunerea făcută de Blanca, înțelese că ea își reprezenta fiul cum niciodată Catello nu ar face-o. Vorbiră astfel de la egal la egal ca și cum Blanca ar fi fost capul familiei și nicidecum soțul ei.

- O să transmit această dorință familiei mele diseară, doamnă, mărturisesc că nu-mi sună rău. Însă, dacă fiica mea va accepta, cred că mai întâi se cuvine să mă împac cu messer Gianfigliazzi cu adevărat, căci niciodată nu i-am purtat pică. El m-a căsătorit cu soția mea. Uneori bărbații se aprind cam tare după o fustă care se dovedește în final neinteresantă. Averado, un bărbat destul de direct, nu-i displăcu doamnei, care-i zâmbi.

- Așa este, ai perfectă dreptate. Mă întorc acasă să vedem ce face ursul în bârlogul său. Vei primi curând o invitație, vă veți împăca. Blanca se pregăti de plecare, Medici avea ochi de vrăjitor. Înțelegea acum de ce puține femei îi rezistaseră.

Îl găsi pe Catello în pat, lenevind. Îl surprinsese intrând atât de iute pe ușă, uitând să bată.

- Nu te deranjez prea multă vreme, soțul meu, spuse ea. Voi fi foarte directă. Vreau să-l inviți pe Averado Medici aici și să te împaci cu el. Cafaggio o iubește pe Francesca și o dorește de soție. Vin de la Medici, e de acord cu toate și așteaptă să primească biletul de la tine.

- Blanca, m-ai speriat, și ce-mi aud urechile?! Cam multe deodată.

- Totul pentru binele copilului nostru. Eu sunt cea care îți cer această împăcare, spuse Blanca puțin iritată.

- Dacă scriu acum biletul, mă lași să mă gândesc la ce mi-ai spus? De fapt, nu sunt împotrivă.

- Scrie-l atunci acum, spuse hotărâtă femeia.

Catello se supuse soției sale zâmbind. Apucă cu o mână destul de fermă pana și începu să scrie invitația. Nu se uscă bine că Blanca o avea deja în mâinile sale și era ieșită din camera lui Catello. Îi dădu la fel de repede vestea lui Boniface pentru a-i fi transmisă lui Cafaggio și la fel de iute găsi un servitor care să plece la Averado.

Medici veni cu soția sa într-o seară din acea săptămână la cină. Nu mai avea niciun resentiment față de omul mai în vârstă din fața lui. De altfel, o uitase de mult pe doamna cea isteață din Pisa, pe care o lăudase mult Isabella, râzând de soțul ei, astfel că se împăcaseră din toată inima aducând cu ei și consimțământul fetei la dorința lui Cafaggio, acesta fiind nespus de bucuros la aflarea veștii.

160

- Atât am de adăugat la binecuvântarea mea, spuse Averado pe un ton serios. Puteţi să vă logodiţi, dacă vreţi, dar căsătoria trebuie lăsată pe mai târziu. Poate peste doi ani.

- Nu e nicio problemă din partea mea dacă o am pe Francesca promisă. E încă foarte tânără şi înţeleg. Tânărul spuse aceste vorbe uitându-se cu subînţeles la mama lui care îl pricepu imediat. Învăţa din greşelile tatălui său şi bine făcea. Seara fu minunată, mai ales că acum Cafaggio visa să-şi viziteze logodnica şi să-i aducă darurile normale în această situaţie. După ce musafirii plecară, Cafaggio urcă la mama lui şi-i sărută mâinile fericit.

- Mamă, sunt aşa de bucuros, m-am gândit şi o sa fac şi eu ceva pentru tine.

- Ce, fiule? sper că nu vreo copilărie. Lasă timpul să lucreze, îi răspunse blând Blanca.

- Nu e nicio copilărie. Nu mai sunt un băieţandru de mult, îi spuse Cafaggio râzând. Lasă-mă să fac cum vreau eu, fără să-ţi spun nimic.

- Bine, fiule, nu insist să-mi spui, am încredere deplină în tine, nu te necăji. Fă ce ai în minte şi inimă. Catella, ce faci ? nu poţi să dormi, fiica mea? Fata intră uimindu-i pe cei doi aflaţi în cameră.

- Vreau să dorm cu tine, am visat urât. Mă laşi?

- Sigur că te las, dacă ne lasă şi Cafaggio să ne culcăm, spuse mama fericită cu ambii copii lângă ea.

- Plec acum, nu mai zăbovesc niciun moment şi tânarul, salutându-le cu un sărut, ieşi din cameră. Peste puţin timp Catella adormea în braţele mamei sale sub privirile blânde ale acesteia.

Cafaggio închise cu grijă uşa de la iatacul mamei sale şi traversă zâmbind coridorul către camera tatălui său. Acesta fu surprins să-l vadă pe fiul său la el. Erau rare momentele când se aflau aici amândoi.

- Fiule, ce faci? întrebă el făcând ochii mari.

- Vin de la mama, Catella doarme cu ea, a visat urât, dar nu despre asta vreau să vorbesc cu tine, spuse băiatul.

- Bănuiesc că eşti mulţumit de afacere, vorbi Catello.

- Da, sunt mulţumit de eforturile mamei mele care s-a dus şi a vorbit cu Medici, dar nici acesta nu este motivul vizitei mele.

- Atunci? întrebă mirat bancherul.

- Vreau să-ţi cer un lucru foarte important, dar nu pentru mine, pentru mama. vreau să te separi de ea, să-şi trăiască restul vieţii alături de cel la care ţine. Nu fi uimit. Ştiu totul de foarte multă vreme, dar nu am considerat până acum că era momentul potrivit să vorbesc. Vreau să te retragi în vila care este liberă. Vei avea bani şi toate femeile din lume, dar nu pe mama. A suferit mult, a îndurat şi aşteptat atât de mult.

- Vrei să mă duc la Papă ca să mă separe de soţia mea?

- Da, chiar te rog s-o faci cât mai grabnic, spuse Cafaggio. Afacerea merge bine şi lumea mă cunoaşte ca pe un om serios, ştii bine. Trăieşte-ţi bătrâneţile împăcându-te cu tine. Noua casă e mai mică, dar frumoasă şi intimă.

- Sunt uimit cum nu am bănuit că ştii atâtea, spuse tatăl.

- Ai fost mereu prea ocupat ca să vezi, tată. Aş vrea să vezi mai multe şi să nu mai fii atât de ocupat cu lucruri mici.

- Cred că nu vreau să fac asta, spuse Catello.

- Sora mea are tot dreptul să ştie nişte lucruri, nu crezi?

- Hm, îţi promit că mă voi gândi.

- S-o faci repede, tată, mama şi sora mea nu ştiu nimic despre vizita mea la tine. Să nu o superi pe tema aceasta, căci nu are rost. Eu voi fi cel care te va presa până vei ceda, să ştii.

- Îmi închipui că aşa vei face. Îţi voi da un răspuns cât de repede pot. Nu m-am gândit niciodată să mă mut de aici.

- Nimeni nu ţi-o cere peste o săptămână. M-am gândit să se întâmple atunci când va veni Francesca Medici.

- Ei, deci am îmbătrânit cu adevărat şi trebuie să mă dau la o parte din calea tinerilor. Să las toate afacerile pe mâna ta dibace, iar eu să mă bucur de viaţa rămasă. Asta vrei, fiule?

- Cam asta vreau, tată, spuse Cafaggio repede. Plec acum. Niciun cuvânt mamei sau Catellei. Te rog să nu o faci.

- Buzele mele sunt pecetluite, Cafaggio, spuse tatăl, băgându-se în pat. Îţi urez noapte bună.

- Şi eu ţie, tată. Până la căsătoria mea mama va locui în noua vilă cu Catella. De aceea nu poţi tu să pleci acum. M-am gândit la toate, vezi bine.

Tânărul ieşi nemaiaşteptând vreun răspuns de la tatăl său. Merse la el şi, după ce reflectă la toate întâmplările din ziua şi seara aceea, căzu într-un somn adânc pe care îl au doar tinerii de vârsta lui şi care piere odată cu anii.

Catello consimţi să se separe de soţia sa şi înaintă o cerere către episcopul de Fiesole, care rămase surprins, dar nu se opuse. Gianfigliazzi erau cei mai buni bancheri, nu dorea să-i supere. Aşa că făcu toate demersurile ca Papa de la Roma, Martin al IV-lea, să semneze iute hârtiile de care Blanca află în ultimul moment.

- De ce eşti uimită că-ţi dau drumul? o întrebă Catello.

- Nu mă aşteptam deloc, spuse ea. Cum altfel?

- Să-i mulţumeşti fiului tău. Printr-o simplă semnătură vei fi liberă şi te vei muta în casă nouă cu fiica ta. Cafaggio vrea să-şi aranjeze cuibul pentru Francesca. Sunt fericiţi, după cât se vede, şi dornici în toate. Mai au de aşteptat puţin, dar e mai dulce aşa.

- Se încheie o lungă pagină din viaţa mea, răspunse Blanca pentru sine. Sper să fiu tratată cu respect de acum încolo.

- O să fii, eu şi fiul tău ne vom ocupa de asta. Te-am iubit mult, dar ai fost atât de tânără pentru mine. Aş vrea să vezi că m-am schimbat. Vrea ca faptele mele vreau să vorbească, Blanca.

- Vorbesc deja, Catello.

Astfel divorţul, ceva rarisim în acea perioadă, se pronunţă în iulie 1283. Blanca se mută cu fata sa în vila de pe râul Arno. O privelişte minunată îi răsărea în fiecare dimineaţă dinainte când trăgea draperiile. Lumea nu comentă prea mult. Gianfigliazzi era o putere în Florenţa. Mulţumită fu biserica care primi daruri multe pentru aşteptata dezlegare a legămintelor cununiei.

Şi cu adevărat Catello se schimbă în bine. Poate şi datorită vârstei, poate şi datorită învăţămintelor trase din toată viaţa lui. Averado Medici se distră copios când află noutatea, dar ţinu s-o facă discret, singur şi nevăzut de nimeni.

Philippe îşi frângea mâinile de bucurie. Avea să aştepte până să o ceară pe Blanca, dar nu mai exista nimic în calea lor. Se întâlneau, din discreţie, tot la Constanza. Nu-şi permitea să viziteze o femeie singură de-abia separată de soţ la ea acasă. Răbdarea fusese atuul lui, iar pe Cafaggio îl iubea ca pe un fiu, acum mai mult ca oricând.

CAPITOLUL 12

- Mamă, spuse Catella într-o zi. Îmi place aici unde m-am mutat, însă mi-ar plăcea, acum când trăim singure, să ştiu de ce te-ai despărţit de tata. E un lucru nemaiîntâlnit în Florenţa.

- Scumpa mea, ştii cât de mult te iubesc. Mă temeam că acest moment, această discuţie, va veni prea curând. Nu este una simplă, mai continuă Blanca.

- Îmi închipui că nu este simplă, chiar dacă familia ta s-a bucurat din toată inima, lăsând ruşinea la o parte. O fi din cauza disputelor dintre fraţii aceluiaşi partid, nu ştiu, asta poate fi toată problema, mai spuse copila.

- Eşti o fetiţă inteligentă, la vârsta ta eu eram deja măritată şi cununată forţat, dacă poţi pricepe. M-am trezit apoi departe de casă timp de şase ani, nu mi-a fost uşor cum nici acum nu-mi este. Divorţul de tatăl tău a fost ca o restituire pe care a făcut-o pentru mine. Când aveam vârsta pe care o ai tu, cineva mă iubea foarte mult şi era guelf alb ca şi noi. Gianfigliazzi a bravat ameţindu-mă şi arătând tuturor slăbiciunea tatălui meu în faţa lui, un guelf negru. Ne-am căsătorit şi am plecat apoi în Franţa unde s-a născut fratele tău, ştii asta. Îmi place că ne vizitează în fiecare seară. În ultima vreme am avut mult de lucru ca să putem ascunde de tine caracterul şi comportamentul tatălui tău, nu ştiu dacă am reuşit pe deplin.

- Ştiu ce vrei să spui, mamă, dar nu este singurul bărbat care face ce face el şi totuşi nevasta nu pleacă de acasă.

- Draga mea, tot într-o casă Gianfigliazzi suntem, nu am plecat nicăieri, apoi nu este numai faptul că îşi găseşte alinare în altă parte, mai este încă ceva, draga mea. Vino te rog aici, trebuie să am curaj şi forţă să-ţi spun şi sincer nu prea le am. Uite-l pe Cafaggio, a venit ca întotdeauna. Apropie-te, fiule, sora ta vrea să afle totul.

- Totul? întrebă Cafaggio sărutându-şi mama şi sora. Nu e mare lucru de aflat şi o să vorbesc eu dacă vrei, mamă. Catella, scumpa mea soră, e o poveste cu multă durere şi jurăminte, dar voi trece peste ele. Tu eşti fiica celui ce a iubit-o pe mama când avea 14 ani, cât ai tu acum. Tata ştie acest lucru, te-a recunoscut şi a jurat să nu spună nimic, a jurat unei muribunde căreia i-a scris şi o scrisoare, dacă îmi aduc eu bine aminte. Ambii taţi te iubesc foarte mult şi ar trebui să-ţi dai seama cine este cel adevărat.

- Nu-mi dau seama şi cred că este prea mult pentru mine, spuse Catella.

- Iubeşte-ţi mama, sora mea, eu ştiu acest secret de multă vreme şi nu am încetat să o cred o sfântă. Aşa a fost voia Celui de sus căruia nu I te poţi împotrivi, a dorit să repare lucrurile înfăptuite acum 25 de ani, nu e nimic rău şi te rog să accepţi.

- Mamă, fratele meu se îndoieşte de iubirea mea către tine! Tu te îndoieşti?

- Nu mă îndoiesc, fata mea, îi răspunse Blanca cu ochii în lacrimi, am suferit mult şi caut limanul păcii şi al liniştii.

- Cine este tatăl meu? îl întrebă Catella pe Cafaggio, tu ştii deja de multă vreme.

- Este un guelf alb, aşa cum ar fi trebuit să fie, este Philippe Cerchi, iar sora ta este Lidia. Mama ei, precum ştii, a murit la un an după ce a născut-o. Beatrice i-a spus tatălui nostru, adică acum doar al meu, că Blanca ar fi o mamă bună şi pentru Lidia. A avut o discuţie cu tata, iar acesta a acceptat tot ce i-a cerut aceasta, a fost ultima ei dorinţă pe care Catello Gianfigliazzi a respectat-o, după cum vezi, doar ca divorţul acesta să fie o ruptură naturală. Tata se dovedeşte a fi un stejar încă tânăr.

- Biata doamnă Beatrice, ce inimă a avut! A ştiut de copilul mamei cu soţul ei, spuse încet Catella.

- Da, întotdeauna, răspunse Cafaggio, nimeni nu a fost minţit, de aceea nici ruşinea nu e mare, de fapt nici nu există. Tatăl tău îţi va da scrisoarea tatălui meu şi atunci vei înţelege. Peste un an sau doi mama se va căsători cu tatăl tău, iar eu cu draga mea Francesca. Tatăl tău, în faţa lumii, va veni mereu să te vadă, să nu te îndoieşti de asta. Acum Dumnezeu a făcut dreptate şi nu trebuie să stârneşti mânia providenţei, Catella.

- Nu o voi stârni, Lidia e sora mea şi ea nu ştie. Cerchi e tatăl meu şi nu ştie că ştiu. De aceea venea mereu la doamna Constanza, spuse Catella.

- Da, aşa este, cu toţii sunt prieteni vechi şi au ştiut să ţină secretul, dar nu uita de mama ta, de altfel şi mama mea, spuse Cafaggio. Am să mă gândesc la o întâlnire aici, dar întâi voi avea o discuţie cu Cerchi şi cu Lidia. Vreau să vină cu toţii, vrei, draga mea Catella?

- Din toată inima şi cât mai repede. Acum sunt liniştită, fratele meu drag, mai spuse fata îmbrăţişându-şi mama cu drag, iar pe tine te iubesc mai mult decât până acum, ai suferit atât de mult, draga mea mamă, meriţi să fii fericită cât mai ai timp.

- Am îmbătrânit, copii, cum o să mă mai mărit cu Philippe la vârsta mea?

- Uite-aşa, într-o atmosferă foarte restrânsă, într-o bisericuţă din Fiesole. Vom fi doar noi, mai spuse Cafaggio. Dar lăsaţi asta în seama mea, am vorbit destul şi mă bucur de rezultatul discuţiei.

Oraşul la vremea aceea se chinuia să fie paşnic. Dacă aceste familii îşi aranjaseră cât de cât treburile, guelfii de cele două culori nu uitaseră de ghibelini şi doreau să le dea încă o lecţie, oribilă de această dată şi bineînţeles cu acordul Papei, patronul lor. Oamenilor le place întotdeauna să se bucure de nefericirea altora. Florentinii puteau fi orice dar adorau să nu cruţe nimic, iar când li se puse în minte să-l facă de ruşine pe celălalt partid, găsiră un mod care în orice vreme ar părea odios. Se vede treaba că nu uitaseră niciodată bătălia pierdută din acel 1260, Montaperti încă răsuna în urechile lor guelfe pline de ură împotriva ghibelinilor.

Doriră după atâţia ani să pedepsească şi o făcură cu acordul bunului şi presfântului lor lider: Papa. Unul din liderii de la 1260 ai partidului ghibelin, florentin prin sângele ce-i cursese prin vene, fusese Farinata degli Uberti. Acesta fusese un lider moderat al celor care au învins atunci, punând Florenţa înaintea tuturor răzbunărilor nelegiuite ale camarazilor săi. Acesta avu norocul să moară înainte de 1266 când puterea reveni partidului guelf, astfel că în 1264 el şi soţia lui îşi dormeau somnul de veci în oraşul de pe Arno. Totuşi, în 1283, cei doi avuseseră parte de o tulburare a viselor lor. Papa hotărî să dea o lecţie tuturor celor care nu credeau în viaţa veşnică de apoi, astfel că liderii guelfi avură ideea hidoasă şi bizară să ia de exemplu cele două schelete Uberti. Se făcu astfel o ceremonie fastuoasă în care cele două trupuri au fost scoase din cavourile familiei Uberti. Guelfii le scuipară, îşi bătură joc de ele, le rupseră râzând, se îmbătaseră apoi şi făcuseră tot felul de măscări cu ele. Centrul oraşului vuia de lume care se distra cu noile jucării. Papa hotărâse ca după acest eveniment macabru şi lipsit de pietate şi de sens, cei doi să fie arşi postum ca eretici ştiindu-se că fostul conducător nu credea în vreo urmare după ce sufletul îi părăsea trupul. Prostimea gustă din plin această lecţie, iar ura îşi ridica mai mult aripile peste oamenii Florenţei.

Au fost şi mulţi care nu au ieşit din case, dar aceştia erau puţini, mai ales femei. Fiind o zi liberă aleasă pentru acest eveniment, lumea ieşise ca pentru un carnaval, iar lecţia astfel servită fu învăţată pe de rost şi de unii şi de alţii. Printre cei aflaţi în piaţă se aflau într-o parte, urmărind discret procesiunea, Cafaggio Gianfigliazzi şi Philippe Cerchi care era un ultramoderat şi invizibil guelf alb, el nu făcea parte din latura ascuţită şi provocatoare a familiei lui, de aceea era plăcut şi în unele cercuri negre.

- Ce inutilitate, spuse profund îngrozit Cafaggio. În faţă este viitorul meu socru, Averado. Bine că nu m-a zărit, ar fi trebuit să merg până la el. Chiar nu ştiu ce mai caută la nişte morţi de acum 20 de ani! Câtă bucurie pe chipul lui!

- Asta ar putea duce la un război, fiule, îi răspunse Philippe. Şi nu sunt vorbe goale, ghibelinii nu vor uita acest duel între vii şi morţi în care numai egalitate nu este. Încă se ţine bine partidul nostru guelf, dar ura se va înteţi cu siguranţă după această zi.

- Şi eu cred că lucrurile se vor schimba după maimuţăreala aceasta. Ce urât miroase! Să plecăm, nu vreau să fiu zărit şi am şi ceva de vorbit cu tine. Mirosul de oase arse îmi face rău, zise Cafaggio. Ce noroc are Medici că-i iubesc fata şi ce bine că tata nu e aici!

Cei doi plecară la fel de discret precum asistaseră la acţiunea mizerabilă din piaţă, îşi luară ca loc de plimbare şi discuţie râul Arno unde era linişte, căci gloata era prinsă cu cei doi nefericiţi pe care Cafaggio şi Philippe îi compătimeau din tot sufletul. Se aşezară amândoi pe doi bolovani de lângă apă, căci aerul era răcoros lângă râu şi mai ales respirabil.

- Catella ştie că eşti tatăl ei iar Lidia sora ei, spuse direct Cafaggio, a trebuit să-i spunem de ce a fost atât de bruscă separarea dintre mama şi tata şi cu toate acestea locuiesc într-o casă a familiei Gianfigliazzi. Se pare că fata a înţeles, Catella e foarte inteligentă şi o iubeşte pe sora ei foarte mult. Acum înţelege afinitatea pe care o simţea şi pe care nu o înţelegea deloc. Vreau să organizăm o reuniune în casa mamei în care să fie prezenţi toţi cei care ştiu, adică tu, Gasparetto, tata şi faimoasa scrisoare. Philippe se ridicase agitat de pe piatră.

- Dacă ai şti de când aştept momentul acesta! Liniştea mi-ar reveni complet. M-ai făcut fericit, Cafaggio! De-abia aştept s-o iau acasă pe draga mea Blanca şi pe fiica mea care sper să mă accepte.

- La anul, acum trebuie lăsată gura lumii în pace, spuse tânărul. Dar tu ştii să aştepţi, mai este puţin. Vă puteţi căsători în Fiesole, într-un cadru foarte restrâns. Apoi, casa ar fi ocupată de tata, eu căsătorindu-mă cu Francesca, după cum ştii. Cu privire la Catella, nu avea nicio grijă. Tu ai doar îndatorirea s-o anunţi pe Lidia şi să vii la întâlnire. Cred că sâmbăta viitoare e numai bine. O să vorbesc şi cu messer Ugo şi cu soţia lui.

Lidia se bucură nespus când află noutăţile. Avea o soră şi curând o va avea pe blânda Blanca drept mamă. Citi cu nesaţ scrisoarea lui Catello Gianfigliazzi.

- Nu o să mai fiu singură, tată. Un an până la căsătorie nu e mult. Voi fi fericită. Întotdeauna am compătimit-o pe mama Catellei pentru soţul ei. Poate se linişteşte. Dar, precum ai spus, trebuie să păstrăm secretul. Încă o să ne întâlnim la doamna Constanza, însă tu, tată, poţi s-o peţeşti pe Blanca Simonetti. O să vă surprind privirile furişe.

Astfel că nu le rămăsese la toţi decât să aştepte sfârşitul următoarei săptămâni. Chiar şi bătrânul cămătar era nerăbdător şi curios peste măsură.

În seara cu pricina, chiar el îl luase deoparte pe Cerchi şi îi spuse la ureche:

- Te-am cam încurcat, dragule, dar până la urmă o vei avea pe Blanca. E bine şi mai târziu, continuă el râzând.

- Acum nu mai are importanţă timpul trecut, ci viitorul, îi raspunse Philippe. Nu ţi-am purtat niciodată pică. Uite ce fericite sunt fetele. Totdeauna s-au iubit, dar acum e o minune pentru ele.

În acea seară minunată se citi scrisoarea lui Catello către Beatrice Cerchi. Câtă emoţie!

- Mi-am amintit fiecare cuvânt, spuse bătrânul bancher. Parcă am scris-o ieri şi parcă Beatrice e în faţa mea.
Deşteaptă femeie. Păcat că a murit atât de tânără. Îmi place viitoarea mea casă de la anul. Se vede peste tot amprenta Blancăi. O să capeţi o comoară, Cerchi.

- Ştiu, dar doar la anul o s-o capăt şi am răbdare, spuse Philippe.

- Iar eu până la anul o să aranjez camera Catellei, chiar lângă a mea, spuse Lidia. Nu o să ne mai despărţim apoi.

- Cum, nu o să vă măritaţi? întrebă Gianfigliazzi cu ochii mari, râzând tare.

- Ba da, o să ne mărităm, dar şi atunci vom fi foarte unite, spuseră fetele, ţinându-se de mijloc şi zâmbind.

- Iar eu sper că o să-mi vizitez fata, mai zise Catello.

- Da, o vei vizita când vei dori, îi răspunse Cerchi bancherului. Nu am nimic împotrivă.

Astfel seara se termină în pace şi armonie, despărţindu-se cu toţii cordial şi fără nicio urmă de rele intenţii. Toată lumea plecă, iar Catella rămase în braţele mamei sale plângând, citind pentru a zecea oară vechea scrisoare, cu scrisul învechit al tatălui său, al cărui nume îl va purta până avea să se mărite. Avea însă doar 14 ani, putea să mai aştepte încă ceva timp. Blanca se simţi uşurată când totul luă sfârşit. Catello nu se îmbătase şi pentru asta îi mulţumi în gând multă vreme fostului ei soţ. Bârfele în Florenţa, dacă existau, erau puse bine în gânduri, închise cu lacăt. Casa îi plăcea, grădina era cam mică, dar o mulţumea. Era fericită că nimic nu mai era ascuns. Toţi cei ce trebuiau să ştie ştiau.

Şi mai trecu un an şi veni 1284, un an în care Secretarul Consiliului florentin îşi mărită fata, pe Bianca, fina familiei Gianfigliazzi. Soţul ales era nimeni altul decât Guido di Filippo de Castiglianchi, un tânăr cu multe calităţi şi foarte promiţător pentru viitor. Naşi le-au fost Catello si Blanca, uniţi în această mare responsabilitate pe care şi-au îndeplinit-o ireproşabil. Brunetto Latini mergea ţanţoş ca un cocoş printre invitaţi. Era bătrân, dar nu se lăsa deloc. Toţi copiii lui erau la casele lor, bine situaţi în Republică. Băieţii erau înfipţi în administraţie, unde ştiau să mânuiască legile spre interesul lor şi al prietenilor lor. Bianca făcuse şi ea un mariaj strălucit, minunat de aclamată fiind în drum spre biserică de mulțimea de gură cască pe care o întâlnești mereu la aceste evenimente. Slugi bine intenționate aruncaseră cu monezi spre prostimea orașului, care aclama în delir numele lui Latini. Îmbulzeala a făcut ca mulți să-și plece capul și să-și ridice fundul în sus pentru un florin. Cafaggio dansă cu logodnica lui, pe care o aștepta cu nerăbdare să devină a lui. Catello avu voie să se îmbete cu bunul lui Averado, uitând pesemne incidentul. Blanca dansă cu fostul soț, dar și cu viitorul, cu care deja stabilise o dată și un loc pentru ceremonia restrânsă și visată de multă vreme. O bisericuță discretă din Fiesole. Fără prea mulți martori sau cunoscuți. Doar rudele știau, dar respectaseră dorința mirilor de a nu avea invitați. Cele două surori doriră, totuși, să împodobească biserica pentru cei doi miri și îl rugau des pe Cafaggio să le însoțească. Preotul de la biserică, bătrân și cam într-o ureche, nu mai înțelegea cine se mărită și cine se însoară, dar ridica din umeri, el își primise în avans răsplata. Era o perioadă destul de liniștită în Florența, propice uniunilor legale.

Ziua hotărâtă veni într-o lună răcoroasă a anului: octombrie. Era foarte plăcut în oraș. Aerul respirabil, nu ploua, nici nu era prea cald. Drumul discret până la Fiesole a fost petrecut tot în triluri de păsări aflate pe câmp, cu priveliștea țăranilor la viile lor, cu un cer senin, perfect albastru. Fetele își luaseră în serios munca, iar surpriza fu de proporții când mirii intrară și se așezară în fața altarului. Blanca era atât de frumoasă în mirarea ei, iar Philippe mulțumea lui Dumnezeu că totuși într-un final Blanca Simonetti era a lui.

Casa fusese aranjată de multă vreme si își aștepta noile comori. Pe de altă parte, Catello își mutase lucrurile în vila unde locuise fosta lui soție. Era puțin melancolic, totul vorbea despre fosta lui doamnă, care își luase lucrurile, dar care totuși persista peste tot. Găsi în sertar o podoabă uitată și hotărî să nu o restituie. O puse în iatacul său la vedere: pe masă, lângă sfeșnic. Era singur cu gândurile sale. Își făgăduise că va fi mai cumpătat, însă nu un pustnic. Va avea amante, dar nicio petrecere în noua lui casă. Strica amintirea Blancăi. În camera ei porunci să nu intre nimeni, cu excepția unei servitoare bătrâne care avea să facă curat o dată pe săptămână și să ude florile pe care doamna nu le luase cu ea.

Cei doi miri ieșiră din biserică într-un soare cam neobișnuit.

- Blanca, zise Philippe, și Dumnezeu ne vrea și ne binecuvântează. Soarele e minunat.

- Iar eu sunt o altă femeie, spuse Blanca, și îmi este puțin teamă să nu mă trezesc din vis.

- Să nu-ți fie teamă de familia mea. Știi bine că eu niciodată nu am fost înfocat precum ruda mea Vieri di Cerchi, capul clanului în care ai intrat. Nu mă interesează deloc lupta lui cu Donati. Nu mă interesează nici împăratul, nici Papa. Astăzi mi-am împlinit visul şi îmi ajunge. Nu cer putere ci fericire, sănătate şi neutralitatea mea desăvârşită.

- Înţeleg, iubitule, oricum toată lumea mă cunoaşte, nu sunt o enigmă pentru nimeni, mai zise Blanca.

Abia acum observară că fetele aruncau cu flori în ei, râzând de cât de aiuriţi păreau. Drumul de întoarcere fu la fel de vesel însă diferit, acum mergeau la casa lui Philippe, de fapt o casă reamenajată cu totul, erau flori peste tot, iar camerele noilor locatare arătau minunat. Se schimbaseră ţesăturile, se puseseră picturi noi, iar focul îmbia la intimitate. Lucrurile Blancăi şi ale Catellei erau aşezate pentru a fi tot timpul la îndemână.

Se schimbară repede de haine căci aşteptau deja musafiri, erau rudele lui Philippe şi ale Blancăi. Noua doamnă Cerchi avea o oarecare reţinere faţă de neastâmpăratul Vieri Cerchi, capul întregii familii de guelfi şi cel care întărâta albii contra negrilor lui Donati. Acesta se dovedi foarte respectuos cu Blanca, avea nişte ochi iuţi care-i jucau în cap în toate direcţiile, privirii sale nu-i scăpa nimic, era iute ca o pisică, însă plăcut când îşi dorea acest lucru şi se întreţinu cordial cu Cafaggio. Când totul se termină, cei patru erau obosiţi de toate evenimentele zile.

- De acum aceasta este casa mea, zise Blanca, îmi place! E frumoasă, iar tu, Lidia, te-ai străduit mult pentru ca noi să ne simţim bine aici.

- Sunt fericită s-o am pe sora mea lângă mine, iar mama ei este şi a mea, spuse fata uşor îmbujorată.

- Mulţumesc, Lidia, acum am două fete, iar în curând Cafaggio se va căsători cu Francesca şi astfel viaţa va merge înainte, aşa cum spunea Beatrice în vechea ei scrisoare. Ea ne va veghea pe toţi de sus.

- A durat multă vreme până să fim uniţi, zise şi Philippe. Ai văzut, Blanca? Vieri nu e chiar cum se aude prin Florenţa, cel puţin cu familia lui. Eu sunt un discret membru al familiei care nu se amestecă în ciocnirile lui cu Donati.

- Am văzut, spuse soţia lui, dar totuşi nu-l vreau prea des pe aici, are o privire atât de pătrunzătoare. Mă bucur că a vorbit cu moderatul meu Cafaggio, dar cu cât îl voi vedea mai puţin cu atât mai bine.

- Stai liniştită, Blanca, nu va veni prea des, acum a făcut-o din curiozitate şi pentru a arăta că el este şeful familiei. Are o familie numeroasă, cu băieţi mari care se ocupă cu comerţul, iar soţia lui este o fire tare blândă şi retrasă, doar la biserică să o poţi zări, în rest slabe posibilităţi. Nu primesc prea des lume la ei, iar când o fac primesc guelfi albi înverşunaţi ca el iar nu ca mine moderaţi şi fără aspiraţii politice.

- Înţeleg, dragul meu, e mai bine aşa, îi răspunse Blanca.

După nunta mamei sale Cafaggio rămase singur în casa copilăriei sale, tatăl său se mutase şi venea doar dimineaţa la birou, iar restul timpului şi-l petrecea acasă în vila Blancăi. Casa fusese transformată acum pentru o nouă mireasă în anul 1285. Cafaggio o vizita destul de des pe Francesca, aşa cum cerea buna cuviinţă, iar ambele părţi erau mulţumite, aşteptau trecerea iernii pentru ca nunta să aibă loc. Zestrea Francescăi o aştepta pregătită pe frumoasa fată care zâmbea mereu sub privirile blânde ale tânărului Gianfigliazzi. Îl iubea, dar avea şi o oarecare teamă în suflet cu privire la viitorul său soţ, avea aproape 17 ani şi ştia că acesta trebuia să-i fie destinul.

Hotărâseră nunta pentru începutul lui martie, tinerii erau deja logodiţi de doi ani, astfel că nu aşteptau decât vremea călduţă. Înainte de nuntă, Cafaggio o mai întrebă o dată pe aleasa lui dacă îl doreşte cu adevărat pentru toată viaţa.

- Ştii, Francesca, sunt doi ani de când ne tot aşteptăm, eu sunt sigur de mine, tu eşti?

- Da, Cafaggio, sunt! Şi eu m-am gândit la acest lucru, nu fac o alegere proastă, aleg din inimă şi nu pentru bani.

- Mulţumesc, iubita mea, îmi doream să aud aceste lucruri din gura ta.

- O să fie tare mulţi invitaţi, Cafaggio, încât o să-mi vină să fug de la petrecere, zise fata râzând.

- Şi mie mi-ar fi plăcut o nuntă cum a avut mama mea de curând, însă nu se poate, îi răspunse Cafaggio uitându-se în ochii albaştri ai logodnicei sale.

Avură parte de o nuntă ca în poveşti, pe măsura prosperităţii şi sonorităţii numelor celor două familii.

Florenţa aruncă cu flori peste miri la ieşirea din biserică. Tinerii nu aveau nimic de ascuns, aşa că bucuria lor fu din tot sufletul. Serbarea dură până târziu, când cocoşii oraşului dădură startul unei noi zile. Până şi Catello îşi uitase amarul din suflet, amar pricinuit de moartea binefăcătorului său, regele Carol de Anjou. Acesta murise imediat cum începuse anul, pricinuindu-i bancherului amintiri din tinereţe, dar şi amintiri despre bani împrumutaţi lui Anjou. Latini fu mereu alături de el, consolându-l. Catello are acum 55 de ani, iar prietenul său cu 10 mai mult, prilej de retrospecţie.

Despre această nuntă se povesti multă vreme, bogăţia fiind afişată peste tot. Francesca aştepta un copil, iar tatăl ei dori să vestească această bucurie întregii obşti.

Blanca o plăcea mult pe nora ei şi o întreba mereu dacă are nevoie de ceva, sau dacă se simte bine. Fu prima care observă o anumită tristeţe în ochii aceia nespus de albaştri.

- Tu ai ceva, fata mea, şi nu spui, o luă la întrebări Blanca.

- Am într-adevăr ceva şi ai observat bine, îi răspunse Francesca. Ieri seară am chemat medicul. L-am păcălit pe Cafaggio pentru prima dată spunându-i că sunt fericită și sănătoasă. Era prea frumos ca totul să-mi cadă la picioare. Mă stăpânesc cu greu.

- Dar ce ai, pentru Dumnezeu ? întrebă Blanca îngrijorată.

- Mă scurg și odată cu mine și copilul. Uită-te, sângerez și nu se poate face nimic. Sunt palidă, iar medicul e neputincios. Stau mai mult în pat sau așezată, dar degeaba. Îmi iau medicamentele, prima dată parcă e mai bine, dar apoi sângele se răzbună.

- Francesca, ce spui? Nu vrei să-l superi pe Cafaggio?! Este soțul tău de câteva luni. Trebuie să știe despre tine.

- O să mai fie pentru câteva zile. Te rog, lasă-l să viseze, are timp pentru lacrimi, zise tânăra.

- O să mă pot răbda să nu-i spun?

- Da, pentru că te rog eu. Acasă Blanca îi spuse lui Philippe:

- Deci ne pregătim pentru înmormântare în viață fiind, oricând putem fi anunțați că a murit în somn în camera ei. E cumplit și nu mă pot împotrivi sorții, fiul meu e atât de fericit acum.

Nu se poate descrie scena când Cafaggio intră într-o dimineață în camera soției sale, după ce strigase de câteva ori și neprimind nici un răspuns. Soția lui avea gura ușor întredeschisă și o iconiță în mâini. Ochii larg deschiși priveau morți către fereastră, spunând zărilor o ultimă rugăciune. Patul era plin de sânge, iar tânărului îi fu ușor să înțeleagă. Strigă după ajutor, după medic, după rude. Cu toții veniră în goană. Soțul își lua rămas bun atât de iute de la soția și copilul lui! Era de neconsolat. Ordonă ca patul și toate așternuturile să fie arse în curte. Văzu cum roșeața sângelui e cuprinsă de flăcări.

- Francesca, unde ești? striga el, plângând. Boniface îl ținea strâns de umeri să nu facă vreo prostie.

Astfel, Catello își relua munca la bancă. Cafaggio nu era în stare, iar el își pierdea mințile în vila Blancăi. Acesta fu un veritabil moment de trezire al bancherului. Bătrânul înviase și pentru el și pentru familia sa. Blanca veni să-i mulțumească într-o dimineață, când dori să-l vadă pe Cafaggio.

- Am venit întâi la tine și mă bucură ce văd. Urc la fiul meu, dacă nu te superi.

Catello nu zise nimic, dădu din cap că a înțeles și îi descuie ușa ce separa afacerile de casa familiei. Cafaggio era în camera soției sale, acum goală. Doar două fotolii și o masă erau înăuntru.

- Sunt bine, mamă, spuse acesta. Când am dat foc lucrurilor soției mele m-am purificat. De mâine merg jos la tata și o să lucrez cu el. De mult visez la asta, Francesca a avut destinul ei, diferit, precum se vede, de al meu. Nici nu putea avea copii. Medicul mi-a explicat totul, a murit fericită, însă singură.

- Îți trebuie o soție, fiule, îi răspunse direct Blanca.

- Ştiu asta, dar nu acum. O să respect doliul pentru iubita mea. O să uit. Îmi este bine. Mulţumesc, mamă. Ai văzut că tata s-a schimbat?

- Da, sunt mulţumită, nenorocirile uneori trezesc spiritul adormit, zise Blanca.

- Du-te, mamă, vreau să fiu singur acum. Treci pe la tata şi spune-i că mâine vin la birou.

Catello, când auzi, se bucură nespus.

- E mai bine să aibă o ocupaţie. De abia aştept să lucrăm iarăşi împreună.

Blanca încuviinţă şi îi întinse mâna fostului său soţ. Acesta i-o strânse uşor, apoi îi dădu drumul precum unei flori. Doamna ieşi, mergea către casă. Era iulie şi era destul de cald. Catello rămase gândindu-se la ideea Blancăi, adică o nouă soţie pentru Cafaggio la anul şi la faptul că tânărul nu se opusese ideii de a avea o familie cu copii. Îi veni în minte prietenul său din copilărie: di Morando, acesta avea o fată care rămăsese văduvă în urma unui duel al smintitului ei soţ şi care acum dorea să se retragă la mânăstire. Se gândi la o vizită la acesta cât de curând, ştia că fata avea un copil de la fostul soţ şi avere destulă, dar asta nu conta prea mult.

Se aranjă într-o oglindă şi ieşi afară, îşi aminti fiecare stradă pe unde se jucase cu vechiul său prieten. Când bătu la poartă şi i se deschise, stârni uimire când îşi pronunţă numele. Intrând, dădu prima dată de un băieţel de vreo cinci anişori, care îi spuse imediat că e plicitisit şi că ar vrea să se joace cu el.

- Alfonso, fiule, unde eşti? întrebă o femeie intrând. Aici eşti, ştrengarule, şi nu eşti singur. Îl aşteptaţi pe tata? întrebă ea. „Deci tu eşti! Nu eşti urâtă deloc!" îşi zise Catello.

- Da, îl aştept pe tatăl tău.

- Vine chiar acum, permiteţi-mi să mă retrag cu fiul meu, nu v-ar lăsa în pace o clipă.

- Uite-l pe cel care a uitat de copilăria noastră, strigă di Morando intrând pe uşă. Poţi pleca, Aldobrandesca. Femeia cea frumoasă ieşi luându-şi băieţelul de o mânuţă. După ce aceasta închise uşa, di Morando începu să-l năucească la cap pe Gianfigliazzi.

- Nu ne-am mai văzut de mult, ce te aduce pe la mine? Mă uimeşte vizita ta şi-mi provoacă atâta bucurie.

- Necazurile, vechi prieten, necazurile... Am să-ţi vorbesc deschis. Fiul meu e văduv, fiica ta e văduvă, ne cunoaştem, să-i căsătorim la anul!

- Mă surprinzi... dar nu-mi displace ideea, doar că fata e încăpăţânată, vrea la mânăstire, uită chiar că Alfonso o adoră, zise stăpânul casei.

- Poate dacă vorbeşti cu ea va uita de mânăstire, zise Catello. Fiul meu nu ştie că sunt aici, dacă tu îmi promiţi că vorbeşti, voi vorbi şi eu şi vom stabili o dată să ne întâlnim şi să vedem ce rezultate avem fiecare. Viaţa trece şi nu-mi pot lăsa fiul aşa.

- Gândeşti bine, Catello, uite, ne întâlnim mâine după masă la taverna „Cornul cu două stele". Vorbesc şi eu, vorbeşti şi tu...

- Atunci aşa să fie, nu mai stau, fug acasă să-i vorbesc lui Cafaggio.

- Şi eu merg să-i vorbesc încăpăţânatei mele, ai văzut că e frumoasă?

- Am văzut, dar şi copilaşul e frumos, spuse bancherul ridicându-se.

Cele două părţi ale afacerii îşi făcură treaba în acea zi, Cafaggio fu uimit de grija părinţilor săi şi nu spuse nu unei întâlniri tainice în casa lui di Morando. Cu văduva fu puţin mai greu, dar după ce trecu de toate mofturile pe care o femeie nu le scapă a le face uită de mânăstire şi acceptă întâlnirea din acea duminică. Tatăl său îi spusese că la anul ce urma s-ar putea face nunta, căci Cafaggio era încă în doliu după soţia sa şi copilul său nenăscut. A doua zi cei doi complici avură ce-şi spune în cadrul întâlnirii deja aranjate.

- Poate iese ceva din asta, spuse Catello, contează mult prima impresie.

- Se va dichisi fiica mea, nu-ţi fă griji, a uitat de mânăstire, iar azi nu mai era îmbrăcată în negru. E lucru mare!

Cei doi văduvi se văzură aşadar şi se plăcură mai mult decât se aşteptaseră cei doi taţi care-i peţiseră. În cursul acelui an ştiură să-şi fixeze întâlniri numai de ei ştiute, pe lângă cele oficiale în casa ei. Nici Catella şi nici Lidia nu stătuseră cu braţele în sân, se logodiseră şi ele, căci erau destul de mari şi îşi găsiseră bărbaţi aşa cum îşi doriseră ele, cu casele una lângă alta, pentru a fi mereu împreună. Această coincidenţă stârni hazul Blancăi şi al soţului ei.

În anul ce urmă, în 1286, se făcură trei nunţi, una în octombrie pentru Cafaggio cu fata lui di Morando care se dovedi una norocoasă, căci Aldobadesca îi dărui trei copii, apoi alte două nunţi în decembrie, amândouă în acelaşi timp şi la aceeaşi biserică. Ştiţi voi ale cui: ale celor două surori fericite şi norocoase. În sfârşit copiii erau la casele lor, iar părinţii puteau răsufla liniştiţi. Casa Blancăi fu mai tristă şi mai liniştită, fetele nu mai pufneau în râs te miri prin ce colţ, dar veneau totuşi destul de des în vizită, iar când apărură copiii totul reînvie la viaţă. Trăiau o lume a lor, departe de împunsăturile dintre guelfii negri şi albi şi dintre aceştia şi ghibelini.

CAPITOLUL 13

După 1286, chiar începând cu următorul an, planurile ghibeline de a prelua puterea în Florența sunt repuse în mișcare. Era prea mare disprețul dintre cele două fronturi guelfe ca să nu fie speculat de către partidul advers. Se făceau planuri încete, se întindeau ițe nevăzute și toate sub nasul celor care dețineau puterea. Aceștia erau prea ocupați să se șicaneze între ei, nu că uitaseră de ghibelini, pur și simplu îi lăsaseră oarecum pe planul doi. Așa că ghibelinilor li se oferi oportunitatea să preia puterea, strângând în următorii doi ani o armată și organizându-se destul de bine.

Așa că, în anul domnului 1289, acest partid a considerat că venise momentul îngenuncherii Florenței. Se îmbărbătară, își aduseră aminte de 1260 și spuseră că Arezzo ghibelin poate să facă ce a făcut Sienna în 1260.

Bătălia decisivă se dădu la 11 iunie 1289 la Campaldino. Era lupta dintre două orașe, dintre două puteri, dintre două partide. Nicio familie nu mai plecă din Florența. Se schimbase mentalitatea. Rămâneau să-și apere Republica, indiferent de crezul guelf pe care îl susțineau. Vieri Cerchi și acoliții săi lăsaseră ura la o parte pentru sfârșitul luptei. Donati, de asemenea, era din cale afară de amabil cu cei pe care îi ura. Îi unise Campaldino. Lăsaseră totul pe mai târziu.

Soția lui Cafaggio născu în această perioadă tulbure, femeile rămase acasă știind să se adune și să facă față fricii. Philippe participă și el la luptă, așa moderat cum era el, încât Vieri fu mulțumit întru totul de el. Știa că nu o să-l mai scoată nimeni din bârlogul lui după aceea, astfel că se bucură să vadă că știe bine să mânuie armele de război.

Bătălia fu câștigată de guelfi, ghibelinii fiind din nou alungați din Florența și trecuți pe listele de represalii pentru cutezanța lor. Nu mai îndrăzneau să ridice fruntea. Guelfii sunt stăpânii Orașului-Republică.

Această bătălie nu ar fi putut fi câștigată dacă nu ar fi fost condusă de doi mari comandanți de arme, doi francezi, rămași în Florența după ce fuseseră aduși aici de răposatul Carol de Anjou. Aceștia erau foarte iubiți de cetățenii orașului. Numele acestor doi eroi: Amerigo, viconte de Narbona, și Guilaume di Dufort, de altfel acesta din urmă, mai în vârstă, era ca un tată pentru viconte. Bătălia câştigată de partidul guelf şi-a luat tributul cuvenit: Guilaume a murit în timpul luptelor.

Amerigo este primit triumfal în Florenţa de către adepţii săi, însă aceştia arătau mereu trupul prietenului său la fel de îndreptăţit să primească onoruri. Refuză orice bucurie până când Guilaume nu fu depus într-o biserică înainte de a fi înmormântat. Astfel este purtat către biserica Santissima Annunziata şi depus acolo pentru puţin timp, hotărându-se înmormântarea lui ca un erou, chiar în incinta acesteia.

Vicontele este de neconsolat. În cuvintele pe care le adresează adunării, lângă sicriul lui Dufort, îl laudă pe răposat, spunând că el nu ar fi fost nimic fară sfaturile şi exemplul acestuia.

Înmormântarea adună toată Florenţa. Străzile din jurul bisericii au fost pline până la refuz. Eroul fusese adeptul Ordinului: „Servi di Maria", aşa că adepţii acestuia erau lângă catafalc. S-a găsit şi un testament în care averea sa este lăsată rudelor pentru scopuri caritabile, iar o parte din ea bunului său Amerigo.

Vicontele întrebuinţează partea lui pentru a-i comanda lui Dufort un basorelief care-i ascunde lespedea rece de piatră. Bunul său maestru i-a lăsat ştiinţa si gândurile bune sădite în mintea sa.

Ce zile a mai trăit Florenţa atunci. Bucuria guelfă era pretutindeni. eroul mort era slăvit, scăpaseră încă o dată de duşmanii lor de moarte. Carol de Anjou veghease de sus din cer asupra Republicii. Francezii regelui aduseseră victoria, iar unul căzuse la datorie, dormindu-şi somnul de veci într-o biserică florentină. Papa îşi văzuse bucuria cu ochii. Nu scăpase Florenţa pe mâinile Sfântului Imperiu Roman. Motiv de bucurie la Roma şi peste tot în episcopatele catolice. Însă un alt motiv de satisfacţie pentru Papă a fost moartea în luptă a conducătorului ghibelin Guglielmino Ubertini.

Acest nobil catolic provenea dintr-o familie în care întotdeauna existase un bărbat dedicat cultului roman. Guglielmino fusese episcop catolic, însă la fel de mult fuses soldat, iubind războaiele, forţa şi victoriile. Călugărilor supuşi Episcopatului său le inocula ideea că ei sunt soldaţi şi că trebuie să ştie să lupte. Aceste lucruri ajunseseră la urechile Papei Gregorio al X- lea, care îi arunca asupra episcopului cenzura. Scandalizat fiind, Papa, în al doilea Consiliu al Leilor, ţinut la Arezzo, îl îndepărtează pe Guglielmino de latura sa creştină. Acesta se supără puţin, dar se avântă bucuros către cealaltă latură a sufletului său: războaiele şi impunerea prin forţă, devenind astfel condotier. Nu era un ghibelin prin convingerile sau datorită dorinţelor sale, ci mai ales era un om doritor de libertate. Dorea foarte mult libertatea şi independenţa oraşului său Arezzo.Nu negăm că nu uitase ce păţise în 1274 şi că avea o ură împotriva Papei în 1289. Însă în acest an era bătrân şi credem că dorinţele legate de oraşul său atârnau mai greu în balanţă decât războaiele dintre cele două partide.

Muri în luptă ca urmare a unei lovituri primite în cap. Trupul lui fu repede şi discret luat din calea florentinilor, care l-ar fi agăţat, drept exemplu, în piaţa din centrul oraşului. La fel de neştiut fu îngropat în biserica de lângă Certamondo, de către rude, fără fast sau altceva.

Atitudinea lui Catello Gianfigliazzi fu aceeaşi ca şi în 1260. Indiferenţă. Nu a mai plecat, era destul de bătrân, însă victoria guelfă nu-l interesă deloc. Stătea la fel de liniştit în grădina lui, alături de doamna discretă de care se legase întâmplător şi care îi împărtăşea sentimentele. Era cam de vârsta Blancăi, iar familia înţelegea şi tolera această situaţie. Un om care vibrase atât de mult de-a lungul vieţii nu putea fi lăsat singur. Însă era doamna lui permanentă, cu care nu se căsătorea, dar pe care o aprecia şi nu o schimba. Îşi găsise liniştea alături de ea. Zbuciumul tinereţii trecuse de mult, parcă nici nu existase.

Când venea Cafaggio şi îi aducea noutăţi, le primea atent, dar vădit îi erau indiferente.

- Tată, ghibelinii sunt din nou cu nasurile în pământ şi sunt fericit, spunea fiul său.

- Dacă tu simţi astfel, e bine fiule, eu la vârsta mea nu mai simt nicio furnicătură. O să se schimbe totul cu anii. O să dispară şi partidele acestea şi râca dintre ele, o să se nască alţi copii, cu alte idei în minte, iar noi, cei plini de ură, vom muri, şi odată cu noi şi ideile noastre. Vorbeşte-mi de copii, despre altceva, dacă vrei, dar nu despre aceste două partide nebune, continuă Catello obosit de atâta vorbărie.

- A murit Averado Medici, primul meu socru, spuse Cafaggio, schimbând subiectul.

- Vezi, fiule, tocmai ce ţi-am spus. Murim cu toţii şi lăsăm loc copiilor, care nu trebuie să fie la fel de sângeroşi. Cum a murit?

- Într-un duel, cum crezi? Era beat şi de abia se ţinea pe picioare.

- Duelurile acestea, spuse Catello. Şi eu m-am duelat cu el mai demult pentru o femeie. Mi se pare acum o mare prostie. Dar cred că Medici nu putea muri altfel, era prea coleric uneori. Când mă gândesc la faptul că eu am pus bazele căsătoriei sale, apoi la nunta ta cu fiica lui moartă atât de înfiorător, mă cutremur. Dar să lăsăm aceste lucruri. Mă întristează altele acum.

Anul trecut partidul a fost unit, anul acesta au început iar parcă loviturile dintre albi şi negri. Îmi este teamă pentru Blanca, norocul ei este că Philippe e un alb moderat şi latura lui nu se implică în conspiraţiile lui Vieri Cerchi. Are noroc că şi-a format această idee de neutralitate, iar Donati i-o respectă. Îmi pare rău că toate acestea slăbesc puterea Florenţei, iar motivele sunt minore: religia, adică Papa şi femeile. Eu am crezut întotdeauna în concret, în sunetul banilor din punga mea. Până şi femeile sunt mai reale decât religia, însă nu merită să te baţi pentru ele.

Într-adevăr, temerile bătrânului bancher erau reale, prea reale chiar. În următorii ani, bogații familiei Cerchi s-au confruntat de multe ori cu risipitorii Donati. La urechile Papei ajung tot felul de zvonuri cu privire la o anumită apropiere a albilor de dușmanul de moarte: Împăratul roman. Mulți dintre guelfii albi își pierd astfel statutul de florentini și iau calea pribegiei.

O lovitură asupra onoarei albe a fost căsătoria capului guelfilor negri, Corso Donati, cu o rudă a familiei Cerchi, în 1296, Tessa Uberti. Văduv fiind, acesta a ales-o pe frumoasa femeie de care s-a înnamorat subit, ea acceptându-l.

Astfel, ușor, familia Cerchi, opulenta familie, se îndepărtează de partid, simpatizând partidul advers. Philippe rămâne la fel de neutru, retras în liniște în vila lui alături de Blanca. Nu-l interesează că negrii împrăștie zvonuri că familia lui ar face afaceri în Pisa și Arezzo, orașe profund ghibeline, nu dă atenție nici dorinței Papei Bonifacio al VIII- lea de reconciliere între facțiuni, reconciliere nereușită, de altfel.

- Sunt obosit, iubito, îi spuse el într-o seară pe terasă soției sale. Sfârșitul anului 1297 e unul urât și cred că ruda mea, Vieri, ar putea să-și vadă de viața lui care a trecut și trece pe lângă el fără ca el s-o observe. Aș vrea să-mi văd nepoții crescând lângă mine, dar mă apasă un bolovan pe inimă.

- Nu vorbi așa, Philippe, nu ești atât de bătrân, spuse Blanca. Cui mă lași?

- Firul vieții, draga mea, nu ține cont de vârstă. Când ghemul s-a depănat tot, de unde ață? Iar eu așa simt, o să plec înaintea ta și plâns de tine. Pentru mine, care te-am dorit atât, e un lucru măreț.

- Mă întristezi, Philippe, spuse Blanca, ridicându-se și mergând la fereastră. Poate că ești așa din cauza vremii ăsteia urâte. E iarnă.

- Poate, îi răspunse soțul, schimbând subiectul, nedorind s-o mai necăjească pe Blanca cu boala lui ascunsă.

Fusese prea calm pentru oameni, la prima vedere, dar în realitate ținuse un vulcan în el toată viața. Îi obosise inima.

CAPITOLUL 14

Pe măsură ce săptămânile treceau, Blanca își dădea seama că sănătatea soțului său este așa precum îi mărturisise cu sinceritate Philippe la sfârșitul anului 1279. Niciodată nu o mințise, chiar dacă veștile erau din cele mai urâte. Tremurase pentru el în ultimul război dintre partide. Îl iubea mult, avea probabil să-i vină ei rândul să fie singură și să tânjească după el, cum o făcuse mai demult chiar el, văzând-o măritată cu Gianfigliazzi.

Cerchi stătea mult în fotoliu în fața ferestrei, uitându-se la peisajul mohorât al Florenței. Blanca stătea lângă el și, la rugămintea acestuia, citea. Vocea ei îl liniștea și parcă nici inima nu-i mai trimitea atâtea săgeți. Într-o zi ceru să fie dus în biroul său. Avea să aibă un oaspete, Vieri, ruda lui. Când acesta veni, o rugă pe Blanca să îi lase singuri.

- Arăți palid, frate, ce ai? îl întrebă Vieri Cerchi direct. Eu sunt mai în vârstă ca tine și încă îmi mai vibrează inima.

- Mă duc, Vieri, nu are nicio legătură cu vârsta. Am aici, și arătă spre masă, testamentul meu. Vreau să ai grijă de fetele mele și de Blanca. Știi cât am tânjit după ea, cu câtă răbdare. Am învins, dar cred că edificiul s-a cutremurat puțin. Citește-l și dă-mi-l înapoi.

Vieri îl citi în picioare. I-l întinse peste masă lui Philippe și se așeză.

- Îți vom îndeplini ultimele dorințe, frate, spuse acesta, însă sper să fie cât mai mult timp între vizita mea și moartea asta pe care tu o presimți atâta. Mă doare. Știi că întotdeauna am fost corect, iar familia este religia mea.

- Te rog să nu-i spui nimic Blancăi despre subiectul discuției noastre. Spune-i că e vorba de afaceri, îi ceru Philippe lui Vieri.

- Blanca ta e o femeie inteligentă, frate. Chiar dacă nu-i spunem nimic, va înțelege din ochi. A meritat s-o aștepți și s-o iei de la Gianfigliazzi. Singurul lucru bun al lui Catello e Cafaggio. Minunat băiat, într-adevăr. Urmează în afaceri același curs ca tatăl său, dar parcă nu vrea doar negoțul respectiv, e mai uman.

- Şi mie îmi place Cafaggio. Are o inimă de aur şi e frumos ca Blanca. Să-mi faceţi o înmormântare simplă, Vieri. Nu vreau gălăgie. Să fie aşa cum am trăit: tăcută, aproape mută.

- Îţi făgăduiesc încă o dată, dar cred că nu este cazul, îi zise prompt Vieri.

- O să vezi că aşa este, nu mâine, evident, dar peste ceva vreme inima mea va adormi obosită, îi răspunse Philippe oftând.

Vieri plecă din casa rudei sale bulversat. Nu-i plăcuseră niciodată discuţiile de acest fel, iar o moarte programată a lui Philippe îi dădea fiori pe şira spinării. Avea să îndeplinească tot ce scria în testament. Se bucurase că fusese el cel ales, să ştie dinainte ce alţii trebuiau să ştie după. Însă tot nu-i plăcea sentimentul acesta apăsător. Nu suflă o vorbă celor din familie, îşi dăduse cuvântul. Începuse să facă ce nu făcuse el cam niciodată: să-l viziteze pe Philippe tot la câteva zile. Blanca îl privea şi îi zâmbea cu subînţeles. Pricepuse totul de mult, doar privindu-şi soţul.

Când primăvara veni, în sfârşit, începuseră să facă plimbări prin grădină. Aerul şi soarele păreau că-l refac pe Philippe. Îi schimbaseră culoarea pielii, iar zâmbetul i se trezise din nou pe buzele arse. Muri liniştit în patul său, fără zgomot. Vieri citi testamentul în faţa întregii familii. Blanca rămânea în casă până la moarte şi avea o sumă substanţială de bani pentru cheltuială. Văduva refuză orice propunere de a se muta la unul dintre copii. Vieri o înţelese cel mai bine. Nimeni nu plânse sfâşietor, respectându-se ultima dorinţă a lui Philippe. A fost înmormântat în cripta familiei, lângă prima lui soţie. Beatrice îl luase din nou lângă ea. Când totul se termină şi văduva rămase singură cu atâţia servitori în casa pustie, avu surpriza de a fi trezită din reveriile ei de însuşi Catello.

- Ai rămas singură, Blanca, spuse el trist. De fapt, cumva Dumnezeu mi te-a înapoiat. Nu te teme şi nu-ţi închipui nimic, vorbeam doar pentru mine, zise el repede când ochii Blancăi îl priviră scăpărând întrebător şi totodată înverşunaţi. I-am biruit pe toţi, eu sunt în viaţă. Latini e mort de mult, Medici la fel, iar acum Cerchi. Însă vrei să-ţi spun ceva?

- Ce? întrebă iute femeia.

- O să rămâi singură curând. Nici eu nu o mai duc mult. Am obosit de viaţa asta furtunoasă O să devin şi eu curând ce e acum Philippe şi o să scrie iar pe piatra mormântului DE MALIS ABLATIS, iar biserica se va bucura mult.

Se adeveri tot ce-i spusese Gianfigliazzi în acea zi Blancăi. Femeii cu care stătea îi dădu bani şi lucruri scumpe, cerându-i să plece. Nu mai avea nevoie de prezenţa ei. Îi erau de ajuns vizitele lui Cafaggio şi ale soţiei acestuia. Copiii veneau mai rar, îl oboseau tinereţea şi zburdălnicia lor. Fiul îi aducea întotdeauna veşti despre Blanca, de care Catello se bucura în adâncul sufletului său. Nu o mai vizitase de atunci. Nu se cuvenea şi nici ea nu venise.

Lui Catello îi plăcea să stea singur în grădină. Veştile despre războiul dintre guelfi nu-l interesau deloc. Râse pentru ultima dată cu poftă când auzi despre incidentul din Piaţa Sfintei Treimi. Aici cele două familii, Cerchi şi Donati, se încăieraseră şi se pare că cineva îi tăiase nasul lui Ricoverino Cerchi. O făcuse un Donati sau un aliat de-al lor, un Spini sau un Pazzi. Era 1300, iar Catello avea 70 de ani.

După această încăierare, Donati s-a dus la Papă, la Roma, unde îi explică acestuia că duşmanul său ar pactiza cu ghibelinii.

Vieri s-a dus şi el la Roma, alături de messer Gherardini, unde declară sus şi tare că este guelf, nicidecum altceva, şi că susţine în continuare papalitatea. Ei se întoarseră triumfal în Florenţa, Donati înghiţind cu greu eşecul acesta.

Toate aceste întâmplări îl făcură să râdă şi îi spuse lui Cafaggio:

- Fiule, eu mă îndrept către o altă lume. Nu au decât să se bată până nu mai pot. Sunt altele priorităţile în viaţă, dar asta iese la iveală doar la sfârşitul ei.

Puţinii servitori din casă îl supravegheau foarte atent, aşa cum Cafaggio le poruncise. Doar în sala de baie nu aveau voie. Probabil Catello nu vroia să fie văzut bătrân, zbârcit, cu pielea căzută. Încerca să se descurce singur, însă îi fu fatal. Alunecă pe gresia udă şi îşi rupse picioarele. Au fost chemaţi medici care l-au pus imediat în pat, nemişcat.

- Vezi, sunt o legumă, îi spuse el Blancăi care venise de cum aflase. O să mă îngropi ca pe Philippe.

- Nu mai vorbi prostii. Poţi s-o duci mult şi bine la pat. Adu-ţi aminte de Beatrice Cerchi, spuse Blanca.

- Eu nu am puterea ei, spuse Catello şi apoi ea nu avea decât vreo 20 de ani, pe când eu...

- Vom vedea, totul e să nu-ţi pierzi simţul umorului, continuă să-l îmbărbăteze Blanca. Uite-te ce nebunie cu rivalitatea dintre aceste familii florentine. Nu mă interesează asta, dar ştirile tot îmi ajung la urechi. Se spune că Papa s-a cam săturat de bătaia între membrii aceluiaşi partid şi va lua măsuri. Oamenii mei vorbesc că Bonifacio al VIII-lea îl va pune pe fratele lui, Filip cel Frumos, Charles de Valois: Paciaro di Toscana. Nu cred că va face mare lucru şi nici nu va pacifica Republica. Tot se vor bate între ele familiile astea două, încăpăţânate ca nişte copii de trei ani.

- Faci parte din una, Blanca, fără a mai aminti că Simonetti era alb.

- Tatăl meu, odihnească-se în pace, era mai moderat, de aia a şi acceptat căsătoria mea cu tine... Iar eu sunt o văduvă Cerchi ştearsă, o văduvă a unui om care nu s-a implicat niciodată în şicanele lor mizerabile.

- Da, înţeleg, Blanca. Vrei s-o chemi pe soră?

- Da, imediat. O să plec, Catello. O să mai vin. Promit. Însă vreau să-ţi mai spun ceva. Cred că într-adevăr Cerchi sunt atraşi de ghibelini.

- Şi eu zic la fel, Blanca. Sper să fiu mort atunci când nimic nu va mai putea îndepărta primejdia. Cu bine şi te mai aştept.

Blanca îi strânse mâna şi ieşi, intrând supraveghetoarea permanentă. Plecase îndurerată, fusese soţul ei atât de multă vreme. Trecutul ei murea uşor. Avea 55 de ani şi era destul pentru ea. 1300, un nou secol la orizont, acest început care ei nu-i va mai aduce nimic bun. Îşi vedea ultimii doi ani, trăiţi în modul cel mai urât, apoi bărbaţii care îi schimbaseră viaţa ducându-se în norii aceia pufoşi unde îngerii cântau din liră, precum spuneau predicile.

Ajunse acasă frântă de oboseală, bău un pahar cu apă îndulcită cu miere şi se culcă. Nu dură însă mult şi se trezi lac de transpiraţie. Visase atât de urât. Se dădu jos din pat. Liniştea care cuprindea totul o înspăimânta pentru prima dată. Totdeauna trăise aproape singură, dar nu o apăsase senzaţia de gol. Acum, însă, o trăia din plin. Deschise uşa camerei şi ieşi. Nimic nu spărgea liniştea casei. Servitorii dormeau duşi, odihnindu-se pentru o nouă zi. Cerchi, această casă primitoare cu zidurile groase şi o nălucă a ei care se plimba prin ea. Intră în dormitorul Beatricei, neatins de la moartea ei, apoi în cel în care îi fusese soţie lui Philippe. Parcă nici nu existaseră vreodată. În camera primei soţii puteai să-ţi dai seama de tinereţea locatarei. Găsi o jucărie uitată într-un colţ, a Lidiei pesemne. O puse grăbită la loc. Apoi se gândi la Catello şi avu o presimţire dureroasă. Va muri, îşi zise, asta înseamnă visul meu. Ieşi din cameră şi se aşeză pe scări. Aştepta ceva, împlinirea visului poate, dar doar trăind va vedea. Tresări cu putere când auzi bătăi în uşă. Nu făcu nicio mişcare. Un servitor bătrân ieşi din aripa casei, destinată lor şi, după un mic schimb de cuvinte, deschise uşa. Era Cafaggio.

- Mamă, ce faci pe scări? întrebă el.

- Aşteptam, fiule, am avut un vis urât. De ce ai venit?

- Tata moare, te-a chemat, jos ne aşteaptă Catella. Poţi veni?

- Aşteaptă o clipă, spuse mama şi urcă la ea.

Ieşi repede, îmbrăcată simplu. Afară îşi întâlni fiica şi, alături de Cafaggio, o porniră spre vila în care locuia Catello.

Acesta avea febră mare şi delira. Sora îi tot schimba compresele pe frunte, care se uscau parcă prea repede.
Blanca se aşeză pe pat şi îi luă mâna. El o avea caldă, ea rece, acest lucru făcându-l pe bărbat să tresară.

- Blanca, spuse el, doar tu poţi fi aici, spuse el.

- Aşa este, suntem cu toţii. Este şi Catella aici.

- Cafaggio m-a chemat. Visasem urât, nu dormeam. Am ştiut că mă vei chema.

- Îţi mulţumesc că ai venit. Te-am iubit doar pe tine şi ştii bine acest lucru.

Blanca încercă să-l oprească, dar Catello schiță un gest de a fi lăsat să continue.

- Cafaggio, sunt mândru de tine. Pentru mine Carol de Anjou a fost mană cerească și văd că și tu ai regele tău. Giacomo al II-lea de Aragon va face afacerile tale mai prospere. Acest nepot al lui Manfred al Siciliei, fiu ilegitim al Împăratului.... Nu mai putu rosti Frederick al II-lea. Obosise deja și liniștea se așternu pentru o vreme scurtă.

- Iar ție, Catella, se auzi din nou vocea chinuită a bătrânului cămătar, ți-am fost tată și te-am recunoscut. Nu am vrut să te iubesc defel, însă ai știut de micuță să-mi intri pe sub piele. Ești fericită la casa ta?

- Da, sunt foarte fericită, tată, spuse fata.
Acest cuvânt, „tată", îl mulțumi pe Catello.

- O să trag cu săgeți în toată lumea care va încerca să îți facă rău. O să trag dintr-un nor și o să țintesc drept în inima dușmanului tău, copila mea. Catella zâmbi în aceste momente nefericite, bătrânul reușea să despartă norii și să facă soarele să apară din nou.

- Îmi cer iertare de la voi toți și eu la rândul meu vă iert. De abia mai respir, cred că asta e sfârșitul.

- Blanca, strigă el.
Femeia se ridică și îi luă capul în brațe, fostul ei soț sprijinindu-se de ea acum. Horcăielile lui, provocate de lipsa de aer, nu o înspăimântau. Începuse să-i mângâie părul plin de picături fierbinți de sudoare. Până când zgomotele încetară și liniștea se instală în camera bancherului. Catello muri liniștit, cu toți ai lui lângă el, așa își dorise și visase de atâtea ori. Blanca fusese cea care îl dezmierdase pentru ultima dată. Lacrimi țâșnira în tăcere din ochii ei.

- Acum chiar sunt singură și văduvă de două ori, șopti ea abia auzit, doar pentru ea.

Astfel se stinse puternicul Catello Gianfigliazzi, lăsând în urma sa un fiu, fin cunoscător al afacerilor, care reuși să sporească averea nemăsurat de mult. Lumea se îmbulzi la înmormântare, toți avuseseră, măcar o dată, de a face cu acest bancher cămătar. Fusese lume multă în cortegiu. Cei mai fericiți fuseseră preoții, care își luaseră partea pentru pomenirea sufletului răposatului. Blanca mai trăi cinci ani, în care rămăsese nevăzută în casa Cerchi, ieșind foarte rar și atunci doar pentru a-și vizita familia. Nu o interesau nici impozitele lui Charles de Valois, nici conjurația împotriva lui. Nici că guelfii albi fuseseră alungați și nici că la urmă chiar Donati își luase picioarele la spinare. Și-a trăit ultimele clipe din viață văzând Florența pacificată, alte crenguțe crescând viguros din trupul ei, adăpându-se din Arno. Noi familii deveniseră importante în viața politică și socială, Republica devenind o nouă lume, un nou centru, iar florinul o monedă cheie. Blanca dorise să fie îngropată lângă familia ei, Simonetti. În ultimii ani se gândise că e mai bine așa. Nici cu

Gianfigliazzi, nici cu Cerchi. Oricum fusese o umbră toată viaţa. Discreţia o luase cu ea şi în mormânt.

Florenţa nici nu o băgase în seamă, ea îşi urma drumul ei de Republică mare şi victorioasă, care aştepta tânjind după vremuri mai bune, care aveau să vină curând.

SFÂRŞIT – 23 iulie 2013